思帝乡

王晓燕 著

时代出版传媒股份有限公司
安徽文艺出版社

图书在版编目（CIP）数据

思帝乡 / 王晓燕著 . -- 合肥：安徽文艺出版社，2023.2
ISBN 978-7-5396-7515-2

Ⅰ.①思… Ⅱ.①王… Ⅲ.①中篇小说—小说集—中国—当代②短篇小说—小说集—中国—当代 Ⅳ.① I247.7

中国版本图书馆 CIP 数据核字 (2022) 第 148654 号

出 版 人：姚 巍　　　　　　　策　划：李昌鹏
责任编辑：宋潇婧　胡 莉　　　特约编辑：罗路晗
封面设计：鸿儒文轩·末末美书

出版发行：安徽文艺出版社　　www.awpub.com
地　　址：合肥市翡翠路 1118 号　邮政编码：230071
营 销 部：（0551）63533889
印　　制：阳谷毕升印务有限公司　（0635）6173567

开本：880×1230　1/32　印张：9.375　字数：210 千字
版次：2023 年 2 月第 1 版
印次：2023 年 2 月第 1 次印刷
定价：58.00 元

（如发现印装质量问题，影响阅读，请与出版社联系调换）

版权所有，侵权必究

总　序

我将中国当代文坛创作体量巨大、深具创作动能的作家群体命名为"鲸群"。入选这套"鲸群书系"的作家在2021年度中短篇小说的发表量皆有15万字以上，入选小说皆为2021年发表的作品。

"鲸群书系"以最快的速度集结丰富多元的创作成果，以年度发表体量为标准来甄别中短篇小说创作的"鲸群"，展示作家创作生涯中的高光年份——当一个作家抵达极佳的状态才能进入"鲸群"。如果我们喜欢一位作家，一定会着迷于他高光年代的作品。

我想，"鲸群书系"问世后，一定会有更多的人关注被我称为"鲸群"的作家群体，因为这个群体标示了中国当代小说创作的年度峰值——它带着一种令人心醉的澎湃活力。

如果"鲸群书系"在2022年后不再启动，多年后它可能会成为中国当代小说研究者珍视的一套典藏；如果"鲸群书系"此后每年出版一套，它或许会为中短篇小说集的出版带来新格局。

  这套书的作者中或许有一部分是读者尚不熟悉的小说家，我诚恳地告诉您，他就是您忽视了的一头巨鲸。正因为如此，"鲸群书系"的问世，显得别具价值。

2022 年 10 月 30 日

目录

江　边　　　　　　　　001

星期天　　　　　　　　023

顺　子　　　　　　　　039

城　墙　　　　　　　　057

蓝色夏天　　　　　　　077

圣　像　　　　　　　　097

城市户口　　　　　　　113

秀山新城　　　　　　　167

思帝乡　　　　　　　　221

江 边

她打算自己找点事做，每天都出门去。迷路几次之后，她不敢再走太远。午后离黄昏到来的那段时间很长，令她最不好过。走出小区的大门，沿着两边的马路来来回回地走，至今她都搞不清那些站名和路线。有一回坐过了站，搞不清方向，她新婚的丈夫在手机里导航了一阵，她哭起来了，他只好放下工作开车过去接她。拐了个弯，就能看到她常走的那条街了，看她气急败坏的样子，丈夫说："我只管你这一次。"她看不出来，他是不是在生气。

她是在夏天跟着丈夫到这个城里来的，坐了二十个小时的火车，有种到了世界另一边的感觉。

她想尽快融入这个全新的世界，丈夫答应会帮她找工作，仿佛是为这个，她才跟他结婚的。好多天里，她隐在窗帘后面，看那些下了班匆匆赶回家去的女人。丈夫会在十二点准时出现在他们暂时借住的房子里。他紧紧地拥抱她，好像他们已经半个世纪没见过面了。这种时候，一切都像是曾经梦想过的样子。

"我们可以顿顿吃食堂，只要你开心就好。"

嫁给丈夫之前，她的脚没有踏进过厨房。她有三个哥哥，三个嫂嫂，除了在自家的超市里卖东西，她没干过别的。她的丈夫在一个外国人投资的公司里工作。同事喊他朱总，但朱子俊只是个部门经理。

"可我想出去工作。"

"这个，不急。"

朱子俊在老家娶了她，在村子里庆祝了整整两天。后来又在公司里办了一次婚礼，她穿了婚纱，有摄像机追着拍她。影楼将她的照片做成了巨幅广告牌悬挂到街上去，朱子俊差点跟那伙人打一架。朱总的同事觉得她没去当模特可惜了。

"不幸得很,因为我太小气,使我的妻子没能成为模特。"

这话引起一阵响亮的笑声。

"我跟我妻子从小一起长大的,上学时,我就追她。"那是朱子俊第一次那样称呼她,有点骄傲,有点不自然,然而,他应付自如,她感觉自己欣赏他这点。

"你看别人的眼神差点就像个风尘女了,像什么话。"

没人的时候,朱子俊是笑着说这个的,她便没有生气。

慢慢地,她才知道,丈夫不是一般的小气。他常常冲她又吼又叫,只允许她待在房子里,若有人看她时,她必须得低下头。

"你是我老婆,我管哪门子礼貌。"

她再也不敢提想要出去工作的话,她只有在丈夫上班去后才敢走出房子。她从未经受过这般的炎热,像有一个环形的燃烧的火炉四面围着炙烤,夏天虽然已经过去了,可炎热丝毫未退,不过,海风随时带来湿润,人的面颊、衣服成天潮乎乎的。她撑着遮阳伞,穿着一件长裙,袖子也很长,凉拖啪嗒啪嗒拍打着她的脚底和地面。这条街上,只有她一个人,经过的车辆都很少。西边,环着几栋高楼。东边,是个破破烂烂、形状不规则的玻璃房。从不远处的一片竹林里,传来风铃般若有若无的响声,在这无边的空旷里很是诡异,不像是起自她身处的这个世界。暗旧的招牌上,看不清写着什么字,白天,玻璃门上一直挂着锁。马路那边,是几家酒店,海鲜店的门大张着,有点杂乱。那天问路时有人告诉她,这片地方是军区,属于这个城市比较偏远的地方。她还从未走到大桥那边去。

"你是说火车站啊,那你得过江去哦。"

在某个午后,她从桥底下穿过去,来到江边,滔滔江水奔涌向前，向着故乡的方向。江面上漂着一两艘船。她从未坐过船。

　　朱子俊出差了，这天她没去食堂吃午饭，而是吃了一堆小孩子吃的零食。这些日子，她和朱子俊真的天天到食堂去吃饭。遇上朱子俊那些男同事的目光，或是稍有些过度的调侃，她总是不合时宜地低下头。她还做不到在食堂里自如地取餐，她担心放在盘中的食物会被人惊讶地盯着看。她感觉难以应付那些眼光和嘴巴一样刻薄的女人，尤其当她们聚在一处时。相比而言，那些男士对她更热心，也更和善。再没有人敢随便帮她什么了。她很想加入女人们的圈子，只是还未学会端着餐盘坐在她们之间空出的一张椅子上恰如其分地说上点什么。

　　若有若无的风铃声一直追着她。她感觉，"秋天不是在这个世界里，而是从她内心里开始的"。

　　一间没有家具的空房间，谁也不知道它是在期待运进家具还是想把它清空得更彻底。她感觉受了欺骗。

A

　　杨林啪啪拍打窗户时，她还睡着。开了卷闸门，她去洗头，杨林跑进跑出，将烟、酒、牛奶、洗衣粉一样样从那辆小货车上搬到超市里，再一样样地替她摆放在货架上。清早的风从树梢，也从庄稼地里吹来。

　　"要不要把窗户打开？"

　　她垂着一头湿发说："随便你。"她从发缝里瞧见杨林的胳膊和双手，并没有在夏天里晒黑，淡蓝色的血管清晰可见，他的衣服总是很洁净，鞋子不像是在这遍地黄土的地方走过。

杨林一个人住在对面山尖尖上，两间破房子孤零零地立着，随时都会被一阵大风吹跑的样子。杨林的父母除了这幢破房子和几亩田地，什么都没给他留下。自打父母去世后，杨林从没往地里种过一粒种子。

杨林在她洗过头的水里洗了手，将水洒在外面的土路上，再拿一把扫帚哗哗扫了过去。他挥着扫帚时，腰像那扫把一样直，两只手臂起劲地舞动着。她的几个哥哥和母亲说，杨林看上去，不像个会吃苦的人。杨林扛着扫把返回来时，她吹干了头发。太阳朗朗地照进了超市，照在她身上。有人走进来买东西，跟杨林大声地说着话，她坐在里间的镜子前往脸上涂面霜，再涂了一层粉。衣架上挂满了衣服，一只化妆盒里装着几只耳环，她挑选了半天，最终将一对金光闪闪的穗子戴在耳朵上。

杨林已经打发走了三个在半路上停车走进店里来买烟的顾客，收来的钱放在玻璃柜台上。她看了一眼，没有将它收进装钱的盒子里去。

"今天多拿了些花露水，"杨林说着打开一瓶往屋子里喷洒，"闻到这个，人们就晓得夏天快要到来了。"刚才他就卖出去了三瓶，"对了，差点忘了。"杨林往外走。她开了一瓶酸奶，喝了一口，甜得让人反胃，猝然，浓郁的香气扑面而来，一捧鲜花伸了过来。

她开心极了，眉眼间漾开不由自主的笑意。

"那个花店，刚开张，全是新鲜的。人得为自己寻开心。"

"你咋知道我不开心。"她的眼睛与他刚进来时不一样了，她从架子上拿过花瓶，将里面还未枯掉的几枝芍药扔掉，将那捧玫瑰百合满天星插进去。芍药是她从家中的花园里摘来的。

"我就知道。"杨林低着头，背靠着货架，双手支在上面。

她喊了声。

"你干吗不往土地里种庄稼？"

站在超市门外，可以看见在庄稼地里劳作的人，有些人，一辈子都不愿意离开土地。

"我将来要到城里去，等我攒够了钱。"

"就凭你给人送货？"

他抬眼迅速看了她一眼。

她故意装什么都不晓得。但她的眼神，看他跟看别人时不一样，就因为这个。杨林天天都起个大早，他将小货车开进县城时，几家店铺才刚刚开门。有时，他只拉了几袋洗衣粉就来敲她的门。

"一会儿我要给二哥拉水泥去。"

"哦。"

"给你带双子镇上的乔粉吃，晚上等我。"

她的眼皮一下翻上去。他又说："别吃晚饭，等我。"

他的脚搁在门槛上。

"你适合待在城里。"她大声地说。

他的脚抬起来，迈出了门槛。太阳一下照进来，刺目地亮。他往前走，低头往前走。她早早穿上了那件束腰的白裙子，腰带恰到好处地衬出她的细腰长腿，他想，那双腿，在期待着去哪里奔跑，而不是被困在这里。

"你是个有心人，城里的姑娘一定会喜欢你的。"她走出来，背靠着窗台，对着他的背又说道。

杨林停住了，转过身来，盯着她看了几秒，跨着大步又走回来了。

她想逃。她喜欢他身上洗发水的味道，他洁净的样子，他懂她的样子，偶尔，她感觉他懂她。

"只要你说一句你会等我，我今天就去城里找活干。"他的脸贴着她的鼻尖。

他能将她心里的焦躁抚平。可他也会让她的期待落空。一阵风吹来，将她额前的鬈发撩开，她的目光越过远处的树梢，终于回落到他脸上时，那眼里讥笑的意味就深了。她几乎跟他一样高。他是个高个子——清亮的眼睛会探测人心的小伙子。

他将她一把拽进屋子里的阴影下。她被挤到墙上。

"你疯了吗？"她猛地一下将他推出去，货架上的糖果、方便面等往地上掉。他跌坐在地上，探手将一只火腿扔出去，不知哪里响了下。

她在镜子里看见自己脸上化的妆花了，赶紧补妆。她需要躲在那下面。

小货车发出一阵轰响，她坐在那里听着，在那条车道上，杨林不知调过多少回头、留下了多少刹车的印痕。

这一整天她过得没滋没味的，不断有人走进来喊着她的名字，在一排排货架前寻来探去一番，将要买的东西放到她面前，她懒得招呼他们一声。她是个藏在浓妆后面的女孩。

"你小时候是个机灵鬼。"他们一边拎走了装在袋子里的食盐和醋，或是烟和牛奶，一边盯着她的脸说。

杨林没给她送乔粉来，马路上不时有车开过，她听着那声响，也不知自己是不是真的想吃乔粉。三嫂打电话过来，说要上山来换下她回家去吃饭。她说吃了方便面和鸡蛋，还喝了一罐八宝粥。三嫂说，小心长胖了。她听出来三嫂有些失望，哥哥们在改造房子，准备建成度假村，加上干活的人，一次得做二十人的饭，想起来都熬人。三嫂只不过是想借机出来放松下。

几个嫂子里头，数三嫂最有头脑，度假村就是她的设想。玄麻村里没什么特别的，就是夏天凉快，只有20度。三嫂在网上晒了夏日玄麻村的风光，就有人向她打听，问能住宿不。在三嫂的怂恿下，弟兄们马上就行动起来了。接下来的规划，是将村里的河水围成一个湖坝，如果老天成全，接下来的日子每天都猛下暴雨的话，就有望在湖坝里养鱼划船。

小时候她脾气很坏，村里人都不敢惹她。她没干过农活，也没做过家务，有空就抱着乱七八糟的闲书看，没有考上大学，也没找到工作。她的嫂子们私底下认为，她被全家人宠坏了，不知天高地厚，不过，她倒不是坏心眼的那种女孩。

没有人来请教过她那些关于书的事。她读的尽是些没用的，无以回击他们提出的对现实的疑问。

她的哥哥们建了很多房子。她和父母住在果园旁边的四合院里，大哥在县城当老师，几个哥哥在城里都有房子，为的是给小孩上学。

从村小学后面才修起来的马路走上去，就能看见杨林的破房子。站在公路上，也能看见杨林的破房子。超市开在公路旁，两条公路在超市前面汇合，来来往往的人都会经过这里。她哥哥本来要卖化肥的，可村子里种地的人越来越少了，就开了超市。父母不许她出门去寻找理想之事，一心想把她嫁到朱家去。

黄昏慢慢地到来，金色的光不断地从窗玻璃和柜台上撤退、消隐，她早早开了灯，坐在门口的椅子上无聊地张望，白天，她在电脑上看了十三集电视剧。她是村子里唯一没结婚的女青年。那些从外乡嫁过来的小媳妇，哪个是哪个，她都对不上号。她们在田地里嬉闹耕作，或在雨天聚在一处做针线活，只有买东西时，她们才来找她。

半夜里,她听见下雨了,沙沙的雨声罩着她,无尽地罩下来,她越睡越清醒,开了灯,翻看手机,杨林没有发消息给她。平时,只要有空,他就会给她发很多逗笑的话,就算她一个字也不回,他还是发。

"明天几点去县城,我也要去。"

她给杨林发了条信息,这时候她想起来了:明天朱子俊要来。

天微明,杨林来拍门。

"我想我去不了了。"她隔着窗子对他说。

过了会儿,杨林说:"你不会开心的。"

她分辨不清自己是不是听到杨林说了这个。很久以后,她想起这句话,那就像是一句诅咒。一阵马达声,她感觉自己的心已随着它去了。

站在杨林的破房子上头,可以看见朱家山,那是玄麻村里的"富人区"。那儿的人或靠做生意或被朱氏兄弟带出去做工赚到了钱,他们的房子建得像一个个庄园。可惜的是,庄园越来越空,年轻人都跟着朱子俊走了,只剩下些老弱病残守在庄园里。

几年前,朱子俊邀杨林一同去远方谋生活,杨林打算留下来。朱子俊每年回乡两趟,每次都备了厚礼去见她的父母和兄长。朱子俊也会到山上杨林的破房子里去。

"如果你想跟我走,就收拾下行李,我后天离开。"

杨林没说话。

"我要去小麦的超市买点东西,一起去吧。"

俩人出门,下了山,过了河沟,再爬山,上到高处。

朱子俊拿出一只礼盒,让她打开。小麦看了眼杨林,杨林看着她。

她没有打开盒子。不久，她穿上了那件白裙子。杨林知道是那只礼盒里装的。

朱子俊这次回来，是想跟她把婚期定下来。

很多事，都已经变得跟从前不一样了。她说。她一面化浓妆，一面把脑子里的一些东西掩埋掉。

朱子俊只会说那一句话："我喜欢你，没办法。"

自那天清早起，她再没见过杨林。在她跟朱子俊的婚礼上，杨林也没有出现。婚后第二个礼拜，她跟着朱子俊去了南方。在南方，她穿上了婚纱，与她的丈夫又举行了一次婚礼。

她的哥哥在电话里说，杨林把她的超市盘了下来。

B

我们似乎逃不开命运的枷锁那一说，总像是走在命定的一条路上。

很多时候，我们的生活总是平淡无奇。也有些时候，会有那么些意外。

那天清早，听着一阵车子的马达声远去，她将脸扑到一堆衣裙上，听着雨滴落在树叶上的沙沙声，今天将要度过比往日任何时候都要沉闷无聊的一天。想到这个，她跳下床。

"等等我，请回来接我。"

她飞快地梳洗，换衣服，一条丝巾上落满了灰，她捉起来，看到丝巾下蒙着一摞书，心里一阵暗流漫涌，那辆车子的马达声再次响起时，她正戴上那条丝巾。她记起了一些事，但车子的马达声一下就淹没了那些事。

杨林一只脚踏在门槛上,掏出一支烟,他一直盯着她看。

当他的目光像阳光一样罩到她身上时,她感觉自己方才被那些探头探脑的事搅动的心安静了下来。锁了门,她又要打开门去取雨伞,他脱下上衣,罩在她头上,把她推到了车上。

他知道她想逃跑。

杨林的眼睛俯在她眼睛上:"坐好了,听话。"车子就启动了。

上学时,她住在父亲单位的宿舍,宿舍对面就是图书馆。只要父亲出差,她就躲在房子里看闲书。

"你考不上大学,居然是因为书看得太多了。你想过这个问题吗?"杨林大笑。

那几年,他们三个都在县城读书,在这条路上来来回回,杨林和朱子俊骑自行车,轮换着将她载在车子的后座上。

"还记得我们在这赌钱的事吗,朱子俊总有办法赢钱。"车子盘旋了一阵,来到平坦之地。

"今天你怎么交代?"杨林直视着路的前方,他不想听她回忆过去。

"没想好,你告诉我,我要怎么说。"除了父亲,她谁也不怕。所有人都晓得她要订婚了,除了她自己,朱子俊是和她的父母哥嫂商议这件事的,唯独没有跟她商量。

"你只是在跟他赌气。"杨林瞪了她一眼。

她没说话。

一个多小时后,他们到了县城。

他要去吃牛肉面,她想喝一杯咖啡。最后,他们坐在咖啡店里,她点了一杯美式咖啡,他吃了一碗面店的伙计端过来的面,他们打量着街上走着的行人,一切都跟他们上学时不一样了。

直至这时,她才感觉乱无头绪,她不知道要来这儿干什么。

杨林打了几个电话,把今天要干的事都推到明天。她把手机调成静音,它一早上已经响了很多次。

在服装店流连了很久,她什么也不买。经过一家首饰店,他带她走进去,指着玻璃柜台里说:"选一个吧。"她盯着他看了一会,又看了一会。那就拿出来看看吧。店员热情地把里面的镯子都取了出来,她选了一个最小的。他将那只镯子戴到她手腕上,用现金付了款。她觉得他把存款都带在身上了。

后来,他们一起去看了场电影。杨林将她拥在怀里亲吻,她没有踢打也没有推开他。

从电影院里出来后,他们一直牵着手。

雨,时落时停,她穿着他的外套。他们去看了学校,她父亲原来的单位搬迁了,那里如今是一片商品楼,县城拆建得乱七八糟的,没有了他们上学时那种古朴而沉静的美。

在一个小商店里,他们买了把雨伞。撑开雨伞的时候,她想到,那会不吉利。

走进公园,她脱了身上的那件外套,杨林只穿着件衬衫,肩膀上被雨淋湿了,她给他穿上外套,杨林将她包在外套里。他心里知道,回去后,她又会反悔。虽然此刻她对他是从没有过的好脾气,还有爱,真真实实的爱,从她的肩膀、脖子、那双手上传递了过来。

天光渐渐地变暗。出了县城,山间的路浓雾环绕,她头枕在他的胳膊上,一会儿又挪到他腿上,他缓缓地开着车,一只手臂伸过去环抱着她。行到山顶上时,她睡着了。

那天晚上,她父亲大发雷霆,她和杨林在县城乱转的事,早在玄麻村里传开了。她没有吃晚饭,一个人回了超市。三嫂

子上来陪她,告诉了一家人的决定:

虽然今天没有参与,她也已经与朱子俊订婚了。婚期定在下个月。

朱子俊回南方去工作了。朱家不时有人过来,跟她父母商议有关婚事的诸多事项。

离定好的婚期还有一个礼拜之际,她的哥嫂轮流去超市值班,换下她在家中准备嫁妆。

没有杨林的消息,她也没有给他打过电话。她不知自己在期待什么,也不知要跟谁说点什么。她感觉对每个人都很抱歉,尤其对自己,什么也不做,每天昏睡不起。

有天午后,三嫂子进来看她,唤了几遍,三嫂子猛发出一声惊叫。

她被送去镇医院,杨林赶来时,大夫已为她洗了胃,她把抽屉里杂七杂八的药片全吃了。她的胳膊上缠着一圈纱布,她举给杨林看:

"太疼了。没勇气割下去。"

"我可以去城里挣钱,如果你只是嫌我太穷。"杨林抱着她哭。

"我不是真的想死,我只是很迷惑。"

"迷惑什么?"

她盯着胳膊上的纱布没说话。

杨林去城里打工挣钱了。

她父亲一边叫骂一边要帮杨林修房子,她母亲则想让女儿女婿结婚后住到四合院里来。

半年后,她却嫁给了朱子俊。

C

当然，生活总还会以别的方式呈现，以我们难以预料的面目。

如今，人们越来越追求实用。那些看上去没用的，在这个世上越来越少了。再少有人留恋家乡，也再没有人会在纸上为自己的恋人写字，漫长的等待，经受考验，或只是享受缓慢。

朱子俊给她写过很多封信。在得知她差点割了手腕、差点喝了药片而死之后，他依然给她写信。他始终如一地记着他们一起上学回家的时候。

有时候，她感觉自己极为庆幸和感动，当有人从镇上的邮局为她取来信件，她迫不及待地打开阅读，眼眶都湿了。可是，当她站在林子里，看着公路上的车子一辆辆经过，当她感觉到阳光晒暖了皮肤，心里升腾起一阵空茫的愁绪，朱子俊写给她的那些字，正如那林子里的雾气一样不可靠，难以触摸她的心里。

而当听见杨林的卡车远远地驶来，当他的目光张布在她周身，她总能从那空茫的愁绪里挣脱出来。然而，她到底也不能跟杨林亲近。杨林只适合近看。远视，她会失去方向。她感觉现实竖起一块木板，将她和杨林隔开。很多时候，杨林的目光，以及朱子俊的文字，到达她这里时，似隔着花玻璃的那瓶玫瑰百合满天星，它们是那般的娇艳，可她总难以马上闻到花香，她得提醒自己，那是玫瑰，那是百合，玫瑰应该散发出这种味道，哦，是，这才是百合的香气，不，它有香气的，仔细辨别，你就会闻（想象）出来。总得这样，那些妖艳的花，总不能直接朝着她散播它们该有的芬芳。

中午,她关了超市,下山去家里吃午饭。杨林和村里的年轻后生坐在他们搭建起来的门框上抽烟,远远看见她,他们像是受到了惊吓。背地里,他们会相互打趣,谁娶她做老婆,他们一点也不羡慕。他们的记忆里,总是残留着她凶恶霸道的样子。

"杨哥,去跟她说句话呀。"

"我从不巴结谁。"

那些后生大都已有了两个小孩,杨林比他们都要大几岁。

那天在医院里,杨林问她:"我娶你,好不好?"

她没说话。

杨林说:"好吧,就当我开玩笑。"

那天后,他就再没跟她说过话。他拥着她亲吻的那些瞬间,总在她的记忆里闪现。有时候,她想马上告诉他,她感觉这村子里空极了,她哥哥们建度假村像是在建造一个神话。

超市后面的那片林子里,生长着几棵核桃树。秋来时,有人拿着蛇皮袋子在林子里打核桃,他们伸着长长的竹竿,孩子们欢笑着,他们的后备厢里,很快就装满了核桃和蘑菇。她感觉那有意思极了,忍不住走过去帮他们捡核桃。

"你住在这里真好。"他们跟她说。但也有人问她:"你不寂寞吗?"

很快,冬天到来了,她在超市待的时候越来越少。度假村的房子已建起来了,太阳好的时候,她跟干活的人一起拿着一把刷子往木头上刷油漆,贪婪地吸油漆的气味,她觉得油漆的味道跟木头一样好闻。

"这个丫头,从小就是个怪人,肠子跟别人长得都不一样。"

她的嫂子们现在觉得，她可真是蠢极了。
"你究竟想嫁一个什么样的人啊？"
"为什么非得嫁人，难道你们怕我分你们的家产啊？"她说出这个，就没人敢再问她那个问题了。

不时，会听见山那边有人受惊似的喊她的名字：
"小麦，有人要买货啦！"
有时候，是她的一个嫂子替她过去卖货；有时候，是某个堂弟去。他们很快就又跑回来了。

那是自家的房子，开不开门、卖不卖货，都无关紧要。她晓得父母跟哥嫂早已商议过那个超市的未来了。

过年时，朱子俊又来了。她约他在超市里见面。
"为什么不给我回信？"朱子俊的个头没有她高，看着她时得仰着脸。他有点发胖，有着一种难以言说的精明。她往他的眼睛里望去，杨林的眼睛，跟朱子俊的不一样，跟任何人的都不一样。

她叹了口气说："我看不懂你在信里说些什么。"她记起，朱子俊在信里说了无数的情啊爱啊，可她一点都没感觉到。那是为什么，她差点就问他了。

"对不起，我仔细想了下，我不可能适应城里人的生活。我喜欢乡下。"
"你说什么？在这种节骨眼上你说这个，让人怎么看我？"
"哦。反正你在乎的只是这个。"
他走出去后，她告诉自己，你期待过。如果他说，我就是喜欢你，我想娶你，我就收回我说过的话。可是，他答错了。

这个冬天没有落雪。一个暖和的早晨，她走进了杨林的破房子里。

没有婚纱,没有嫁妆,只有杨林的几个哥们矜持地嬉闹了一小会,漏风的房子里,就安静下来了。

有几个月,她没有回过一次娘家。家人因为她的选择而感觉丢尽了脸面。尤其是父亲,一辈子没受过这等侮辱,他是这么说的。

她哥哥让她继续开超市,收入归她和杨林。大部分时候,她和杨林住在超市里。头一年,她和杨林过得很开心。杨林总会有办法令她哈哈大笑。隔几天,他们会去县城转半下午,把她想逛的地方都逛遍。杨林在县城的工地上干活,每个礼拜还继续为镇上和村子里的商店送货。第二年,杨林去了大城市做工,到年底才回来。那时,他们的儿子已有一岁了,他们没有翻修房子,只在超市旁边另盖了两间平房。他们梦想有一天会住在城里。为此,她和杨林拼命赚钱。

"为了你,我什么苦都能吃。"

每当杨林说这个,她都会流着眼泪拥抱和亲吻他。他依然能把她心底深处的柔情搅动。

她把杨林父母留下来的几亩地里的荒草清除,哥嫂帮她种上庄稼。辛苦一年下来,她收获了大豆、玉米和小麦,也累了一身病。

儿子三岁的时候,她把他托给母亲。已经没有人来超市买东西了,人们开着自己的小车一会儿就到了县城。风吹日晒中,房子渐渐破败,连林子里的树都没那么密了,核桃树上也不再结核桃。

一个表嫂回乡探亲,顺道过来看她。表嫂吃惊极了:"你打算一辈子就这样吗?"

表嫂比她年长十五岁,看上去却像比她小十五岁。表嫂讲的那些事，令她意识到自己心里某个角落已蒙了太厚的灰。

三天后，她跟着表嫂离开了村子，坐上去往南方的高铁。她不知道自己出去能做什么。她坐的车开往与杨林做工的城市相反的方向。

表嫂在一户人家侍候两位老人，将她介绍给另一家，那家人有一个不到三岁的小孩，她的工作就是在主人上班时照看那个小孩。

开始的几天，她抱着那孩子哭，那是个只要睁眼就哭闹的小家伙，她尽量把他当成自己的儿子，她越用心去爱护他，那孩子越是不怕她，举着一把水枪把她赶到门外，她快被折磨得垮掉了。钥匙锁在里面，她可怜巴巴地试了数种办法也没使那孩子将门打开。

那是个炎热的午后，出了小区，她缩在那些高大的建筑的阴影下一直往前走。不知道走了多久，她浑身都在冒汗，拖鞋磨着她的脚，她在街边的长椅上坐下来。街上空荡荡的，她想拦住过路的人，借个手机给主人打个电话。

有人从一辆车子上下来，冲她猛挥手。

"小麦。"

她向来讨厌自己的名字，但在那个瞬间，这声亲切又满是疑问的呼唤令她一下抽泣起来。

"真的是你，你怎么在这儿？"

朱子俊的手臂很自然地环上她的肩。她哭了很久。

朱子俊开车送她回去。"有什么需要，一定和我说，我手机号没变。"朱子俊说了又说，"真不敢相信，你会出来做这个。"

礼拜天上午，她坐上朱子俊停在楼下的车子，他载着她拐来绕去了一阵，停在一个白色的建筑前面。

"天啊,那天看见你,我才知道,我一直没能忘了你。"他们坐在车子里,朱子俊将手按在她手上说。

她想说什么,又什么都没说。他身上那股精明气更重了,现在,他是个彻底的城里人了。

以后的每个礼拜天,朱子俊都过来等她,带她去很多地方,吃各种海鲜,她爱上了喝啤酒和红酒,并在看孩子的那家人家里也喝,她让那个小男孩也尝一口,为此,俩人友好许多。

那几天下雨,他们在一个酒店的房间里待了一天一夜又一个早上。中午,朱子俊回去工作了,她一个人又待了一个晚上。

"看见你这么辛苦,我的心都痛了。""是这样的。"她给自己说。朱子俊说这个时眼睛是湿的,她才跟着他进了酒店的房间。

朱子俊许诺在他的公司里为她谋个事做。她并不真的想去他的身边工作,一点也不想,那会有很多不必要的麻烦。

那时是夏末,直到冬天,那也还只是个许诺。朱子俊跟她联系得越来越少了,她从没主动给他打过一个电话,或是直接去他的公司里找他,她从没那样想过。尽管如此,不可避免的,她感觉自己还是沦为了她所厌恶并不屑成为的那种人。

春节来临,那家人说,她不必一定要回乡下去。那家的女主人很欣赏她,觉得她带小孩很有一套,并且,打扮起来,她的长相和身材满足了女主人的虚荣心,邻居们可雇不到个像模特的女人来当保姆。男主人,哦,当他的眼睛注视着她时,她就避开了,他对她很照顾,容忍和掩盖了很多因为她没有尽心或是贪杯而留下的残局。

一个细雨绵绵的早晨,男主人开车送她去车站。她看着他的眼睛说:"谢谢你。"

他再次地问:"非得走吗,你还会回来吗?"

"也许不会了。"

他回头看她,她与刚来时完全不一样了,她的眼神也不像初来时那般迷茫。

他找话说:"谢谢你照顾我儿子。"

"我也有个儿子,比你儿子大半岁。"

他感觉没有理由挽留她了。

"你会是一个好母亲的,欢迎你带他来城里玩。你们那里下雪了,注意保暖。"

"谢谢你。"

D

她无意间听说朱子俊曾经谈过好几个女朋友。

她心里没有任何感觉,只庆幸她们都有办法离开了他。

炎热的午后,她在房子里待不住,遮阳伞抵挡不住烈日的炙烤,她望着江水流去的方向,想起杨林像过去时候的她一样,如今整天站在门外晒太阳,期待着公路上会有一辆车停下来,车上的人会走进超市,看着他的眼睛,跟他说上点外边的什么事。

海风从竹林那边吹过来,那声响,一会是玻璃的敲击声,一会又像是瓷的叩击声,有一瞬,错落散乱,忽一下叠加,清晰有力,像是一种召唤,吸引着她,走进那个歪歪斜斜的玻璃房子。

那是一栋空空荡荡的房子。一张厚重的木桌上,摆放着一些纸,轻漫单调的颂唱声,似乎从远古时代弥漫而来,太阳也从那里照射下来,她向里走,有人迎面而来,不知所措间,她已站在那人面前了。

"你来了。"

她忽而声泪俱下:

"请你告诉我吧。"

那人不说话,往她眼睛里望着。

阳光的缘故,她看不清那人的脸。

"就请写下来吧。"那人推过来一支笔、一张纸。

炎热令她虚弱,一阵眩晕,她感觉自己生病了,她的脸从浓妆里露出来,她想说声抱歉,不知道要道给何人。玻璃是茶色的,她刚才走过的街道像在另一个世界。这里,流淌着某些记忆里无用的东西,刹那的错觉,她跟那个世界之间,并非隔着一块玻璃,而是一道深渊。她看见了一面被丝巾遮挡住了的镜子,她想拂开那丝巾,她的手指马上要触到了,那番挣扎,扭曲了她的神经。

星期天

闹铃响起之前他就醒来了,想开灯翻两页书,担心吵醒妻子就没有动弹。她离他远远地躺在床的另一边,朦胧的晨光里,可以看见那张脸还在睡梦里,平和单纯,甚至有那么一缕柔情。平时,这张脸总是因为愤怒和不满而板着。或许,她此时的睡梦里,有一个他所不知的人,令她从内心里溢出了柔情吧。

这种时候,人很软弱,意识恍惚散漫,他感觉自己像一团正在往四下里漫溢而去的蛋液,有意无意地围拢,就有一个温暖、令他爱悦的形象。他悄无声息地拥抱这个意念之中的人,抚摸她那微卷的发丝、长睫毛的眼睛和他亲吻过的右边耳垂——那里有一颗小小的淡红色的痣,若不细看,根本看不出来;或许,连她自己都不晓得那里有一颗小小的痣。这种臆想中的感情越来越浓烈,他无声地呼唤那个虚无又真实的影像,一阵柔情泛动,内在的某个自我苏醒,他有一种想哭的欲望。暗暗地,跟她无声地讲很多话的时候,这个倾谈的对象,渐渐模糊,既是那个他所深爱的叫沈玲玲的女人,又很虚幻,连他自己都不晓得那个人是谁。最终,满心里只有对生命的感动。这混乱纠缠的激情令他伤感,又仿佛令他获得了能量。淡淡的晨光映在窗帘上,海水浮荡着蓝色的泡沫。

随后,他悄悄起床,来到客厅,将卧室的门关上。已经到来的这一天,既是翻来覆去重复着的,又像是崭新的。

上高三的女儿也从自己房间里出来了,取了垂挂在阳台上的一件衬衫,又进到房间里去了。他手机里还存着班主任前天发给他的信息:

现在不是委婉的时候,我就直接说了吧,姜昱好像早恋了哦。

他一直没找到时机跟妻子说说这件事,她一定还不晓得,要不早就爆发了。

他跟女儿相处的时间实在太少了,他确实分不出多余的精力。姜昱鄙视他们一把年纪了还生了个小孩出来,从不跟他们好好说话,对姜在也不冷不热的。

她还太年轻,不懂得时间这东西,将来它会像海浪一样回卷,那时的她,会望到此时年轻的自己。想到这个,他站在那儿,差点泫然泪下。

伸手推对面房间的门,门从里面锁上了。

煎了牛肉和鸡蛋,热了两杯牛奶,将姜在的一份拿盘子扣起来。

做完这些,他去书房,坐在桌前。桌子上放了一沓当地日报,副刊上刊有他熬夜写下的文章,他把这些报纸都收集起来,堆放在显眼的位置。此时,他挑出一张来在灯下重新阅读,为自己写下的那些句子深深地感动,甚至记起了当初写下它们时的场景。情思涌动,他极想找个人诉说此刻复杂的感触。

"你是草木,令我的生命丰华。"

他发了条微信。墙壁、书桌上的那盏灯、握在掌中的那部手机,都变得温柔,重新在黎明时分的那阵混乱纠缠的情绪里了。它像一张安全的网,他需要待在其中。这个房间是从客厅隔断过来的,专作他的书房,也不算小,就算再为父亲支上一张床也够宽敞,可是妻子不同意。他站起来,在房间里快速地走来走去。自从母亲去世后,他把父亲从乡下接来,那时,还没有姜在,他们住在建华新村那边,房子也没这么大,怎么说呢,他再也不想回忆起那边的生活。

"有事,过会跟你联系。"

手机上跳出来这样几个字,他心中一凛,女儿的声音透进来:"晚饭去爷爷那里吃。"身体里那根脆弱的弦开始颤抖,他装腔应着声走出去,女儿正把一盒坚果往书包里装。爷爷牙好,特爱吃坚果。

"给姜在留着吧。"

天啊,女儿终于朝他看了一眼,冷笑道:"那可是你亲爹。"那盒坚果被扔回去,门被重重地甩上了,似乎还挤进来了两个字:变态。

他感觉自己脆弱得像玻璃,连女儿也瞧不得他这个老子了。

只有心里感觉不到爱的人才会发那样应付的文字。她是不爱他的了。她从没爱过他也说不准。

他偏是非凡地爱她。爱是孤绝之地稀薄的空气呵,他的生命凭此而宽广。

回到书房,将窗帘撩开一点,一两声清越的鸟鸣,又令他的心温软了,这个清早,慢慢地变得明亮。

他八十岁的父亲,这会儿,一定也起来了,已经期待着他带姜在过去。很多时候,老人家一个人呆望着地板出神。偶尔,他下午去那里时,看见父亲在跟一帮老头儿下棋,这会让他的心一阵放松。那些老人总会盯着他问,作家,最近写啥书了?

他的领导也这么问他,但是语气就大不同了。他跟妻子在同一家单位,这非常不好,越来越不好。

门被轻轻推开了,他赶紧走过去,伸手在那个小脑袋上按了下,去厨房给孩子拿早餐,那个小小的影子跟着他。事实上,他那些小块块还真是在上班时间写的。你看到了,在这套房子里,他根本难以有自己的时间。

"姜在,"他故意大声地喊,好让小家伙尽快熟悉自己的这个名字,而不是什么丑丑,"不要把门锁上了,爸爸晚上要进去给你盖被子的哦。"又问,"你晓得自己经常踢掉被子睡觉不?那样会感冒的哦。"他尽量用慈爱的语气说。

姜在没有说话,也不看他,低着脑袋用手抓着煎蛋吃,吃个煎蛋都掉渣渣。纠正了半年,他懒得再说了。

"姜在,有件小小的事要提醒下,睡觉要穿上小裤头喽。"

"我爸说男人睡觉不用穿那个,女人才穿。"

他对着那双明亮清澈的眼睛看了几秒钟,尽量挤出一些笑意:"快吃吧。"

他妻子的声音先进来了,一看见他们父子俩就变得愤怒,声音里含杂着一阵夜里的浊气。姜在已经捉起了筷子,勺子却又掉到地上去,小男孩飞速地缩到地下去捡,额头碰在桌框上,他都听见了那响声。

"让他慢慢来,好吗?"不管他发出什么样的声音,只会加剧她的愤怒。

女人数落了一气,像是过往的日子已经把她给拖垮了,表弟一家,最令她憎恨。背过他,她会把姜在抱在怀里又亲又哄,对不起,妈妈不是冲你发火的。

他想说点什么,什么也没说出来。因为妻子还在爆发:他没把厨具摆整齐,杯子没洗干净,不想干就放着。一阵摔打,垃圾筒倒了,他看着那个丝毫不打算克制自己的女人,她的脸颊扭曲着,丑陋不已。现在,他对这个跟他生活了很多年的女人满是怜悯。让她去爱上点什么吧,购物发呆说话,什么都好,哪怕,是另一个男人。

他给姜在换衣服,望见窗口的蓝天。"姜在,看见了吗,太阳已经升起来喽,晓得吗,那些开花的植物,很神奇是不是?"

姜在像个木偶，任凭他摆动。

朝阳缓缓地照进来，在各种噪音里，他努力让自己意识到，人间正值四月天，温暖的风吹拂脸颊，到处是蓬勃生机。他每天都要留意小区里的植物，为之惊叹，像从没见过那植物的盛开。南山和北山上的花，轰轰烈烈地开了很久了，他在意念里跟某个人牵手，慢慢地从那些花树下走过。

提前下楼，他将车门打开，姜在慢吞吞地爬上车子，小脸贴着窗玻璃。一早上，他就说过那么一句话。

"不想去爷爷家吗，那我们去公园好不好？"他转头瞥了眼。小家伙仍旧用脸贴着窗玻璃。他发动车子的时候，姜在说，不去公园。

一路他都在打电话接电话。

跳下车之前，姜在看着自己的鞋子说，想我爸爸妈妈了。

他没说话，装作打电话，将眼睛低下。

爷爷站在门口等。他想下车去房子里看看，但他坐着没动。那是一栋老楼，厨房和卫生间换着漏水，冬天时暖气时常停掉，但那个位置离他上班的地方近。事实上，很久他都来不了一趟。父亲硬要住一楼，一楼便宜。一个人住，宽敞倒宽敞。他本来还雇了个小保姆为父亲做饭，但等他过了一个礼拜过去，父亲已把她给打发走了。搬到新居已有半年了，父亲住到这条巷子里，也有半年了。

姜在将手伸进爷爷手里。那棵梧桐树下，坐着几位老人，他们一齐朝车子里望着。倒回车，他给表弟打电话。表弟说，正有事求你呢。"又借钱？我哪有那么多钱啊，你晓得的，才买了房子。什么，住院了啊，那我再想想办法。"

驶上正街，两边的槐树才露鲜嫩的叶片。他的那些亲戚以为他是多大的官呢，大小的事都来求他。挂了电话，又打了过去："有空过来看看姜在啊。对了，请别在他跟前叫丑丑了。"

不晓得表弟私下里给姜在的小脑袋瓜里灌输些什么，姜在至今都认表弟是亲爸。

又来几通电话，他没有接听。他放任自己的心，在这个早晨没有任何负担。想起沈玲玲那个名字，他的胸怀间，便有一汪闪亮的温泉。他想到一行诗句，此时已经到了单位。他躲开门卫的问候，低头快速地进了电梯。

他很少召集属下开会，也从不打扰他们的礼拜天。他很讨厌开会，总是三言两语就安排好了事，就这点，他颇得人心，但老不能让领导满意。应酬喝酒，他必要喝得吐血，借着酒劲，他非常严肃地说，他写的，那可是文学作品。

除了几年时间里再得不到晋升，他对这份工作很满意。一放松下来，他那个暗处的自我就蠢蠢欲动。他那深情厚谊的自我老是处在一种孤绝之境，哗然的孤独，时常包围着他。手指按在键盘上，开始敲打，一部继续了很久的长篇小说，他苦于没有整块的时间完成。星期天，整栋大楼都很安静。

逐渐找着了某种调子，心怀软弱，要给父亲打个电话，督促他把上次取的药吃了，不要给姜在吃冰冷的东西，老人家记性差，有时候火都不关就出门去了。

幼儿园的阿姨却打来了电话："星期一过来谈谈姜在哦。""是，我跟他妈妈已经交流过了。还是不怎么说话啊，这样下去，不好哦。"

正处在一种对文字的激情里，他跟自己说，谈什么呐，我知道自己的儿子，有深情的人，都孤独哦，对养育了他的人怀有深情，不错嘛。可是，也不是好事，这种人，感受力过深，总是伤自己。那是老天赐予你的特别,他会跟儿子这样说。妻子则要带姜在看心理医生。妻子跟他谈不拢,才搬出幼儿园阿姨来跟他谈的吧。如果是这样,他更不想跑去幼儿园了。

又有人敲门。

"就知道你会在这里。"来客往里闯,他不得不迎进门,晃晃悠悠闲谝一个半小时的话,烟雾腾腾。他不能打发,时间又白白地流逝,赔着笑脸送将出去,已到了中午。

走进地下停车场,幽暗空旷。他很想一直待在这里。似乎听到妻子哗哗的笑声。曾经开过一次玩笑后,他的妻下班时就总是去乘坐张挺的车子,听那名字,他就不喜欢那个同事,张挺会载着他的妻先去幼儿园接他的园长妻子,如果是晚上,会顺便把姜在也接回来。也是因为这层关系,幼儿园阿姨才会对姜在过度地关注。他从未为此而感激过。两个女人时而亲近时而疏远,但这不影响他的妻在地下停车场一再地踏进张挺的车子。

近来女儿也不让他接送,想到跟女儿之间的疏远,他伤感而无能为力。

进门时,妻子已做好午饭了,看上去精神不错,他松了口气。张挺爱开飞车,危险。脑子里进行着这些对话。就算是礼拜天,他们也没有心思坐下来聊聊天。他吃惊地发现,妻子近来变得洋气了,头发烫过了,小朵的玫瑰样的发卷,因为她从来不看他,他便可以仔细地观察她,她的肤色其实蛮好看的,个头小一点,如果再减减肥,倒不失一种丰韵。他站在餐桌一头,突然幻想她能走过来,将脸贴在他胸口。当她的脸转过来时,他走开了。

他是在结婚以后才发现自己有多厌恶一个女人做会计的工作,在单位,妻子是这方面的权威。

他又悄悄出门。坐进车子里，一时不知要去哪里。小区里空荡荡的，一个人影都没有。他发现自己突然变得那么怕孤独，年轻时，他在拼命工作，不记得自己有过这种感受，一年当中，四季有何不同，都不大会发现。他一点也不想去跟父亲待在一起。

他呆呆地坐在车子里，幻想沈玲玲会跟他联系，她好像已经把他给忘了。他有点难过，决定这一天也不跟沈玲玲联系。可是，她一直充满他的心间。尤其，当他一个人的时候，全副心思都在这个女人身上。他吃惊，若不是遇到沈玲玲，他这一生都不会晓得，男人跟女人之间，竟会有这样深邃宽广之爱，他愿意拿所有去换这份关系。有一回，沈玲玲问他："你真舍得吗？"他没有回答。她其实不过是那么一问。女人总会因为一句没什么意义的瞎话而在乎很久。他极度地爱着她，这是真的。他无比真诚地追求过她，俩人在一起时，他不得不在电话里安排工作，有时，会站起来很严厉地说，这件事，你们看着处理就行了，转身，他会把脸埋进她怀里，说他厌烦这一切。这让她有种很奇怪的感觉。也许，她仅仅满足于这个，她似乎并没有说过她爱他，而他每次都因动情而哽咽。

这样就好。他担心的事并没有出现，沈玲玲没有向他要更多，从没有哭着对他说，她再也受不了。七年前，沈玲玲有过一次跟别人的婚姻，离婚后，沈玲玲一直一个人生活在苕蓝城，她没什么朋友。如今，他们交往两年多了，他希望一直这样下去。也有那么些时候，他希望她主动说出想跟他长相厮守的话来。她从没在不恰当的时候要求他做什么，这令他感到莫名的挫败。

他非常吃惊那些从来没有崩溃过的人，而他时常这样，只不过，他需要善于隐藏，暗地里治愈自己，有时，那个时期很漫长，他全副精力投入工作才能度过去。偶尔，会有一个女人出现，但他所获得的，是某种他说不出来的不适，那或许是更深更广阔的孤独，这令他越加珍惜沈玲玲，她令他感觉到某种妥帖、契合，他是那样迷恋她。

近来，她对他明显变冷了，或许，她一直这样冷漠，只是他自己随时涨满了热情罢了。他一冷淡起来，她便也没了反应。他不愿意深究下去。

又想起，他的办公室门口立着一大束鲜花，他有点惊恐地望着那花，一个同事先笑出了声。他曾帮这个小伙从近千人的竞争里进了单位。小伙子跟他说，我只是希望，我会给你的写作带来一点灵感。

他记得自己没头没脑地说了句："你比我更了解这生活。"

他从没有给沈玲玲送过花。这些事情上，倒不是他大意，或是没能力，只不过是，他真有种变态的习惯，比如那盒坚果，他并不是真的舍不得给自己的父亲，可是，他要怎样对女儿解释那一瞬间呢。想到这个，他发动车子。小时候，真是穷怕了。父母多病，一家人只能想尽办法省吃俭用。车子驶上去往帝都商厦的路。念完小学，姐姐就不上学了，好让他继续上学。一家人节省下一把白面给他吃，他流着眼泪给沈玲玲讲。他担心手里握有的又会失去。沈玲玲说："我理解啊。"又问，"你会让自己失去我吗？"他动情地说："你已经是我的生命。"

怀着无限的柔情蜜意，停好了车子，他先去首饰柜台前一一地看过去，想象它们戴在沈玲玲身上的样子。又去了化妆品柜台。一家家服装店看过去，天啦，他从不晓得，属于女人的这些物品怎么都这么贵。

想到那个女人对他生命的意义，热烈的情感又令他几欲哽咽。一辈子，他就爱过这么一次，是这个女人改变了他对生命的感受，她催生出了他的另一个无从预料的自我。

他的领导打电话过来了。他很奇怪，这件事不一定非得在礼拜天说，偏偏打来了，对方想要干什么？他毕恭毕敬地站在那儿接听。领导先说了关于上次他晋升的事，一番云里雾里。他说，没什么的。心里其实挺不平的。那头说："怎么样啊，下午出来放松放松。"

都没有过脑子，就已经拒绝了领导的邀约，这天他不知哪来的勇气，要在以往，再紧急的事，他也只好放在一边。他厌恶死了打麻将，每次都输很多。当然，他在乎的不是这个。悠闲度礼拜天的人们从他身旁经过，他站在那儿，有点失魂落魄。

每当他情绪低沉的时候，亲人所受的苦，总会在他心里引起剧烈的震动。他想到父亲很孤独，为了儿女，父亲曾经差点去乞讨。姜在一定也很孤独，偷偷思念着自认为的父母。甚至，想到妻子对自己不满而经常处在一种不快的情绪当中，他都非常难过。看着那些享受礼拜天的人，他想告诉他们，对这个叫苔蓝的小城，他怀有深切的感情呵。

重新意识到自己刚才拒绝了领导，忙给下属打电话，嘱咐了几项工作，一定要做到无半点疏漏。提到时间，猛然记起今天要带父亲去医院看眼睛的，父亲一定以为他很忙而没有提醒他。今天是礼拜天，光是排队挂号就得一两个小时，医院里，老是那么多人。

姜在被抱走的那个日子，在他脑子里一直是一团暗黄阴沉的影子。姜在会在将来懂事的一天，知晓自己一出生就被抱走的命运，他会问"你们为什么不自己抚养"或者"既然不能养为什么偏要养"这样的问题吧。

　　他一个人在商厦里乱逛，复杂的情绪纠缠着他。他不知令他伤感、要冲涌而出的，究竟是什么，他的心渴望有人收留、理解。

　　许多人忽然从那头的过道里拥出来，他才发现自己已上到了最顶层。他转身寻找出口，又绕进了一个商厦里，沿着原路返回来，才发现这一层是放映厅，那个过道里仍有人在进出。他看见张挺双手插在裤兜里，缩着身子往前走，他前面走着一个女人，她同样像是在缩着身子，低头看着脚下。不知怎么的，尽管张挺跟那女人没有并排走在一起，但他能感觉到弥漫在两人之间的强大的一股气息，那种恋人之间才有的气息。

　　他僵在那里，仿佛是被那两个人之间暗中缠绕的气息所感染、吸引。远远地，他看着他们一前一后地走向过道那头的亮光下，现在，他越发地肯定，有一根隐秘的线连接着他们。女人的背影娇小丰满，看上去，她年纪不轻了，但那个背影很好看，她极轻地走着，似乎被一股幸福快乐的光芒笼罩着，她的那头小发卷满是温柔地卷曲着。而张挺的目光，一直像他一样投在前面的那个女人身上。正是这另一个人深情又不由自主的注视，令那女人的走路姿势有种特别动人的美。

　　就算是初次约会的时候，他也没这般地欣赏过那个女人。身心里又是一阵猛烈的涌动，他周身的神经都发紧，看着他们出了那头的通道，才浑浑噩噩地转身，旁边一道门开着，他便走了进去。

　　他的眼睛在亮闪闪的玻璃柜台里游走了一圈，他发现自己并没有攥紧着拳头，只是很伤感，也许是羡慕，那种深切的爱恋的缠绕、那根隐秘的线，似乎从妻子跟她的情人那头传来，还连接在他身上。

他跟同事也不怎么热络地联络，无论怎样用心，同事之间的友谊都有某种程度的狡猾和不诚实，跟张挺之间，不过是在会议当中打个照面，他对张挺一点也不熟，他们之间，顶多是派个属下过去交接一下工作而已。妻子会在意他身上什么呢？他不打算在对张挺的一知半解当中刺探妻子的秘密。

姜在一出生就被抱到表弟家，长到三岁才给抱回来，从早哭到晚，不吃也不喝，又给送回表弟家去，反反复复，如今四岁半了，仍旧认表弟是他的亲爸。他不能理解，妻子也为此愤怒。

他难以将在这个商厦里享受爱情的女人跟在那个家里的妻统一起来。显然，他没能力让她展露美好的一面。她有理由那样愤怒。

"先生，请问您想看一款手机吗？"一个小伙跟在他身后问。

他说道："你知道，今天是个什么日子吗？"

"一定是个特别的日子喽。"小伙听不出他那悲伤的语调，一心只想给他推销柜台里面的手机，"那更应该买一款手机哦。"

今天，只不过是四月里的一个礼拜天。他在心里对自己说。

他缓慢地进了电梯，挤在里面的人都在热烈地谈论着一部他所不熟悉的影片，他闭上眼睛，那些声音回旋着，他感觉自己的心脏还在向着虚空跃起，直到电梯降落、停稳，他最后一个走出去，它才慢慢地平静下来。

来到商厦外面，先是耳朵里清明起来，他深吸了口清爽空气。暮色已经覆盖下来。想跟沈玲玲见面的渴望，成了一股委屈难过。给她发信息，半天过去，没有回音。他又打她的电话。

"真是不巧，"沈玲玲压低了声音含混做作地说，"跟同事一早去了某地，正在返回的车上。"

夜晚的灯，使得这个城市变得华丽，他仰头望着那灰暗的夜空。沈玲玲也在别人的陪同下享受着美好的生活。他已然料到，接下来的时间里，他会非常不好过，也许，他该一个人去看一场电影，既然已经来到这里。他转身又进了商厦。

大概是想到他受到了冷落，当他推开那道玻璃门的时候，沈玲玲又发了条微信：

同事家里出了点事，不得不陪她。这一天，也想到我自己的人生。

他的心情雀跃，手机上紧接着又跳出来一句：谢谢你。

从玻璃门里退出来，他把这句话翻来覆去地看。什么东西在他身体里上扬。在车上很匆促，照沈玲玲的性格，必会先为别人考虑，要让同事感觉到她一心一意地陪在她身旁，所以说得那么不连贯，但是，她知道他会懂。那句"谢谢你"饱含了深意，因为在某地的这一天，令沈玲玲考虑到他们彼此拥有的珍贵。她总是那样，能恰到好处地抚慰他，并且，勾起他无限的深情。

人活在这世上，难免会莫名其妙突然遭遇意外，而那位同事（瞬间他又不确定是男是女，他尽量压制着这种疑惑）一定很庆幸，此刻正有沈玲玲这样一个人，贴心地陪在身边。他不知道沈玲玲看到了什么，但她感受到了触动。

猝然地，他感觉自己老了，要是年轻点，他会想法改变这可怕的生活，他会尽量将一切安排得不那么叫人无望。也许，他会先改变自己的性格。

他一个人居然晃荡了这么久。不知几点了，商厦里面灯火通明，沉闷的噪音和各种电子音乐在耳边激荡，透过玻璃，看着琳琅满目的货品，他想到家里的电器都该更新换代了，包括他身上的衣服鞋子。偶尔，妻子会从商厦里给他带一件新衣，他从不挑剔，就穿上了。处身繁华，他身上的衣服确实太旧了。他们从未一起走进商厦来，连迫不得已参加聚会的时候都没有。

想挽着沈玲玲的手的渴望越来越强烈，不管她是真心，还是只把他当作一个普通朋友，他都不在乎。

他应该去公园里嗅闻植物的气息，可他却在这里白白浪费了几个小时，他究竟是做什么来了？

这些年的生命，都耗在哪里了？

对那个他真实爱着的女人，他愿意期待和抱有希望，她会慢慢地了解他更多一些，也会更在乎他一点。在有生之年，她会像此刻的他一样，发现这场短暂的生命，如果不是有那些激起你无限深情的事物，若不是有真正在精神上改变过你的人和事，该是多么苍白，不值得过。这些话，正是沈玲玲曾经对他讲过的，正因此，他才深爱着她。跟他在一起时，她是那么柔弱，而当她一个人时，又是那么独立。在这一点上，他其实不如她。他是个总被自己的情绪控制的人，他经常暗自流下眼泪，倒像一个娘儿们。

没有哪一刻，如此刻一样令他感觉到自己的苍老。每一天他都在忍受，重复干着复印机般的工作，能让他做到身心投入的事是那么少。

短暂的中断后，那股暖意融融的激情又回旋而来，比往日任何时候都强烈，充溢在他心间。他不知道该感觉到庆幸，还是该懊恼。

不，他一点也不想去猜想结局。

人们都往回走，他跟着他们来到地下停车场。在脑子里过着明天一早将要安排的工作，他回到了自己的车子里。在幽暗里，他待了很久。

顺　子

这次参会人数众多，主办方安排住宿是两人共用一个房间。连着两个晚上，我几乎彻夜难眠。到了第三天晚上，跟领队知会过后，我去前台自己掏钱订了一间客房。在这个过程中，我也考虑过，要不要跟同屋那个女人解释下，我不习惯两人共住，我只是需要睡眠。但我想不出个妥当的措辞，便决定先换个房间，赶紧睡上一觉再说。

白天，会议紧锣密鼓地进行。用完会议安排的晚餐，我就准备去睡了。我刚躺下那会是九点，就听到很响的敲门声。是跟我同屋的那个女人（我有多不愿意记住她的名字），她在楼道里近乎厉声地呼喊着我的名字。我们几乎还没说过什么话，我们相处的两个夜晚，她一直进进出出，要不就在打电话，每通电话之前她都嗲着嗓门，大声地来一句：

"我是顺子嗳！"

为了防止听到这个，我得赶紧往耳朵里塞纸团。

准确地说，我是想躲开这个声音、这个名字。

"你要干什么？"隔着门板，我不怎么热情地问。

"我知道你换了房间，可是，你这样做究竟是什么意思啊？"

"抱歉，我只是想好好休息下。没别的意思。"

她继续在那里敲门，一边不知在说些什么。我回到床上，用被子将自己蒙起来，她（的名字）引得我的神经一阵阵不舒服地战栗，敲门声在继续，也许我该打开门，让她进来，我这么惊惧地躲避她，的确有些不可思议。

我不得不下床去拉开门，因为过道里忽然多了个声音。

对面的房门开着，我探身出去，看见陶中杰正引着那个女人往过道那头走，他悄悄在背后冲我摇了下手，我连忙退回来。

真是巧了，我不知道陶中杰就住对门。开会时，他就坐我边上，不时轻推一下走神的我，我们就这样认识了。

冬日的沙城可真冷啊，可坐百人的会议室里，只有一台16度的空调在吹，昨天早上，直到会议结束，才有人发现，居然吹的是冷气。虽然离得不远，可我很少来沙城，我对这个城市的印象无所谓好坏。再次拉开门，我看见对面的房门仍然开着。我走到门口，敲了两下门。陶中杰马上出来了。

"我不知道你住在这里。"我走进去，看了眼对面我的房间，"你怎么不关门？"

"太闷了，我感觉受不了。"

"你的同伴呢？"

"我睡眠不好，怕影响别人，自己订的房间。"

我们同时笑了起来。

"你认识她？"我指向门外。

"不是很熟。"陶中杰问我，是不是病了，脸色那么差。

我说我还是睡不好，正想着去买点安眠药。他立时紧张起来，说千万不要吃那个，我倒有好方法令你迅速入睡。说着，他转身拿了椅子上的大衣。

几分钟后，我们乘坐电梯上到二十二楼的茶室，服务员引着我们绕来绕去地找到一个比较明亮的地方。陶中杰点了水果拼盘、一盒烟，还点了一瓶酒，白的。他从椅子上拿起大衣那会起，我就感觉我一直找不到借口说不。

"两个人，喝酒？"

"是有点没意思，不过，我今晚想告诉你一些事。"

真后悔跟他上这儿来了。只求"一些事"可千万别太耗时。

"实话说，我感觉不怎么好，不比你好多少。"陶中杰倒在对面的沙发上，又说了一遍，"你脸色很差。"

为什么是我？我们真的不熟，比那个让我无法睡觉的女人熟不了多少，至少，她还能勾起我许多令人惊惧的回忆。我表示，我就是瞌睡，并没有别的什么不好的感受。

"或许，正是因为我们不熟，我才想跟你说这些。"陶中杰歪着脖子笑了笑，"你看，我们正好都有这种体验，在异地他乡，正好都睡不着，正好都需要有个人说说话。喝一口试试。"他指着我面前的杯子。

我一点也不想说话，我只想能找到一点点办法让我眯上一会儿。他说的这些听上去勉强是个理由，夜还不算深。我从没喝白酒的经验。

不知不觉间，我一边听陶中杰说话，一边已喝下了一杯，服务生给我们换了小小的白酒杯子。

"你还得再喝上几杯，这会儿回去，你还是睡不着，再来三两杯就好了，不可再多。你这样也不能猛喝，得慢慢喝。"陶中杰笑看着我。

喝掉第三杯，我的心开始剧烈地跳，直跳到了耳朵里，我感觉脸颊上像烧着一团温火，我想起身离开，我感觉陶中杰骗了我，他只不过是想找个人陪着他喝酒。这么喝下去，睡眠成了神话不说，心都要跳出胸膛了。

想想逝去的几个夜晚，此刻微醺的醉意似乎比睡不着的煎熬要好些。我继续坐在那儿，一边小口小口呷着比中药难喝得多的烈酒，一边听这个陌生的男人开始漫无边际地说话：

"我完全可以避开这次折磨人的会议。我是主动要求跑来忍受这个的。这些天里，我跟你一样，彻夜未眠。来这儿之前的几个夜晚，我就住在酒店里，家门口的酒店。后一个晚上，凌晨两点，我妻子找到了我，我们又一起回家去了。不，我们没有吵架。"

我瞄了眼陶中杰,他很年轻,有一丝倦容,举止得体,还不到中年危机的时候。他继续说:

"我们一同回到那个让人产生冷意的房子里去,继续一场旷日持久的谈判。"

"哦。"我捂住嘴打呵欠。我又喝掉一杯,也许,可以装醉,起身离开。

"她叫杨金顺,比你大一点,"陶中杰端详我几眼,"有可能你俩同岁,你跟我妻子。"他已经喝下了第六杯酒,"她喜欢我称她为顺子。"

我坐直了。脑子里突然挤进一股冷澈的风,我一下变得极为清醒。躲来躲去,为什么就躲不开这个"顺子"。多少年来,我以为我早已经忘了这个名字了。

陶中杰没注意到我的失态,继续在构筑他的故事,他慢吞吞地说着,不时地寻找着一个合适的词:

"我不喜欢叫她顺子,这个名字令我感觉到,她身后站着一个我不了解却能感觉得到的人,一个令她含情脉脉的人,不,这不是重点。"

陶中杰又停住了。我吞了一大口烈酒,这一口酒下去,我马上面红耳赤,我已然不知道自己为什么要喝这么多酒,我的脑子里迅速地转着一个念头:对面这个男人,只是在讲故事,为了能把这个在异乡难熬的夜晚度过去,他在设法、努力让这故事变得可信,好让我(几乎还是个陌生人)继续陪着他坐下去。我应该马上起身,回房间去睡觉,可陶中杰的故事才开场。

"呃,我还是从头给你说起。是在几年前了。时令是夏天,一个与平常无异的黄昏,热浪还没有退去,我去报社找一位一言九鼎的副主编，商议一项广告业务。报社处在苔蓝城最热闹的巷子里，一座破败的大楼，没有电梯，我爬上七楼的楼梯，站在过道里喘气。一个没精打采的女子从一个门里走出来说，副主编有急事外出了，广告的事，我可以跟她商谈。副主编随后在电话里也如此这般地交代了一番。

"那会儿，已快到下班时间，我约这个心不在焉的女子：不如一起吃晚饭吧，边吃边谈事。

"她没有拒绝，没精打采地随我下楼。她穿着很长的裙子，在这样热的天气里，可不怎么适宜。

"落座后，再来一遍自我介绍，她叫杨金顺。她看了我两眼，不那么心不在焉了，态度也随和了许多。

"那天后，我又去报社找过她几回，更换广告词之类的事，那位副主编后来请我们一起吃过一顿饭，我又回请。我跟她慢慢地就熟了。她一个人生活在苔蓝，跟我相识那会儿，她还是单身，那时我已经老大不小了，她比我还要大上几岁。

"她的家乡在一个偏远小镇，高中没毕业，她就到她哥哥开的药材加工厂去工作了。她一心想着要走出来。经过她哥哥同学的介绍，她到了苔蓝，在一个房产公司做文员，她并不是专心地只干这个，她给报纸副刊不停地写稿。那时候的她，有一股莽撞的勇气。庆幸的是，她通过努力成全了自己。两年后，她得到了去报社工作的机会。

"我认识她的时候，她已在那儿干了快十年了，那位副主编说，她是一员得力干将。她做事极为干练。只是，对她那种职业的女子，我有种本能的反感，可能是，之前我遇到过同样干这行的女性，她们给我的印象是，一种被纵惯的任性，太自我，也有那么点神经质。我把杨金顺也归为这类人。只是，不知怎么的,后来我们就开始交往了。"

陶中杰看了下时间,跟我碰了下杯子说:"要不,今晚就说到这儿?如果你有兴趣,明晚我们继续。"我央他接着讲。

陶中杰微微闭了会眼睛。然后又说:

"除了有那么些令人费解的时候,我们在一起的时光,都还算快乐。她的确很自我。我不喜欢闷在房子里,一有空闲就去外面寻些乐子。令人难以理解的是,杨金顺后来还在撰写那种豆腐块,我的意思是,如果她多少做一些不那么廉价的思考,或者她是在虔诚地创造某个人物,会更值得尊重些。你理解吧,虽然我自己不写作,但我知道那是两回事。

"当然,这不是重点。对两个恋爱中的人来说,各自有不同的喜好,也许倒是好事。

"她的房子里,弥漫着有洁癖的人才会有的那种气氛,我请她住到我那边去,她犹豫了一阵子。我的房子不大,处处显露出一个单身汉的零乱,她花了很多时间布置整理,慢慢地有了家的样子,我也才爱上了我的房子,不怎么跑到外面去打发时间了。

"夏日的黄昏总是那么漫长。我去体育馆打球,她则忙于那种对某个名人的追踪采访报道之类的事,我没什么可说,只要她感觉有意思就好,那是她的工作。偶尔,她会带一束花回来,布置我们的那张餐桌。我在床上听着客厅那边的动静,她在喝水、洗澡。我假装睡熟了,感觉她在我身旁躺下来。很多时候,如果我不转身去触碰她,她会一直那样背对着我躺着,我知道她并没有睡着,有时候,她在哭,我知道。

"大多数时候,我能感觉到她拥我有的快乐,应该跟我拥有她的快乐是一样的。我们都不怎么喜欢逛街或在商场里乱晃,天气好时我们就去走路，在一条偏僻的街上，漫无目的地乱走，我们讲一些童年的趣事，一讲到中学时代，就只是我一个人在高声地说笑，她则板着脸沉默。我问她，那个时期的她，是怎样的。她说，不记得了。她不是那种娇嗲的女人，某种木然，令她有一种沉静之美。现在想起来，也许我并不是真的喜欢她这一点。那只不过是男人的一种自私，尤其，她成天在外做着那种比较张扬的工作，我更希望她在外人那里也能保持这种木然。真实的我，可能更欣赏女人骨子里所有的那种柔弱的美。哈，也许不是的，我更喜欢她这样的。有时候，我感觉对她其实不怎么了解。

"大概是一年之后吧，我们已然习惯了有对方的生活。

"我记得那天清早下雪了，我大呼小叫地跑到窗前，她只是冷冰冰地哦了声。我有点扫兴，离开窗户去洗漱，她一直站在窗口，睡衣衬出她身体优美的曲线，我站在那儿想，她是那样美，她自己知道不？

"我走过去，把她紧紧搂在怀里，我感觉稍不留意，她会跟那雪一起消融。

"她呼唤着一个含混不清的名字，我让她对着我的眼睛，她闭着眼睛说，我是顺子啊。

"她的脸颊躲藏在头发里，但我能听出来，她在哭，她的浑身都在哭。

"她一直在努力遗忘过去，我知道。可这对她来说，并不容易。这就是我所了解的。"

陶中杰喝完了最后一杯酒，站了起来："不能再说了，明天还要煎熬一整天呢。"

我已经晓得，这个夜晚，将会比任何一个夜晚都令人难以入睡,我捂着胸口,站了起来,穿上他递过来的棉衣。

回去后,微微的醉意令我马上就睡熟了,不久,又醒来了,我看了下手机,凌晨三点,一种比醉意更加叫人软弱的东西,一直萦绕在心间,是它唤醒了我。我躺着发呆,有个人的影子,站在窗口,像那暗夜的灯,冷弱地发着不易于被人觉察的光。

第二天下午,会议一结束,我就迫不及待寻找陶中杰,我给他发信息:"会议餐不吃了,我们去外面寻个地吃吧。"

他回说:"浪费了不好。吃完了联系。"

就餐时没看到陶中杰,我一个人坐在角落里,神思恍惚地正吃着,我那个舍友突然出现在对面的座位上,我一下神智恢复,下意识地拿出手机要给陶中杰打电话。

"我叫周顺敏,我们重新认识一下吧,你看,我没那么可怕吧。"她大笑着伸出一只手。我便也伸出一只手去,由着她捏了一下。不知道哪来的印象,她明明叫杨金顺。当听到她自称是顺子时,我的意识便混乱了。我不能告诉她,听到顺子这个名字,我会像遇到蛇一般恐惧。

"你是不是病了?"她提出陪我上医院去瞧瞧,她对这一带挺熟的。

"我很好,很好。"

"我知道你,我们不在同一个单位,但我们在同一个系统,你办公室的小刘是我同学。"

此刻看去,这个女人有点妩媚,我不敢朝着她的眼睛瞧,那眼神引得我的身体产生一阵熟悉的不适和悸动。她跟小刘会怎么议论我呢?手机响了,是陶中杰打来的,我赶紧跟周顺敏告别。

还是头天晚上的茶座,陶中杰要了清茶,给我继续要了酒。

我平时没喝过白酒，但我没有拒绝。他又开始讲：

"结婚也许是没有选择的选择。当不知道接下来要怎么办的时候，我们就结婚了。

"婚后的日子，唔。我们过的是高尚的精神恋爱生活。哈哈哈。"

"顺子，唔，"陶中杰再次说起这个名字时，露出我吞咽烈酒时的表情，"她不再热衷于采访报道名人那类事了，工作之余，我们还继续我们的走路，天气好时，我们一起去爬山，后来认识了好多喜欢郊游的朋友，我们出去的时候就更多了。

"让我想想，她第一次说那番话时，是在山顶上，对的，是秋天了，我记得我穿多了衣服，正打算靠着一棵千年古树的遮挡脱下一件来，她突然说：

"'我想，我们，还是分开来的好。'

"我把脱下来的衣服抱在怀里。

"'怎么，你不打算为此吃惊或愤怒吗？'

"我仰头朝着那棵千年古树的树梢望去。

"她说：'我受不了我这种样子，我感觉我欺骗了你，我再也受不了了。'

"从一开始，我就晓得她不是那种小鸟依人的女人，她很独立，有时候，她会哭，而更多时候，她表现得烦躁不安，我以为，她大概心情不好，但不需要我分担什么，她自己会调整好。"

陶中杰用手蒙住脸，他看上去依然那样疲惫。那一刻，我才有点相信，他可能真的是在讲自己。我给他续了杯清茶，他倒了杯白酒，跟我碰了下："感谢你有耐心坐在这里。"

我不知道要说点什么。他继续说：

"我感觉她要扯一个谎,就在那会儿,我突然醒悟,她跟我生活在一起,本身就是一个谎,她只是为了让外人看起来她很'正常',也就是说,其实她一点也不'正常'。我一直假装感觉不到她身体里无法消失的另一个人。那天,她果然全告诉我了:

"'我十九岁那年,结过一次婚,跟我们小镇上的一个有为青年。'

"我依然没有说话。我靠着那棵古树想,人们累得半死不活地爬这么高的山,好没意思。她自顾自地说:

"'他人挺好的,如果我是一个正常女孩,跟他这样的人在一起,一定会有值得期待的将来。'

"'你跟我讲这些有什么意思呢?'我终于大声地叫了起来。可她当没听见:

"'他是我哥的朋友介绍的,他在县城开了家电脑公司。那时,我在我哥的厂子里头当出纳。每天黄昏,他会开着一辆二手车到镇上来,再载上我去县城,我们坐在他的电脑城里喝啤酒,有时候也去公园,或只是在街上走来走去。他是个很有想法的人,对未来做好了很多规划。

"'你是一个意外,美好的意外。大概是他说了这个,我同意跟他结婚。'

"'事实上,不管他说不说什么,我都会嫁给他。退学后,我的人生目标就是把自己赶紧嫁出去。是的,我中途退学了。我哥是不会同意我跟着镇上那些女孩子出门去打工的,我只有他安排的路可走,我父母都听儿子的。

"'我不愿再想起最后在学校里的那段日子。那时候,我不由自主地喜欢上一个人,她永远都不会知晓,是她将我置于孤绝之境。那时候,我才发现自己与周围的人不一样。那是噩梦

的开始。无论怎样,我得想方设法掩盖这种事实:

"'我是个喜欢女人的女人,我只知道,这是一种耻辱。

"'当然,如果我早一点到了城市,或者那时有人跟我说一声,那没什么大不了的,我的人生就不会从一开始就变得混乱无措了。

"'这些事,与你无关,我省略点说。你不知道,我有多不想让人看出来,我与那些女孩子不同。而跟一个人结婚,是最好的隐藏方式。

"'一切都很顺利,我感觉自己也不那么讨厌将来会做我丈夫的那个人,我欣赏他。总归,我们打算结婚了。在县城举行的婚礼,我们住在他父母的房子里,婚礼散去,房子里只剩下我们两个。

"'我不能跟你睡在一张床上。

"'当我说出这个时,他以为我是被即将到来的婚姻生活吓到了。接下来的两个星期,我们都分睡在两个房间。我感觉到他在受了欺骗的愤怒中忍耐。终于有一天晚上,他冲进我的房间,将我按在墙角。他没有得逞。过了一阵,我们就去办理了离婚手续。

"'人们都在传说着那场短暂的婚事。我也不知道要怎么办。我不能再在小镇待下去。后来的事,你已经知道了。我离开了。

"'我想,当年我那个愤怒的丈夫至今都在想:为什么。我不能告诉他,那时候,我什么都不懂,我只是隐约知道,自己是个异类。我怕得要死。

"'是,后来我故伎重演,又选择跟你结婚,那是因为,我太孤独了,我一直跟自己的影子做伴。现在,你耻笑我吧。'"

陶中杰连着喝了两杯酒,他的脸颊通红通红的。

当时，我想说，那不是她的错，可是你知道吗，我身体里硌着一块石头，这块石头阻止我将这句话说出来，所以，我什么也没说。

"回去后，我收拾了几件衣服，走出家门，我想不到一个去处，一直在街上走了很久，走到一家酒店门口时，我再也走不动了。我走进去，要了一个房间，睡了整整两天。我的瞌睡，似乎就在那两天里已经睡完了，那以后，我再也找不到睡眠的影子。你看，你睡不着觉的痛苦，我最知道。"

陶中杰哈哈大笑着站起来，没想到，时间已经接近午夜，我们回到各自的房间。

陶中杰应该马上就睡着了，因为我给他发信息他没回。

我再也不能入睡，顺子，我要把我知道的顺子也告诉陶中杰。

那是两个令我惊惧令我五脏六腑犯恶心的字眼。

十多年前，我与顺子，就再也没有说过一句话了。我记不起来她大名叫什么了。我曾经把她的名字，狠命地踩进了烂泥里。

顺子比我大一点，留过两级，学习很好，我一直为跟她成为同桌而庆幸。那个镇子，不足两万人口，想从那里走出去，只有通过高考这一条途径，每个人都在拼命苦学。我父母都在农村种地。上中学时，我住校，顺子住在她哥哥办的厂子里。

冬天时，厂里的人放假都走了。顺子经常一个人，她让我搬过去同住。对我来说，当然求之不得。学校宿舍里连个火炉都没有，一进去，我们就得赶紧钻进被窝。

我跟顺子形影不离。晚自习后，我跟顺子锁好一对大铁门，让门口的一盏路灯整夜亮着。顺子的房间里烧着炉子，还有一个电暖气整夜都开着,真是暖和极了。我俩坐在一张桌子的两边做题,顺子不时走过来,扑在我后背上,我能感觉到她那两只圆鼓鼓的乳房,那时候,我其实还是个傻子,什么都不懂,根本就没注意到顺子给我的很多暗示。

半个学期下来,我的成绩排到了班级前几名,可顺子的成绩却不可思议地下滑,被老师点名批评。我以为是我影响了她,为此不安极了,有几个晚上,我不肯跟她到厂里去住。顺子站在宿舍里,除非我跟她去,否则她不走。我只好又跟着她去厂里。

路上,我让她保证,一定把功课赶上去,不然,我就跟她断交。

事实上,我只不过是为了让自己安心地住在温暖舒适的房间里。顺子学不学好,其实无所谓,她家里很有钱,将来做什么都可以。我心里真是这么想的。

"我保证,亲爱的。"顺子这么说着,在我脸上亲了一口,没人时,她喜欢拥抱我。我把这当成是她对我的一种亲昵。

"真希望我们永远都这样,不要毕业,不要分开。"从学校到厂里得过一条小河,顺子说这个时,我在河这边,她在河那边,清亮的月光正洒在结冰了的河面上。顺子将手电筒的光对着我照,又对着她的脸。老天可真是不公平,她是那样好看,还什么都不用发愁。可那天晚上,半夜醒来,我却发现顺子正俯身望着我,在说着同样的话。

"搞什么鬼,赶紧睡。"

"我是你的顺子。"她像个发烧的病人胡言乱语。

我伸出手,将她揽进被窝里:"好顺子,我最爱的顺子,现在,睡吧。"

那个冬天，实在是冷极了，快要放寒假时，我得了感冒，在轻微的低烧和顺子无微不至的关怀之中，我感觉到晕晕乎乎的幸福。顺子老爱跟我躺一个被窝，把我拥在怀里亲吻，起初我没在意，笑骂着躲避。"要死，传染给你了，还得我侍候。"顺子忽然变得很有力气，手乱伸乱摸，我一下惊跳而起。

我以为那个夜晚在我的记忆里早被删除了。我翻身下床，看了下手机，已快凌晨四点了，我在地上走来走去，多年前，身体里猝然激起的一股愤怒以及模棱两可的恶心感，居然还那么清晰和猛烈。

我从没想起过顺子，没通过任何渠道打听过她，自从那个夜晚之后，她成了一个令我极其厌恶之人，我要求老师换了座位，我眼睛里再也看不见她。

我顺利考上了一所大学，毕业后彻底离开了小镇，在我的意念里，顺子至今仍在小镇上，在她哥哥的厂子里。

第二天上午，我一直躲着陶中杰，我不知道自己为什么要躲避。一阵阴暗的湿冷情绪，我怎么也驱不走。

上午的会议结束后，人都走光了，我坐在座位上没起身，陶中杰走过来，坐在我对面。他像一个久病虚脱的人，说话都在攒力气。

"我早上才看到你的短信。"

"她现在好吧，你的妻子。"

"如果你是问这个，哦。我怎么都难以让她开心。"

"也许，那不是你的错。"

听到这个，陶中杰苦笑了下："这样的话，为什么我就跟她说不出口呢。"

"那也不是她的错。"我想，我现在才弄明白了。苔蓝并不是一个有多开放的城市，何况是我们那个鬼都懒得多待的小镇子。

我忽然大声地说："这个是没用，但你一定得亲口告诉她。求你了，请告诉她：那只能是，老天爷让她那么特别。"

陶中杰问："喝多了吗，你在说什么？"

我装着微闭上眼睛："请你对她一定讲那句话，告诉她，一个叫钟蓝的女人，想让她知道：那不是她的错。拜托了。只是多年前，钟蓝不懂得告诉她这些。"

"看来再不能让你喝酒了。"

"那，你们决定要分开吗？"

"不知道。"

陶中杰的两手抚着下巴看着我，就像它已经掉下来了，他必须得撑着。那眼神就像是，他在钻研我名字的真假。

我站起来，走到空荡荡的会议室的那头去。

"对了，你说谁，你说谁我认识？"

"没谁，我发错了。"

"想出去喝一杯吗？"

"不了。谢谢。"

在沙城的最后一个晚上，主办方举办了宴会，每个人都喝得兴高采烈的。

我提前回房间去睡了。在外的这最后一个晚上，我仍然没能睡上一会儿，顺子，在我的房间里走来走去，我闭上眼睛，她就在我的眼皮之上。我不知那会儿几点了，反正我不能让自己平静地躺在床上。

我穿好衣服，拉开门，我不知要跟他说什么，我相信，陶中杰一定也是这个夜里没有睡意的人。

我让房间的门敞开着,然后走到对面打算敲门,却发现门半开着,里面传出周顺敏那高亢的嗓门:

"我只不过是想拿掉她脸上罩着的书嗳,没想到,她一下跳起来,对着我的脸就是一巴掌,我一时都蒙了。她自己换了房间,大家以为我跟她闹什么矛盾。到现在她都没个解释,什么毛病,亏得我是个好脾气的人。"

我听见陶中杰的笑声:"那你打算要干什么,把人家吓成那样。"

"我以为她睡着了,书捂在脸上会难受嘛。"

陶中杰又笑了一气,听上去健康又神气:"你把人家吓得逃得远远的,总归,她是怕了你呀,顺子。"

"怕我,真是怪了,我又不是男人,难不成会强迫她做什么事?"

屋内传出一阵笑声。我浑身一阵哆嗦,站都站不稳,转身回到自己的房间里去。多年前的那个夜晚,我也那般打过顺子一巴掌。

城　墙

1

这一趟,她去了南京。第一眼,失望、鄙视,就在她的身体里贼一样流窜。她怀疑秦小安娶的那个小个子女人是二婚。秦小安和他的老婆出去后,她在房子里转来转去,那个小卧室里,整天都见不着太阳,刚结婚,里面已经摆了张婴儿床。老天呐,可别不是我们秦家的种。她靠在那婴儿车上,眼睛扫射出去。那一扇扇窗户后面,会是些什么样的邻居,跟她处不处得来呢?将来如果她搬来住,只能在客厅想办法了,沙发她睡不惯的。

"你眼瞎了吗?"她直视着自己的儿子,终没能管住自己的嘴。

"你闭嘴。"

"我的儿子让我闭嘴。"她接连一口气地说,说到这儿,停歇下来叹气。陈大夫这才站起来,走到门口去看了眼,这天,说下就下,折回来坐在椅子上,继续听她讲。

喋喋不休半天,讲了婚礼的排场,讲南京有多好,她活着的这破地方就有多糟糕。买的房子不大。她在这里停顿了下。

陈大夫赶紧接上说:"那可是在南京喔,我都没去过南京呢,谁能比得上你,四个娃娃,三个都已经安顿了,现在就看小棉的了。"

"要不是小棉这丫头,我上哪儿去不行?"她愤愤然起来了。

南京的空气,是桂花味的。那边的雨,随时落,随时停。她的讲述却如门外正落着的雨,密密麻麻。陈大夫很难插上一句话。

她的头发是要去南京时在镇子上烫的,穿的是在南京商厦里买的一件半长的风衣。那个商厦大得令她感觉要迷失了,买这件衣服的钱,抵秦小安给她五个月的生活费。就算发大财了,她也不会为自己花那么多钱买一件衣服的。她活过的人生,每天都不得不为如何省钱而绞尽脑汁。

有人跃上台阶,探进头来说,下大了。又猛跑过去了。陈大夫那会儿本来就要回宿舍去的,她一寻进来说话,就下起雨来了,两人便坐在诊室里。一下车,她就来找陈大夫了。

望半天窗外,她又说:"秦小宁这个缺心眼的货,你说,弟兄俩有多大仇恨,人家结婚你都不去,都是他那丈母娘支使的。"

陈大夫故意要激她:"小宁的女人现在跟你说话了吗?"

她不想提这事。又说小儿子秦小安。她给过秦小安一小笔钱,秦小安要买房,她暗中希望他能买个大点的,是背着另外三个儿女给的。她活过的岁月里,就攒下那点钱。她后悔拿出了这笔钱,那个矮子,是不可能让她的房子里多出一个小镇(她从不认为自己是个乡下人)女人来的。

"找个人侍候我呢,还是让我侍候着。"猛说完这个,她一下红了脸。好在,对面廊下有人喊陈大夫,陈大夫根本没听到。两人同时起身,走到门外的台阶上去了。

"妈,你还这么年轻,为啥不再找一个?"小个子儿媳问她的这个问题,她没有跟陈大夫讲,却时时跳入她的脑海来。

2

拖着四个儿女,人生突然一下陷入深渊时,她才二十九岁。要是返回去把那样的日子再过一遍,天啊,她会没有办法的,她会受不了那么多的苦的。

房子是父母留给她的。镇上人说，她是靠那房子赢得了她的丈夫，可惜，他死得早。冬天时，四个娃娃围着一个小火炉坐了一圈，如果有陈大夫的小孩夹坐在中间，她的四个儿女才会停止彼此间的争斗。陈大夫的娃儿，也是她带大的。陈大夫比她小十岁，自到这镇上工作，她们就相识了。她很年轻的时候，那个娃儿就叫她奶奶。她从不到街坊邻居那儿去串门子，他们也不到她的院子里来。机关单位的倒是常来，不过是为了向她借个东西，或是来讨要一碗浆水。令她看顺眼的，竟也没几个。

先是小意定亲了，她狠要了一笔彩礼，加盖了两间房子。后来小意反悔，私自跑去西安，退了亲事。她卖了一块地，小意自己卖衣服也赚了一点，才把那笔彩礼钱还上。

不断地扩建房子时，她没想到，孩子们会一个一个离开。后来，又加盖了两间厢房，收了五个学生当房客，两个女学生嫌她太吵，住满一个月就搬走了，剩下三个男娃子忍受她。租金差不多够她和小棉的生活用度。

早晨的太阳，慢慢从山背后翻过来，照进了她的院子，照晒着她的园子。一夜透雨，菠菜、芫荽绿闪闪的，周围开着月季，一些叫不上名字的艳丽碎花，层层叠叠地攀上了墙壁。多亏了这个园子，她跟小棉不用花钱买菜。园子靠里，有一堵高高的城墙，她至今不知道它是哪个年代留下来的，她那博学的丈夫也从来没有告诉过她。孩子们去上学后，她会顺着城墙上的台阶，一阶一阶爬上去。

墙外边，视野开阔。她坐下来，双腿吊下去，阴天，她想一些事；晴天时，她什么也不想，就看着这个叫双子的小镇，它的骨头向着什么方向歪,她太清楚不过,也没什么看头。转身去看自己的园子,她有点分不清哪是菜哪是花,苹果、梨树上的青果,一天一个样,那边还有棵花椒树。不管什么,她都往园子里种。黄昏时,地面上的一切沉淀下去,太阳从对面的山尖上跌落。邻居家的一棵杏树,庞大的枝丫从她的房顶上伸过来,秋天时,黄灿灿的杏子,会先落到屋瓦上,再砰砰地滚落在她的台阶下。春天时,屋顶上罩一片梦一样的杏花,风一阵阵吹过。

孩子们一个个坐在上头,皆将背朝向她。纵使她问十个问题,他们也只用一句话回她:"你吵啥哩嘛。"

昨天黄昏,她推开门,看见吴坤也坐在城墙上。

天呵。她猛直起腰来,跨过砖砌的墙,使劲拍掉手上的土,合上门,出了巷子。

她一扭一摆地走,天生是那样的腰肢,进了那扇大铁门,直向里,冲两边的平房喊话,开着的门里也冲她喊:

"这么快就被洋儿媳赶回来了哇。"

"我就觉得不对,这个不害臊的货。"她径直冲着一排宿舍最里头一扇张开着的门,尖声就说开了,陈大夫正欲出门,就站在那儿听她说。

"要我说,你只求吴坤对小棉是个真心。考个好学校,有个好工作,小棉不就全好了。"

"有什么好,穷窝子里出来的。"她自顾自地坐在沙发里,一说收不住,直把吴坤一家老小损了个够。陈大夫把她拿来的一个火龙果放在茶几上,旁边搁着一盘洗好的苹果,几只亮晶晶的水杯子,房间很干净。自然又要继续昨天的话题骂一通秦小安和那新妇的。陈大夫将一个苹果塞到她怀里:"我刚做了醪糟，你自己取一碗给小棉端去。"说完抓了白大褂出门走了。

她揭开案子上放的一个白瓷盆子，从柜子里取了只碗，自己先吃了半碗。

端着醪糟出来时，出了铁门，她又往对面的派出所去。派出所和法庭同在一个大院内。小小的街，几步就跨过去了。陈大夫的丈夫是派出所的所长。她把没说尽的话，在所长这里说了个够。柳所长从不反驳和挖苦她，慈眉善目地叫她秦家婶。猛觉已近正午，她赶紧往外走。

小棉进门只是闷头吃饭。还是她一个人在说，昨天说过的再重复说一遍，小棉猛开腔道："少说两句会死吗？"

"不要脸的，你急着嫁人也挑一下。"

那三个男娃子在她的厨房里做好了午饭，这会儿蹲在台阶上边吃边说笑，闻言猛一下噤了声，朝门里望着。

"不去帮你女朋友？"

"你丈母娘太吓人了！"

这几个学生都听说了那个事，小棉有天半夜醒来，看见她妈举着剪刀在剪她的头发，小棉倒剪掉了她妈头上的一绺儿，母女俩打架至天亮。以后，小棉索性由着头发长，直长到腿弯子里了，还是由着它长。

她看见吴坤在院子里教训那几个学生：

"用面条塞上你们的嘴很难吗？"说着，打了哪个一拳头，端了个盆子去花园墙边接水，水刚一冲出水管，落到盆子里咣咣几下，极为响亮。

吴坤个子不高，整张脸上，只看见两只眼镜片上太阳的反光。他侧着身子，向那个连着卧室的客厅里乜斜着。小棉呼一下出来了，一只扫炕的笤帚，紧随着她出门来，像是从她身上掉下来的。一张小脸白白的，尖尖的下巴向上仰着，眼睛鼻子因为过度的愤怒而挤一处，长头发毛刺刺地纷披着，脚趿拉着拖鞋往门外去了。

3

使劲嗅嗅，还能嗅出一股桂花朦胧悠远的气息。苹果树撒下浓荫。她用一只脸盆，一盆一盆接了清水，往洗衣盆里倒，哗哗溅起碎玉的珠子，舀起来，又倒下去，看着发愣。围墙上，堆着几件衣裳，不必非得今天洗。她在小板凳上坐下来。小意近日又寄了些衣服来，给她的一条长裤上没有吊牌，事实上她不在乎，但在电话里的那张嘴却道："是服装店的处理品吗？"又争吵起来了。放下电话，要小意警惕的几件事，还哽在喉咙里。

桂花的香气，在她的感觉和意识里熏着，她暂时忘了，半年前，在西安，也是跟小意吵架后离开的。小意的男朋友贼小气，给她买了一回早点，就买两个核桃大的包子拎回来放她眼前。小意店里的账，都是那男的替她管的。想到这些，她的心就抽紧，成了颗核桃。

她喜欢西安那座城市，开阔，很多皇帝生活过的地方，人总是那么多。她喜欢人多的地方，空气总是热的，正如南京，空气是桂花味的。

这世上的人，全疯了似的赚钱啊。

她认为自己有做生意的头脑和眼光。小意的服装店里，招了个小丫头，木呆呆的，顾客进来，她就跟在人家屁股后头转，一句话都不说。

"十几岁的娃娃干的事,你来店里,像怎么回事?"

小意一句话就把她冲动的心按下去了。隔阵子,小意还给她寄衣物,有时也会给她一笔钱。但小意心里,是最恨她的。"可我能有什么办法?"她大声地朝着城墙说。两个儿子,各自娶了个女人之后,除非是出差路过进来晃一下,还不如一个贼光顾她的院子多。

高考又结束了,她先松了口气。她可不打算再为小棉付学费了。昨晚听见姊妹俩在打电话,小意请小棉赶紧去店里帮忙,小棉说:"别指望我,我自己事多呢,你请她去吧,她闲得就要疯了。"

她忍着。过了三天,小棉还没有去西安的意思,整日昏睡到中午,问三句,没个应声。下午的时光漫长,小棉不知道去了哪里。这屋子、院子里,这般空寂,天光也这般闷长。她把院子扫了一遍,学生还没放假那几天,她让那几个娃儿把花园墙砌了一下,让吴坤把园子一角的菜地翻了一遍,她还打算擦玻璃,他们赶紧逃了。

掩上门,去医院。一间诊室的门开着,她一走进去,马上加入房里几个人的谈话,大夫们说的人,多半是她所熟悉的。她道出一些他们所不知道的人物关系,她总要带着自己的偏见评论一番的,众人就都不说话了。陈大夫问她,小棉考得怎么样。

"不要脸的,要把我气死了!"她叫着陈大夫,眼睛却往另外几个医生那里看,他们不像陈大夫那样热心于她的家事。只有年轻的刘护士笑嘻嘻地盯着她瞧。

"成天跟吴坤腻在一处,小意叫她去西安看店都不去的。"她也盯着刘护士,"这个跟人婆,我管不住了。"

听到这个，大家就都站起来，散了。进来个病人找陈大夫。"我刚做的浆水，你想吃了端来。哎呀，你的碗我今天忘了拿了。"人走出去了，话还很长。

天光，还是很长。她站在小街上。农人这会儿还在庄稼地里忙活，逢集天，他们都做些小生意，在街道上摆个摊，卖些小玩意儿。她往下街里走，看见佳丽服装店门口挂着出租店铺的招牌，她一下立住了，这个黄佳丽靠做裁缝可赚了钱了，要是她把这个店租下，专门卖小意店里那个牌子的衣服，说不定也会赚钱。可是她拿不出一分钱。不用去试探，她已经依稀听到了儿女们齐声的奚落声。

空房都住了学生，母女俩一直睡一间屋。一面土炕，占了半个居室。她睡窗下，小棉滚得远远的，贴着那头的墙壁睡，只看见那头垂在地上的头发，一垂到大中午。她很响地拖动椅子，拍打家具，呵斥院子里的鸡。炕前，是张长条形的桌子，上面摆着些洋气的玩意儿，镇上少见的雕塑、花瓶。有一年，她把秦小宁上学时买的一个老式唱机卖了，秦小宁暴跳如雷，那可是个古董。她就每天去街上找那个给了她三十块钱的人，逢集天，她从上街里走到下街里，从下街里走到上街里，再也没有碰见过那个人。遇上个有工夫跟她说话的，她骂骂咧咧半响，十里八乡的人，就都知道了她上当受骗的事。小棉跟吴坤谈对象的事，那些人，居然比她还清楚。

"你们眼瞎了吗，小棉怎么可能会找那样的人？"她一再地表明这个意见。

一个逢集天，吴坤从外面走进来了，他跟小棉一起走进来的，俩人都笑得合不上嘴。吴坤给她提了一桶胡麻油。吴坤这一天在她的房间里走进走出，像这个房子的主人。她从没发现，吴坤笑起来竟也那么难看，简直让人厌恶。

吴坤在她眼前走来走去的，她没法阻止。他跟小棉不时露出的亲昵，她忽然也骂不出来一个字。

过了两天，她像又清醒过来了。小棉没有考上大学，几流的都没考上。吴坤考了个重点大学。吴坤跟她说，让小棉等他，一毕业，他就娶小棉。她终于说了句：

"一个幻梦成真了，可你不应该再去指望另一个。"

4

为了给小棉找到一份工作，她不得不把前些年养活几个孩子以及给他们转城镇居民户口的本领，又操练了一遍。

她的丈夫活着时，曾在县城的就业局工作，人们说，那是非常活泛的一个人，可惜，死得早。

她收拾了几件衣物，在车站等了半天，搭了辆要去县城的顺风车，在一个阳光灿烂（她从不在天阴时出门，这种天气里，她总是难以让自己开心）的清早，走进了大儿子秦小宁的办公室。她没有直接去他在新纪元小区的家，而是来办公室找他。

"这几天，我得住在你家里。"

那个很大的办公室里，还坐着另外三个年轻人，秦小宁压低了嗓门打了两个电话，一个打给他老婆，说他妈来了，要在家里住几天。一个打给丈母娘："妈，中午多做一个人的饭。"

她瞪着儿子，歪眉弄眼了半天，然后开始说小棉的工作。

"我没有一点办法。我觉得，小棉跟吴坤的事，你最好也别管了。"

"我怎么能不管？"她的嗓门忽然大起来了，那三个年轻人就都走出去了。

那些日子，只有她自己知道她经历了什么。光是每天跟好几个门卫纠缠，已差点令她退缩了。

"别去丢人现眼了成吗？那根本是不可能的事。"秦小宁哀求她。

不管怎样，半年后，小棉在双子镇的粮店里上班了。真得庆幸，她很早就给他们转了城市户口。

她休息了很久，每天睡到小棉下班回家才爬起来一边做饭，一边哼着歌。小棉有时会给她提食堂的饭菜，给她讲单位上发生的事，母女俩大声地议论着。

有天晚上，小棉从门外走进来，隔着窗玻璃，她看见小棉把长发剪短了一半，终于不像个野人了。不知道小棉是把背挺直了，还是长个子了，小棉完全变了个样。两个女儿，走路都跟她一样，天生的杨柳摆。小意看上去凶巴巴的，不轻易说什么，说一句出来，刀子一样冷硬。上次见面，小意染了头红发，她到底没敢说什么。两个儿子更是随时怀有敌意的样子，她仔细想了想，上次见他们，都比过去温和了，她不知道自己该开心呢，还是该感伤。

整个冬天，她都猫在炕上，一边看电视，一边织沙发垫，几个学生每天进进出出，倒有点热闹，她给他们每人提供一壶开水。

要不她就把两扇木门一合，去机关单位串门子，最终总会转到柳所长那儿去，如果他没空搭理她，她就在那个大院的花园子里去采些花籽。别的人若闲着，喊她一声秦家婶，若正忙事，最多会看她一眼。再看她一眼，她就从门里走出去了。

比她年轻的和比她年老的，都那么喊她。没人晓得她姓什么,叫什么名字。

　　吹过墙头的风,又湿润了。她的花园子里,一天一个样子。她感觉自己像植物。

　　她人生的重担,目前只有一个,给小棉找个适合结婚的对象。

　　那阵子为小棉跑工作,她每天都处于战斗状态,没好好转转县城。这几日,她想起县城的街道,就业局门外的那条林荫大道,在这样的时节,最有意趣,一切像新生。城里人的生活,马上会轰轰烈烈地展开。刚跟丈夫结婚时,他们住在他单位的宿舍里,每天黄昏,沿着那条林荫道来回地走。她忍住不去多回忆这一段。

　　他让她生下四个儿女之后,就把一切抛给她一个人去应付和承受。说来,不过一句话。一口怨气,就回忆完了嗳。

　　她把县城的熟人仔细地想了一遍。

　　这天进门,小棉递给她一个新手机。之前,小棉跟她共用一部手机。这下,她没有理由查看小棉跟哪个联系了。另外几个儿女,在这一天里都给她打电话了,只问了家常。他们之间从不说"生日快乐"。她对孩子们也从没讲过"爱"那个字。

　　"我到底是四十几岁了。"坐在门槛上,黑夜正在覆盖下来,她发出一阵怪笑。

5

　　像是待在一个封闭的罐子里,她整日懒洋洋地坐在门槛上晒太阳。想去城里逛逛(那就像一股别样的氧气,吸一次,够她在小镇上撑很久),没有哪个孩子向她发出过邀请。秦小安的那个矮个子女人给她生了个孙子,已经两岁了,她还没亲眼看见过。手机上的照片,她倒是见人就给翻出来看。

洗了头,在镜子里,她看见自己嘴角的皱纹,下巴尖尖的,她感觉自己的嘴巴竟也尖尖的了,看上去像只老鼠。她吃惊极了,一定是平时噘嘴多了,就刚才,她撮尖了嘴骂了一个学生娃,他偷摘树上的苹果吃。

热天,园子里的植物蔫头耷脑的,她换了件新衣裳,小棉什么也没跟她说,但她晓得,这天有客人要来。

来的是吴坤和吴坤的爸。

她没让他们的屁股落在她的沙发上,怎么进来的,她让他们怎么出去了。

吴坤皮肤变白了,面对小棉时却黑着一张脸:"你妈伤透我爸的心了,我爸为供我上学,差不多就去要饭了,我不能再伤我爸的心。咱们,就不要再来往了吧。"

吴坤还有一年就毕业了。她晓得这几年俩人一直书信来往。有人看见吴坤站在粮店门口那道长长的斜坡上,对小棉说了这番话。那人劝她不要为难小棉了,吴坤挺好的。

她把院子又扫了一遍。在自己的女儿眼里,她的样子,一定是只老鼠吧。手机放在花园墙上,不管谁打来电话,她都不打算接听。她的目光不时飞向那部手机,它却一直没动静。她掐了一朵园子里的花,举着慢慢地上了城墙。"迟早你会知道,我是对的。"她对着远远的山尖尖说。双子镇慢慢地模糊。

也是在这样一个无风的热天,午后,她的丈夫提了个包从门外走进来,她正这般地坐在城墙上。

半个小时后,她还坐在城墙上。他提了那个包,还提了另外一个家里不常用的帆布包。

停在门外的车，一会儿就上了对面的山坡，直向着山尖上的云里开去了。

"你不用下来，我来拿点东西。我要走了，我来说一声。别找我。我离开后，小宁就可以替我的班。就这样。"

就这样。

6

她相信，他跟她一样，还好好地活在这世上，他跟她一样，还很年轻。孩子们并不晓得这个。他离开他们，去真正的城里了。

小街上，并没有什么令她留恋的。不逢集时，镇子死寂一片，商铺都关着门。苹果树上、花瓣上、她晾在铁丝上的衣裳上，都罩了一层黄土。不打紧，抖一抖，它们又落到别的物件上去了。

他长得很高，跟她在一起时，她得仰视，她能感知到，她的丈夫，神思总飞在一个她所不知道的地方，那令他看上去越发冷峻了。他对她没有过多少热情。跟他在马路上来来回回散步时，她对他也只有敬畏。那时，她就已经知道了：有一天，他会拿着一个包，走进她父母留下的房子里来，取走属于他的物品。

她不让小意上学了，给她早早定了亲，为了彩礼，为了让另外三个孩子能继续上学。不然，她能怎么办呢？

春来秋去，孩子们的衣裳又短了，鞋子夹脚了，除此，一年年，一个样。

有人站在门外，看着城墙上坐着的她。

有人只是站一会儿就走了。有人坚持要走进来。

"嗨，下来吧，那不是女人待的地方。"

她为说这句话的男人哭了很久。但最终，她没放他进门来。

她仍旧高高地坐在城墙上。

7

柳所长给小棉介绍的对象也是一个英俊的男人，年龄比小棉大了些，但是工作稳定，刚离过婚。只要结了婚，就没事了。她仔细地盘算。

她想着她见过的那些事业有成、家庭和睦的夫妻，斯文客气，不像小镇上的男女，时常打得头破血流，但那不表示他们不会彼此疼惜。

小棉很久都没跟她说过一句话了。那天晚上，小棉就搬去单位，住在宿舍里。

夜里，她一个人睡在空荡荡的大炕上。关灯后，她拉开窗帘，树影暗昏昏地投在窗玻璃上。高高的城墙立在那里。静极了，伴随着撕心裂肺的孤寂，她也就睡着了。有时入睡艰难，有时，难分是不是在睡梦里。

第二天清早，她起得晚了点，将一盆热水端到花园墙上，昨天她才买了瓶香草味的洗发香波，怀着一种少女似的期待打开它，那阵猛烈的气味，勾起她岁月深处的某些记忆。

她没有洗头，去下街里买了菜和肉，太阳猛烈地晒着她的脸，她走得摇摇摆摆。

"很多人生活在一起，只是因为懒得分开。"饭菜摆在一个炕桌上，她爬上炕，盘腿坐下来，懒洋洋地说。

小棉又盛了半碗米饭。食堂的饭菜大概不怎么可口。她舒了口气，忽然哼了一声，笑起来了。

小棉结婚后，调去县城，房子是现成的，有三个卧室。她去住过一个礼拜，也就回来了。

她彻底闲下来了，格外注意那几个学生。他们以为她病了，她整日坐在城墙上。新来了一个租房的学生，比吴坤更用功，注定会考个好大学，家境肯定不错，瞧他的穿着就晓得。

对面山上的那片天空，晨昏会有不同的景象。车子一辆一辆，青蛙一样在林子间跃起、跌落。此刻是正午，太阳在她的头顶，分外刺目。她站起来，在城墙上面走了几步。她的院落，忽一下远离了她。

她很久都没到派出所那个大院子里去了，每次去医院找陈大夫，她都低头快速地往左边扭着身子。小棉的女儿都有一岁了。这天一早，小棉说要回来，等到下午，还没个影。她从园子里揪了把菠菜，手里抓着，出了门。

她站在小街的中间，左边是医院，右边是派出所和法庭的大院，她往左边走，却见柳所长从医院里出来了，便随他去派出所，却正与吴坤撞到一起。她感觉自己脸颊发烫，说话的声音有点哆嗦。

吴坤到法庭工作也有一年了。她脸上堆了笑，站在那里，把手里的菠菜递与他，她知道吴坤自己做饭吃的。吴坤便接了。

"小棉可好？"

她要怎么讲？她估计小棉这次回来，是要长住，那男的，非常看不起小棉，饭常在外边吃。

此时看去，吴坤顺眼多了，她心里蒙蒙的，竟似有模棱两可的委屈，太多的话涌在喉间。三个人同去柳所长的办公室，她飞速地说着，小棉如今遭罪，不是因为谁的错，而是命运的无常，是那个道貌岸然的男人欺骗了小棉。

"吴坤对象谈成了没？"柳所长忽然问。吴坤摸着脖子痴痴笑了两声，脸都红了，她讨厌死了这种羞涩。

突然，她想到，也许，那恰是一种可靠。

8

吴坤跟小街上的一个老姑娘结婚了，她去吃酒席，说了很多话。

过几天，小棉又回家来了。这次，是来长住，小街上的人都听说小棉下岗了。

小棉主动提出离婚，房子也没要。

她大叫大骂了几天。这个没用的，软弱得简直不像她生的。

先是吴坤问她，那小棉的丈夫啥意思？

这天午后，她站在陈大夫的诊室里给小棉那男人打电话，张口就问："你还是个男人吗？"

那人只待她说完那句话，就挂了她的电话。

一个雨天，百无聊赖，她打扫厨房，从柜子底下掏出一只银勺来，怔了半天。她曾以为是吴坤带回自家去了。雨，不停地洒落。

不停地洒落。

下午，天晴了。太阳照旧很烈。

吴坤端了个盆来要浆水。小棉懒懒地垂着头，坐在一只小板凳上。

她抱了小娃娃出门晃去了。

吴坤又来了几次。

她去陈大夫那儿借毛衣针，说吴坤那时候，她侍候着。

"他考上大学，也有你的功劳。"陈大夫说的话总让她得到安慰，正因为这个，她们才会有这么多年的友谊。

拐进巷子，脚下是通往她的庭院的路，自己哼唱着，需要点声响。

推开门的瞬间，那两个人还坐在苹果树下说话，小棉给吴坤递纸巾，吴坤也不接，两手忙忙地往眼睛上抹。

她走进屋子里的阴暗处去，直觉阴森森的冷意，从后背直渗下去。

夜里，她梦到那个从门里走进来、站在苹果树下冲她说那番话的男人了。他的头发全白了。城墙上的风，好烈呐，她险些要掉下去了。她手里举着面镜子，她看着自己满头青丝老长，长得吓人。风呜呜在吹。

"嗨，下来吧，那不是女人待的地方。"

又有点分不清，是梦，还是记忆。

那个人是个兽医。他给她修过屋里的灯，给她治过神经衰弱症，可他仍然是个兽医。

小娃娃翻了个身，哭了起来。她把娃儿像个易碎的宝物一样揽在怀里。对这个娃儿，她怀着比对小棉更浓烈的感情。她抱着娃儿来到院子里。

两只凳子上，晃动着一团一团梨树枝的影。

年轻时，她啥都不懂。她咒她的丈夫死，告诉孩子们：他出差时遇到车祸，死在外边了。他总是说一些她无法对答的话。迫不得已，她去他的单位找他，说必须说的事，让他给她点钱，他从不跟她说别的。她时常想起这些来，好让一股奇特的叫人失落又踏实的东西，缓慢地渗透她，随后，沉重地压住她的心脏。

兽医说的每句话，她都想起来了。

记忆令她慌乱，她想要出门去。

她朝城墙上小心翼翼地说："风那么大，小心着凉了。"

门板上涂的漆全都掉了，她用一只手拉开门，心里盘算着，找谁再把它刷一遍，也许她自己就可以。她冲着怀里的娃儿说，这有什么难的嗳。

蓝色夏天

1

课外活动时间,他跑出学校。在小镇医院那个大铁门外碰到张大夫,他没停下来打招呼。

跑到后排的宿舍门前,他仍能听见学校操场上传来的尖利哨音和欢呼声。

房间的天花板很低。初夏的阳光从玻璃窗照射进来。这会儿,张大夫一定是专门跑去跟庄大夫说:"你那儿子,得送到他爹身边去。"

庄大夫也一定是一副这世界上最称职的母亲的神色:

"指望男人?"

光是想着这个,他就很愤怒。回头,他会凶巴巴地埋怨庄大夫。随时随地,他身体里旺燃着一股怒火,甚至,他一个人躺在床上,也会因为生着莫名其妙的气而把床单蹋两脚,一条新床单很快就破了。

他在不大的屋子里移动。墙角放了个跑步机,门只能半开着。庄大夫才从网上买来的。她漫不经心地说:"多方便,随时可以运动。"他父亲极为愤怒:"你这个女人,真是烧钱,又不是住在楼上。"他父亲隔三岔五地回来一趟,多数时候是在礼拜天。这一天,他要么躲在隔壁的小房子里,要么就去学校了。吃饭时,父子俩坐在沙发上,极为专注地举着筷子。如果是晚上,或是有客人来,气氛会变得轻松怡人,他心里弥漫着对父亲的爱,还有怜悯。七年中,父亲都没有找到一个将妻子也调到城里去工作的办法,而庄大夫也只能说:"算了吧,看那脸色干啥,乡下多清闲。"

"子仪近来退步很多,我觉得,他有点孤独。"

"他孤独个屁,他要啥没有?老子在他这个年龄时,饭都吃不饱。"

听到这个,他在这边的房间里愤怒极了,竟然呜呜哭了起来。初中毕业那会儿,他父亲非得让他转到城里去读高中,他喜欢父亲工作的那座城市,但没法想象跟父亲相处的情形。庄大夫担心他会吃不好,也不同意让他转学。庄大夫当然有理由给她的同事说大话,不过,如果他不学好,她一定也不会说什么的。但他很难让父亲满意,电话里,父亲只会问他的学习成绩。他怕极了父亲忽然抬高了的嗓门:"怎么考这么点,你一天干啥呢?"他父亲的同事一定早就听惯了这个,光这样猜测,就已难堪得要死。

他很感激庄大夫,她从不会那样说,而他刻苦用功,似乎也只是为了看到庄大夫惊喜的样子:"真的,又是第一名?太神奇了,你怎么做到的?"

很久都没有考过第一了。他坐在桌子上翻手机,大个子这会儿仍在操场上尽情放松,他那些同学,从没像喊大个子那样当面喊他一声胖子。胃里忽然空虚极了,他拉开门,走到隔壁房间去。

茶几上放着两只盘子,都用碗扣起来了。庄大夫就像是他布在身体之外的一条末梢神经,再微弱的心思,她一下就接收到了,并马上以她那曲里拐弯尽量不伤着他的方式做出回应。每天的课外活动时间,他都往家里跑,她从没说过什么。一只盘子里装着切成了小块的苹果、香蕉,小小的圣女果也切成了两半。另一只盘子里,装着一些点心。庄大夫憎恨人吃很多的糖,那些点心,除了糖就是油的成分,可他越来越依赖它们。

多年以后，他从一本书里才看到这样的话：

"甜食可以让人变得愉悦。"

似乎呼吸一点空气都会令他肥胖。仅上一个冬天，他就胖了三十斤。庄大夫从没说过他胖，却在斗室里放了个跑步机。

两只盘子吃空了，想着庄大夫盯着空盘子时会有的表情，他把盘子用水冲了下，放到柜子里去。

看了下时间，还有几分钟就上自习课了。对着镜子梳理了下头发，擦掉了嘴角的食物渣子，望见自己那张过白的胖脸，他又很愤怒，那双被梁大夫惋惜没长在她女儿脸上的美目，也让他觉得极为可憎。有一阵子，他故意一个礼拜不洗脸，可那张脸，居然还是那样白。关上房门，他往外跑，继续从门诊楼侧面的小径跑出去。

这个叫双子的小镇，四季分明，冬天很冷，夏天干烈地热。现在是初夏，是这个镇子最好的时节。他感觉心脏那里有什么微微地上扬了下，片刻的愉悦让他加快了奔跑的速度。

跑到教室门口，他垂头放慢脚步。他那些同学还在追逐欢笑，没有人在意他的出现。似乎有一个隐形的遮挡物，将他与那笑闹声隔离了开来。

教室里慢慢地静下来。他坐在第三排，语文课上，他也在做数学题，而在白老师的数学课堂，他看课外书。每次听见数学成绩，他就感觉自己又胖了十几斤。

四十分钟的课外活动时间，将他与教室里坐着的每个人，又都隔开了几重距离。

白老师在他旁边站了会儿，俯视着他正在做的一道题，他用手挡着，白老师便走开了。直至放学，他也没有做出来。大个子是他的同桌，是个数学天才。他看了几眼天才。教室里静极了,静得让他想打盹。

"灵魂把自己打在里面的那个结,并不是一个你把两端一拉就解开的假结,相反,它收得更紧。"

从课本下面翻出一本书来,抄下这样的句子,他感觉到,空洞的内心里,慢慢地被击出了水花。

2

晚上十点。作业本摊开在台灯下,猛烈的想吃东西的欲望让他坐不住。他走到隔壁房间去,从门外听见庄大夫那些同事的笑声。他进去后,她们有片刻的沉默,他含糊其词地叫了梁阿姨吴阿姨。穿了粉色睡衣的周护士占了半个沙发大嚼着一块曲奇,满脸幸福地笑着。他周身的神经不那么舒服地跳了下。

"小仪呀,你得少吃点哦。"

"看人家庄大夫把儿子喂得白白胖胖的。"

那些声音,逼得他很愤怒。

"人家小周命好,白老师蛮温顺的,年轻人里头,这样的脾气少见喽。"

好在,她们的话题转换得快。他勾下脖子,心里满是对庄大夫的憎恨。她们朗声笑得顶棚上糊的纸都在震颤。

庄大夫小心翼翼地看了眼儿子。茶几上摆满了零食,他拿了罐酸奶,回到自己房间时,庄大夫跟过来,将一只装满食物的袋子放到桌子上。

"早点睡,我跟阿姨们说会话。"庄大夫飞快地闪了出去,仿佛多待一秒钟就会耽误什么。

他试图去理解庄大夫,她总是那么爱说爱笑,笑得不像是真的在笑。袋子里的食物，他很快就吃掉了大半。然后他坐那儿后悔，又没控制住。

十一点了，他还在做那道数学题。不知道庄大夫睡了没有。他听见有人趿拉着拖鞋从窗口经过，走到他右边的房间去了。为什么不请教下白老师？问下天才也好啊，他们几分钟就可以令他的脑子通了。

一阵奇怪的声响令他周身的神经突然绷紧了，糊了糨糊的脑子立时清明起来。一阵手机铃声响起，中断了那阵声响，白老师用细弱的嗓音有气无力地说了一些话。之前，女人们聚在庄大夫的宿舍里说话时，白老师就在周护士房间里，而他没注意到。床板吱吱地响了一阵，他似乎能看见周护士穿着那件平时不去诊室上班时就一直穿在身上的粉色睡衣，她庞大的身躯爬过白老师瘦兮兮的双腿下了床，那张床跟他的这张一样大小，搁在一个刷了绿漆的铁质的床架上。

他将那页纸撕下来，揉成团扔到垃圾筒里，他很愤怒，既愤怒又厌恶。白老师特意安排他跟天才坐一起。天才很少跟他说话，但如果他请教，天才一定会帮他。但他从没请教过，也从来没有认真听过白老师的一堂课。每当隔壁那边传来那种含混的声响，他就无比地愤怒，小声叫着狗男女，浑身的血液都涌动着，似乎此前它是停滞不动的。他跟周护士为邻已有多年，但在白老师出现在隔壁房子里之前，他从来没有听到过周护士在那边的声息，就算她偶尔轻声地唱流行歌曲，也都没有惊扰到他。印象中，她不那么漂亮但还算顺眼，可跟白老师在一起后，她变得跟他一样，成了一个喧白的胖子，嗓门都变粗了，脸庞黑黑的。白老师瘦长单薄，肤白眼媚，这个印象，大概是因为白老师细弱的嗓门所致。

切，他们是怎么走到一起的？他跟那些好事的同学一样搞不懂，白老师怎么会喜欢上周护士这样的女人，或者，反过来说，周护士怎么会喜欢上一个细弱眼媚的男人。他跳下桌子的时候，想到周护士坐在他母亲的沙发上大嚼曲奇的样子，也想到白老师讲课时，他那独特的细嗓门所造成的一种奇怪的女性化的媚态。

厄运是从白老师为他代课那天起降临的，或者是从白老师成了周护士的男朋友那天开始的，谁知道呢，如果换作别的老师，他就会认真听课，认真听课成绩就不会下降，名次不是倒数他就不会紧张焦虑到自闭，不自闭就不会贪吃，如果没有胖到不让人那么触目惊心，就不会自闭，呃，天啊，他厌恶死了这一切。小镇上，没有一样想来是令人愉快的，每个人都那么可憎。如果他提出换下房间，不，想到庄大夫会猜测原因，他又无比地痛恨。

白昼慢慢地变长。小镇的黄昏静谧安详，而夜晚一片寂静。他躺在小床上，天花板很低，逼仄的房间里，阴凉幽暗。明天，父亲又要回来了，他感觉一点也不想念父亲。期中模拟考的成绩，三天前就出来了，周护士一定早就报告给了庄大夫，从她那张理直气壮的胖脸上就可以猜到。庄大夫一定又去请教过白老师了。不仅仅是成绩，如果白老师把他在课堂上看课外书的事报告给父亲，白老师有可能不会，但他会讲给周护士，周护士一定会让每个熟人都知道的。呃。他没法想象那一切，跳下床，把庄大夫为他准备的第二天的早餐都给吃掉。

第二天中午，父亲是和一个女人一起来的。他撩开那张网眼门帘时，一股香气极为锋利地从那个低矮的小房子里刺了过来。然后，他看见坐在长沙发上的女人，她穿着裙子和凉鞋，脸上微微透着疲倦，看上去，她非常年轻，可他父母齐声说，这是小蒙阿姨。他有些为难，但赶紧叫了声阿姨。他父亲很注重这个，看见人，第一眼就得打招呼。

"我儿子，子仪。"庄大夫举着两手满是自得地说。他看见小蒙的眼睛睁大了下，马上勉力地绽开笑意：

"跟苏科长挺像的呢，眼睛像庄姐的，好看。"

那天晚上，小蒙没有走，庄大夫把他的被子抱到她的房间里去，又拿了一套新床具。小蒙没有帮庄大夫，而是坐在沙发上继续跟他父亲聊天。要不是父亲在，他会因为庄大夫又收留客人而大发脾气。庄大夫铺好了那边的床，又过来给小蒙拿了条新毛巾。一件似乎是跟小蒙有关的父亲单位上的事讲了半天仍旧没有讲完，庄大夫看了几次表，他父亲在这方面一直表现得非常愚钝，他不得不叫了声爸。

"咋了？"他父亲转过脸来，看着母子俩。小蒙站起来说："子仪怕今晚没地方睡了。"他父亲终于反应过来了，站起来将茶几挪开，沙发拉开。

他去自己的房里拿东西。庄大夫跟了过来，贴着他小声说："你爸尽给我找麻烦，不知哪个同事八竿子不着调的亲戚都往这带。"庄大夫打了个呵欠，将他的一件衬衣抓在手里，"你都已经看到了，那些人，我能落什么好，以后遇着了，认都不认得。"

他不知道庄大夫怎么做到的，转头她又会极为热情，不让客人感受到丝毫的拘束，她说的那样的结果，不正是他们的好心肠招致的吗？

他心里又满是对父亲的责怪和愤怒，对小蒙也是厌恶得很。他没好气地问，她要待几天。

"谁晓得,镇子上没她什么人,又不能马上让你爸带走。算啦算啦,不要影响你休息,赶紧收拾睡吧。"

怎么不影响!他踢了门一脚,努力克制着愤怒,喉咙都发紧了。

这排房子里,住着庄大夫的同事。夜深了以后,别的房间似乎全都不存在了一样。这个夜晚,又像回到了小时候,他跟父母睡在一个房间。沙发软和舒适,父亲为他垫的枕头刚刚好,他的皮肤贴着软滑的毯子,一缕光亮从天窗透进来。另一边的床铺上,父母还在小声说着话。就在熄灯前,他还想对他们大声地说,我厌恶死了你们的好客之道。可这会儿,他感觉心里毛茸茸的愤怒已像小蒙身上的香水一样变得稀薄,残留着,成了一缕让人放松甚至是感动的情愫。重点是,父亲没有批评他。

从父母压得极低的交谈中,他听说了小蒙的事。与此前来找庄大夫的那些女人的故事没什么不同。他还不能弄明白的是,为什么成年人的感情繁盛到了女人的身体里时,听上去总会变得丑陋、扭曲,他们会像三岁小孩一样,来找庄大夫解决麻烦。

虽然庄大夫不会跟他讲这些事,但他还是隐约地知道了。小蒙突然到来,也是为了解决掉那样的麻烦。庄大夫木然地打了个呵欠:

"那种人,早就该把他踢了,早晚会给他打死。"

"小蒙对他是有感情的。"

"还没结婚就那么暴力,结婚了那还了得?以后少给我揽事哦,尊敬的苏科长,我郑重警告你,你在城里躲清闲,怎么就从来不会为我考虑?"

他父亲马上抬高了音调:"老杨巴巴地来找过三回了,你说,我能推吗?"

"喊，老杨是个女人吧。"庄大夫也抬高了音调。

他装睡了。

暗黑的夜。小蒙跟一个小伙子在雨地里欢笑，小伙子的眼睛清亮明澈，他将小蒙的头猛一下抱住。小蒙的脑袋从一只塑料袋里挣扎出来，大口地喘气。

3

正值端午节放假。他父亲要替同事值班，父母两人在电话里吵了一阵。放下电话，庄大夫马上调整好自己，也去上班了，孕妇不会考虑是不是在放假。

清早，他去那边的房间拿书，看见小蒙躺在床上，一堆黑亮的长发，露在枕头上。他轻手轻脚地出来，掩上房门。庄大夫一早做了鸡汤，他听见她们在那边说话，太阳很烈地照进屋里来。到了下午，不得不拉上窗帘遮挡那猛烈的光线。他想着小蒙捂着厚被子热不热。

他不得不在茶几上做数学题。已过中午了，庄大夫还没有回来做饭。他一边读《查拉图斯特拉如是说》一边画线。小蒙进来了，他吃了一惊，看上去，她像是把身体里的力气或是什么令他难以描述的东西给泄掉了，才会那么虚弱，她的脸也像是被什么给染过了，连嘴唇都灰白灰白的。

"我也挺喜欢看的，"小蒙指指墙壁，"你床上放的那些书。"他想，她身体哪里应该还很疼吧。站了半天，他去那边拿了她的杯子，为她倒了杯热水。似乎他问什么都不妥，便什么也不问。他自己的身体哪里也怪不舒服的。

"小仪，你有喜欢的人吗？"她看着他这样问道。他摸摸头发，尽量绽开一脸笑。

"跟我说说话吧，随便说点什么。"她马上要哭出来了。

他不知道要说什么。不过，他想起了给他写过信的女孩，那时他的身体和精神都还正常，是的，他感觉自己现在不怎么正常，虽然他没有把这件事给任何人讲过。他们都叫他小白脸，有好几个女生喜欢他，那个写信的是最执着的一个。他认为那很令人羞耻。接二连三受到骚扰之后，他把那女孩写的最后一封信放到了讲桌上面。

他看着小蒙说，我让她成了笑话。似乎是为了避免小蒙哭，他全说了出来。

"难道，你不觉得，我是说，你不觉得这没有什么吗？"小蒙问他。

他的心脏跃动了下，他从没想过别的，他只记得自己当时感觉受到了冒犯。

"后来，没人敢追求你了吧。"小蒙有点悲伤地看着他。

"主要是，后来我变丑了。"说这个时他一下红了脸，那是个事实，但他从没想着会对谁说出来。收到那些信时，也许，他也是蛮得意的，当然更是傲慢的。

"相信我，你一点也不丑，我猜，你只是把自己孤立起来了。"小蒙靠在沙发上喘了口气。

"我感觉自己精神不正常，而他们看不出来。"他忽然顿住了。

小蒙也怔了下，上身僵硬地离开了沙发，过了半天才说："我也有过那种时候。"又靠在沙发上，闭上眼睛，像在攒着一股力气。

"要不，你休息一会。"他站起来。成了个暄白的胖子以后，他只处在自己的世界里。他抓起茶几上的水杯递过去,却发现小蒙在哭。

那是一种无从抑制的哭泣,方才,她在一个他只能看见而没有办法也走进去的门里一直坚持着,突然间,像是有什么东西一下给撑破了那样,她双手蒙脸,惨兮兮地哭着,全身都在抽搐,就像一个没有道理可讲的孩子。

他慌了,站起来掩上门。她哭得那么大声,而这排房子的门此刻都敞开着。他转回身来,不知所措地站了会,又拿起杯子向她递过去。她扑过来,将一张湿湿的脸贴到他胳膊上,他只好坐下去,让她靠着哭,她嘴里呼出的热气扑舔着他的肩膀,衬衫都给她的眼泪浸得湿乎乎的。

他试探地伸出手臂,极轻地环抱着她。她抽泣着,在他宽阔的肩膀里,缩成了小小的一团。他又想起那些画面:

那个年轻人狂暴地揍小蒙,拿一只烟灰缸砸她的脑袋。

听见父亲给母亲说那个时,他感觉那跟他无关。可是此刻,他突然感同身受。小蒙那悲痛欲绝的样子惹得他也想哭。

小蒙接过他递过去的纸巾猛烈地擤鼻子,然后,继续停留在他的怀抱里哭。他不知道怎么安慰她,又担心她马上就会推开他了。

"事情已经过去了。"他能想到的只有这句。小蒙放开了他。他的胸前和肩膀全是她的鼻涕眼泪。他马上又说:"你想吃什么不,我出去买,我妈大概今天在做手术。"

哭过后,小蒙似乎倒有了力气,非要为他煮面条。俩人合作下了两碗面,当他们再次并排坐在沙发上时,他感觉身体里一股奇怪的柔情涌动,偷偷观察她,哭过的脸有种娇柔的美,看上去,她比他大不了几岁,意念里,她似乎还缩在他的怀抱里,那几分钟就像阳光一样闪闪烁烁。他的心脏,这会儿才开始动荡不安,一下停止了跳动,忽又跃起,一直过于旺盛的食欲,猛然间停歇了,他一点都不饿,内心里,似乎有了一片蓝天。

饭后,小蒙问他,可以去她睡觉的房间聊会天不,她想躺一会。他拿了她的水杯。

他过去时,她靠着被子坐在床上,两条腿伸得长长的,他注意到,这天她换了长裤,那天来时,她穿着丝袜。他坐在桌子上,尽量找些话说。上高中后说过的所有话加起来都没这天多,后来,他领悟般地想到,也许,他对那个执着写信的女孩其实是有感觉的。

他度过的假期都令人极为郁闷,上个寒假,他父亲为他报了个城里的补习班,老师讲得很糟糕,可他不能违背父亲的旨意,几十天白白耗费掉,也没有交到一个城里的同学做朋友。他冲庄大夫发莫名其妙的怒火,而庄大夫也只是莫名其妙地承受。他把这些讲给小蒙,讲完,又觉得非常没意思。

他们还谈到了读过的书,小蒙推荐了一些他没有读过的书目,并说回城里后,可以给他寄来。

真不敢相信,能舍去生命的事,都会不可靠。他看见亮晶晶的泪珠子从她脸上滚落。她勾着脑袋又哭了一会儿。他说:"你别哭了。"

"你为什么不到城里去读书呢?你有这个条件啊。"问这个时,她仍抽抽搭搭的。

"我妈一个人,我想陪着她,"他愣了一下,此前可从没这么想过,"主要是,我跟我爸,会相处不好的。"

他还说了许多父母的不是,说他们虚伪,让人看上去很好客,猛呆了下,又说,但他们的确很好客。小蒙终于笑了起来。

黄昏慢慢地降临,小蒙问他饿了没。期间,庄大夫穿着白大褂来过宿舍一回,说晚上可能还要出去吃饭,新婚的王大夫请客。

庄大夫是来探看,如果他跟小蒙相处得不耐烦,她会把他也解救去外面吃饭,之后再给小蒙带点吃的回来。

临出门时,庄大夫吃惊地瞥了儿子一眼。

4

小蒙待了大约一个礼拜。放假那两天,庄大夫去上班后,早晨他做功课,小蒙主动把房间让给他,她则去干一些力所能及的家务,他过去帮她洗菜,讲一些关于老师的笑话。中午,庄大夫回来,他和小蒙已经做好了饭。庄大夫一点也不愿意跟小蒙多待,只要有空闲,就找那些同事去了。

课外活动时间,他依然往家里跑。小蒙看见他,总会粲然一笑。那时,黄融融的光线从洞眼的门帘里照射进来,一些事物在下沉,他们一直在说话,一直在笑。坐在教室里的时候,他对小蒙心怀感激,那阵奇怪的柔情逐渐变浓。那几天,他没跟庄大夫发过一次脾气,他吃得很少,似乎因为这个,他感觉自己变得很轻。

"子仪,你能带我随便到哪里走走不?"

那天大笑过后,他要往学校走,小蒙满脸期待地问他。也是,她都在房子里闷了好几天了。

庄大夫事先给人说,小蒙是他的表姐,所以,他跟小蒙从医院那个铁门里走出去时,没人表示过分的好奇。他带着她往山上走,这个时节,山坡上开满了野花,他兜里装着一本书。

像一只放出笼子的动物,小蒙走得很快。他担心小蒙走出什么毛病来,庄大夫会责怪他。走了很长一截平地,开始上坡时,小蒙将手伸进他的臂弯,他悄悄往四下里瞧了瞧,由着她搀着。小街上的人,对一个中学生这样的行为,一定得说上点什么的,可是他有种豁出去的劲儿,被小蒙不停发出的快乐的嘶喊声感染着,跳来跳去地摘了一捧野花,递到小蒙怀里。

小蒙哇哦哦地乱嚷乱叫,他也重新获得了快乐的能力,甚至,想把她带到学校里去。他搀着她上到高处,浓荫和长长的茅草覆盖了他们来时的道路。

"啊……突然,她又哭了起来,简直防不胜防。脸冲着天空,她又喊又哭。他忍不住从后面抱住了她,有点可怜她,从他站立的方向,能望见学校的操场。他也感觉很难过。在他母亲面前,她装得极好,像已经忘记了从前。现在,她那种发疯了的样子很难看,他把她拉在怀里,又说了一遍:"别哭了,好吗?我们回去吧。"

"再待一会,就一会儿。"她在拨打手机。他看着山坡上的树木,猛一下吼道:

"人家往死里打你,根本就是不爱你。"

哭声停住了。她猛然扬起手臂,将手中的手机甩了出去。它在空中划出一道弧线,带着她的记忆消失了。

刹那间,周遭静极了,只有风刮来刮去。他长出了口气。

她像是从一种魔怔中挣脱出来了,目光流转到怀抱里的花。她看起来很美,真的非常美。他出神地盯着她看。在他身体里,被阳光照亮的清泉,一闪一亮在流。

"我背你下山吧。"

她没有拒绝，软软地伏在他背上。他的心上下翻跳，那截路，变得老长老长。

在学校里，他处在一种眩晕的痴迷中。他忽然意识到，顽固的暴饮暴食的病，已被治愈了。因为吃得少，他感觉头脑重新变得清醒。他的心会猛地温柔地战栗一下，海水的波浪，一波一浪，融化了所波及的一切，连那些难题，也一下就通了。

她总是站在门帘后面，呀一声突然跳出来吓他。他捉住她，马上又放开了。偶尔，他有种错觉，他和小蒙像他的父母一样，已经在一起生活了很久了，不同的是，他和小蒙之间还保持着依恋和神秘，还没有到他父母那样不得不在一起相处的那种境地。

周日，他一边坐在桌前做题，一边听着小蒙在那边的房间里打电话，他帮她去街上买了部新手机，蓝色的外壳。她在跟同事谈工作，大声核对一些数据，重复念一组电话号码。

"我有一个重大计划，是啊，这几天我可没闲着哦。"

她在笑，或者她假装在笑。他忽然站起来，椅子猛一下撞到墙上。她睡过的床，收拾得极为整洁，铁丝上垂着她的一件衬衣，他一下关上门，在房间里极快地走，门后面，挂着她的内裤和胸罩，他一下又拉开门，门磕到跑步机上。大概是听到了这边的响动，她走过来了，靠在门框上笑眯眯地望着他：

"休息一会吧。"

她走进来翻看桌子上的课本。"相信我，你一定会考上一个理想的学校，我的直觉很准的哦。"她抬起头来看着他，"我明天就要走了。"

一阵猛烈的想吃东西的欲望，重新猛烈地攫紧了他。

他瞪了她一眼，突然走过去，将她粗暴地捉住。

后来回忆起来时,他记得的是一阵似乎是来自胃里,又似乎是房间里某处空虚的压迫,那个瞬间,他脑子里像飞着一朵一朵的柳絮,一切都变得虚幻,让人伤感。

他真的眩晕了。他们拥抱着挤在门后面,直到门外一个声音喊了句什么,她才一下推开了他。

5

每时每刻都在疯狂做题。

一个刮风的午后,他在收发室的窗口看到自己的邮件,小蒙给他寄来了他们曾经谈论过的书,她寄到了学校里。他把每本书都细细地翻了一遍,从门外的一个纸箱子里捡回包装纸又翻看了一遍。风在门外卷起一阵沙子。

他体内有亮闪闪的泉水在流,一种私密的默契,仿佛仍在延续。他把那些书摆在床头,压在一堆模拟题下面。

那个夏天,他是在一种神志不清般的幸福感中度过的。他丧失了冲庄大夫无缘无故发脾气的能力,他吃得很少。常在深夜里醒来,听见周护士的鼾声从墙那边传过来。他以极轻的语调说话,庄大夫以为他病了,为此很担忧。

灵魂把自己打在里面的那个结,不知道为什么而松动,只需他轻轻一拉,就解开了。

"梁大夫的女儿抽烟,我没说这有什么不对,偶尔缓解一下压力是可以的,不过,上瘾了可就麻烦大了。"庄大夫总是绕得远远的给他一些办法。

如果,他跟小蒙干了过分的事,庄大夫也不会怪他的吧。他为这番设想吓了一跳。

突然地,他又变得恼怒,想凶庄大夫几句,但小蒙,小蒙那个名字,每分每秒都让他心里充满温柔。

那段日子,他的感觉、意识,每有一秒的转换,一股柔情蜜意便在他全身的毛细血管里涌动,直涌进他的大脑、眼帘、四肢、毛发,甚至脚底,他记得她凉凉的嘴唇、细长的手指。

她没有寄来一个字。

她离开那天,他在学校。放学一进门他就问:"她走了吗?"庄大夫说了半天,全不是他想听的,他杵在门帘后面,感觉自己像一个空空的鸟巢。

他后悔没有记下她的电话号码,也没有加她微信。他本以为一切会永恒存在。

就算此刻有,他会说什么呢?现在,他对食物的欲望,奇异地变成了对小蒙模糊难辨的渴望,他想要跟她讲的话,那么多那么多,他想让她了解自己的内在,在这些天里,发生了神奇的变化。他只能对她讲。隔壁房里的声息,不再那么让人感觉厌恶,忽然变得神秘起来,他似乎跟白老师结成了某种隐秘的同盟。

认真听了几次白老师讲课,他发现白老师的课其实蛮精彩的。

试着在一页信纸上写字。写了几遍,他盯着那行字。几分钟后,他把它撕碎了。

有天晚自习,教室里静极了,他呆坐着,头顶的白炽灯管一直嗞嗞地响。啪一下,他把一本书砸到墙上去。微微一阵骚动,很快又静下来了。

他去隔壁教室,站在门口喊那位曾给他写过信的女生的名字:"请你出来一下。"

"嗨，对不起。但愿你对我没有怀恨在心哦。"他努力装轻松。

她张大眼睛，半天什么也没说。

他走远了。她才喊了句什么。那时候，夜风吹起来了，空气里浮荡着一阵草木的气息。他抬头，只有在乡下，才能望得到那么清亮的夜空。

在一个下雨的日子里，他的表姐真的来了。头一次，他感觉他母亲在做着一件荒唐的工作。而想到表姐，他伏在桌子上，一下哭得痛不欲生。

圣　像

鸟鸣声，清亮，似乎遍布于天地间。远远的地方，有个人影，光明灿烂的一个光圈，就要看清了，又总是虚幻的。油绿的深草，平铺着，她依在塑像前。一层光辉笼罩着，深幻的梦想。

下雨没？

你们那里，冷吧？

一清醒的当儿，这个声音便绕来，缓缓地勾勒出了他那个人。他发在手机上的那些话，突然就像隐含了某种深意。鸟儿在窗外鸣叫。

同室的桑姐还睡着。春叶悄悄转了个身，重又闭上眼。迷梦清凉而旷远。现实的风，吹皱了深草的平野，光圈罩着的人影，也像被风吹着。

桑姐一看见她翻手机，就会问，是小尹吧？她躺着，又想到桑姐的话："丫头，你太冷了，会把人给冷跑的。"桑姐每天都要给自己的丈夫发信息，在电话里喊他宝贝。

她有点记不起小尹的样子了。小尹像是给她说过很多。又好像，小尹是个寡言的人。

"你会很快忘了我吗？"

那天送小尹去车站，经过广场，他问了她那么个问题。他们站在广场上那座高大的轩辕黄帝的塑像前。她望着远处的山间，早晨，山里总是岚烟缥缈。

她不记得自己怎么回答他的了。回忆竟如那夏日里的山色，随着俩人分别的日子增多而逐日加深，也零乱。除了讲那些他在行的历史知识，其实，他对她没说过什么。

就算他重来问，她也没法回答得让两个人都满意啊。

她有点喜欢他说话的口音。又翻了个身，她感觉管不住自己的思想,反正,一切不过是虚无,就像那梦境。过马路时,小尹紧紧地拽着她的手。

"春叶。"他的嗓音,忽而很真切。从来没有人那样温柔地喊她的名字,每当他在记忆里那么唤她,她就感觉自己的心跳,不知是漏掉了一拍,还是多出了一拍。

"哎呀,烦死了。"她再轻悄地翻一下身,背对着桑姐,睁眼在黑暗里望着,微明的天光,还被厚实的窗帘遮挡在外。

今年的夏天,就没热上几天。而她的生命,却在这个夏天里,向着她从来没有到达过也没法预测的边际铺展。

第一次见到小尹时的情景,嗳,那是在初夏。她最爱那时节,草木生发,地里,突然就茂盛了庄稼,乡村,另生了一个世界,你看,像不像是奇迹呀。小尹出现之前,她身体深处的眼睛,像是关闭着的。

很多时候,小尹的形象,只不过是一张模糊的面影,一道就要在山林间消散的声腔。猛一下,他望她的目光,却又像正贴着她的面颊。

介绍人带着小尹跟他的妹妹,还有他的哥哥和两个姐夫,真是兴师动众呀。她将两只手掌合起来,贴着脸颊,冲着窗帘上那昏暝的晨曦轻声笑起来,真傻。可是,当时,她并没觉得那有多好笑。他们从那么远的地方坐完火车又坐汽车地跑来,专为看她,当然,也看她的哥哥。蛮辛苦的吧。她还从没有坐过火车,眼睛酸酸的,她再翻个身。

她父亲一看来了那么多人,打发了个人赶快去请村主任。村主任一会儿就赶到了,他一进门,一下就有了气场。

"我们清水,可是轩辕黄帝降生的地方,秦非子牧马的事你一定听说了吧,成吉思汗就葬在这里。咦,你姓尹呀,说不定,

圣像
099

你还是尹喜的后代呢。尹喜，你们知道的吧。"主任竟然拿了些打印的资料分发给客人看，想起来时，她的脸都热了，可主任平时很照顾父亲，"我们这，确是个好地方。"终于转向把这么多人聚在一起的主题时，主任依然是吸引外商似的口气：

"镇上才帮他们搬了新家，看看这新房，城里人的档次。自来水也通了，春叶父亲看病的钱都能报销，春叶的哥已经学会了种植木耳，将来要靠这个赚大钱。"

哎呀，不要再想事儿啦。再次闭上眼睛，努力了半天，可脑子像自动播放器，怎么也停不下来。

小尹坐在门槛上，长腿大脚，很瘦。房子狭小，她跟哥哥两个人坐在门外的台阶上，听屋子里的人说话，主要是村主任在说，她的哥哥一直低着头。当村主任高声地跟客人说她哥哥时，她站起来，走了出去。

她的乡村，正草木葳蕤，群山苍翠。她的幻想，却从来高不过那群山。她哥哥在母亲去世后就不说话了，猛一下，他像是听到了什么声音，站起来就往外面跑，撵都撵不上。腿就是在那时候摔伤的。

此前，她跟父亲和哥哥生活在人烟稀少的山里。那个地方，这多少年来，村子里的住户没超过十户，父辈中，上过学的人都很少。她的哥哥只念过小学。她很幸运，母亲活着时，坚持让她念到了高中。那几年，她几乎没吃过午饭，每天清早五点就起床往镇上的学校赶，中午在学校里吃块干粮，晚上又回家去。直到母亲再也起不来了，她才意识到，母亲其实已病了很久了。她不能再上学了，痛哭也没有用。如今，母亲已葬在了深山里。她感觉自己像那山一样，早就苍老了。

姐夫走出来了，啊呀呀地赞美："小妹如果嫁到这里来，有福了。看看这青山秀水,我们那,半山腰上,草都看不见一株的,别说这么多树了。啊呀呀,同样是大西北,可你们这儿,分明是江南呀。"

"干脆把你也'嫁'到这儿来吧,你那么喜欢游山玩水的。"姐夫冲小尹说,引得众人都哈哈大笑。

以前来相亲的,赞美过那青山秀水之后,就都不再来了。

吃罢饭后,小尹来到厨房,卷起袖子帮她刷碗,拦也拦不住,他就只是闷头刷碗,一句话也不说。从客人进门起,她就没多去注意小尹,而是一眼不眨地盯着小尹的妹妹,对她赔尽小心,专门拿了新毛巾让她擦手,没舍得穿的新拖鞋给她穿。小尹的妹妹身材苗条,柔顺的头发直披到腰间,直嚷嚷着这里怎么这么冷。两天前,她洗了所有能洗的,逼哥哥去镇上理了发,看上去,哥哥眉清目秀的。

哥哥小时候在乡卫生所打针坏了耳朵,贴着他的耳朵说话才能听得见(小尹他们已经领教过了,哥哥跟人说话时大喊大叫的),他的右腿是摔伤的。可是,他心好,人其实不笨。现在,他又开始说了,整天在大棚里钻研。她不想隐瞒,迟早人家会看出来。小尹举着一只碗看着她说:"我知道。"

从哥哥十几岁时起,但凡相熟之人,就已经在为他物色对象。前些年,有一个外乡的姑娘,非常喜欢清水这地方,对哥哥也表示满意,但如果要嫁过来,她得要37万元彩礼,那姑娘一天学都没上过,说起那个价钱来,眼睛都不眨一下。怎样计算,那都是个天文数字。后来,还说成过另外一个村的,因为巨额彩礼,最后都谈崩了。再往后,她就成了哥哥婚事的等价交换物。

不断地,仍有介绍人带着合适的相亲对象到来,有时,她和哥哥也被带着去外地相亲。

她是不能独为自己打算的。

"春叶，这个盘子搁哪儿？"小尹冲她望着，他那番样子，猛可里，让她有种错觉，仿佛他们已在一起生活了很久了。

她接过那盘子，转头看着远处的山间。这里的海拔在两千米以上，种上麦子都不会成熟，这几年，扶贫干部们想方设法帮人们致富，养牛、种核桃、种半夏，父亲还养了二十多箱蜜蜂。呃，可是，她已然知道了，就算有千种致富方法，也不会让小尹的妹妹留下来的。

有那么些时候，她后悔自己念那么多书，一字不识，脑子、心里，就不会开那么多难以填充的洞了吧。桑姐还睡得沉沉的，她想起床，却仍旧躺着，鸟叫得越发繁杂了。这时候，父亲应该早就起来了，他会在一个小电炉上煮一壶清茶，她哥会笨手笨脚地煮两碗面条，她不在家，他们吃不到爱吃的饼和馒头，就算饿肚子，父亲也是从不靠近锅台的，有那么一阵子，他得把药当粮食吃，胃已经做过几次手术了。她什么都不怕，唯怕人生病。每天她都要学着母亲的样子，对那三皇爷说上几句："你不管我可以呀，但请护佑父亲和哥哥吧，求你了。"

自从小尹出现后，她总是很难过，好像此前她是个无情之人。听着桑姐讲谁家的愁心事，她也会掉半天眼泪。到这个新建的温泉度假村当服务员已有三个月了，她憋着一口莫名其妙的气，很少回家去，也是不敢回去，父亲至今余怒未消。这样想着，她又不怎么难过了。他们都以为，她是挨了打才走了的。

这么多年来，父亲第一次冲她发火。她把扫马路的事给辞了。

因为家里的情况，村上给她争取到了一个公益性岗位，让她扫新铺好的马路,一边可以照顾生病的父亲和时而疯疯癫癫的哥哥。看着父亲数她交上去的工资乐得像个孩子时,她感觉自己很快乐。

那是一个雨天的下午,父亲从外面进来,手里拎的一个镰刀把直接往她身上扔过来,她躲了下,听见身后的一块窗玻璃碎了,父亲大声地叫骂着她,那会让他心疼上好些天的,她指的是,那块玻璃。

她将手掌蒙在眼睛上压抑地抽泣了两声,桑姐可真能睡,她试着学桑姐凡事不过心的本事,可她办不到。几个同学召唤她去城里打工,她何曾没有过这样的愿望?

小尹,又是小尹。那是小尹第三回来了。

"这里的草木在召唤我。"小尹说。

就算他真的只是来游山玩水,她也很快乐。就在那时,她发现,此前,她其实并不快乐,哪怕是在看着父亲盘腿坐着数钱时。

"你没法想象,在我们那儿,就算是在这个季节,都是满目荒凉,仿佛是为了防止生活在那儿的人们窒息,地里才长出了庄稼,树上才长出了叶子。我是真喜欢你们这里啊。"

她知道,小尹的目光,在她身上折了下,并没有移走。

就在那几天里,她发现,这世上最容易的事,是让一个人变得愤怒。同时,她也发现,最难的,是让一个落魄之人克制愤怒。

父亲让介绍人告诉小尹,如果他能拿得出37万的彩礼,就把她带走,要么,就让他妹妹嫁过来。

小尹说,他拿不出那么多钱,他妹妹,也不可能嫁给她哥。

"那你想怎样,想把清水的女子白白拐跑吗?"父亲捂着胸口。

她站在门外，望着那连绵无尽的山峦。而小尹站在她身后，慢吞吞地说："我也不知道啊，不知道。"

"你别笑话他，他也是没办法。要不，我去给他们说，你只是来旅游的。"

"不，我不是来旅游的。"

她不想听他继续说下去。她晓得，那些甜蜜的话，到后来，都只会让人心里空落又难堪。

空气里，飘浮着山林和庄稼的气息。

她想告诉小尹，如果不是父亲和哥哥，她一定也会受不了那些山包的包围。是小尹教会她，去感受一些事，并且把它们说出来，那并不羞耻。

小尹回去后，村里人都来劝说，父亲就那一句话：不然，他就不要再到清水来了。村主任又来了，给父亲说好话，先把女儿嫁走，儿子的老婆，大家再想办法。

父亲抽了半天水烟："那成，21万，你告诉那个外地人，这是底线，再不能少了。"

窗外，又多了几种鸟叫声。她静悄悄地躺着，铺在枕头上的一条丝巾被她的眼泪浸透了，那是父亲去镇上为她买来的。她不知自己究竟在哭什么。

父亲拿那截木棍砸她后，她就跑到度假村来了。她其实一点也不怨恨父亲拿木棍砸她，甚至，她都不怨恨他向小尹索要巨额的彩礼，身体里，一股繁杂得如同那鸟叫一样的东西，逼得她终于有了生气和逃走的勇气。

这些日子来，她从不主动给父亲打电话，估摸着父亲出门干活去了时，她才会打，可她的哥哥总是不在家，就算是在，也难以及时听到家中那部座机在响。偶尔接到了,她赶紧问,你们吃得好不,爸再说他的胃疼没,再骂她了没有。她像哄孩子一样哄哥哥,催父亲吃药,没有了就赶紧告诉她。她的哥哥只是连声问:"再几天你就回来了?我跟爸想吃你擀的面。"

"我永远都不要回去呢。就连那个小尹,都不要见的了。"她仍在哭。

每天她都向那些外地人介绍清水的水,还背诵那首诗:

水性原皆冷,此泉何独温?天留千载泽,池贮四时春。善洗身心病,蒸销眼耳尘……

那是小尹讲给她的。小尹说:"你偏就出生在这样一个好地方,应该庆幸呢,如果我们那儿也像这般山清水秀,我也就不会时时想着要逃走了吧。"她才把那些神奇的传说,与那俊秀的山林、袅娜的云雾以及自身联系起来了。

不到一个礼拜,小尹又来了。父亲大致是对小尹的妹妹还存了幻想,才会容忍小尹的到来。她带着小尹去四处走了走,他对清水这个地方的了解,令她吃惊。他笑说是专门从网上查的。她给他讲了许多关于清水的传说,他听得痴迷,催她讲:"再有没?"又说,"你可以写下来的。"

她看了他一眼,想说什么,一时又忘了。他也正看着她,突然也就不知道要说什么了。

黄帝者,少典之子,姓公孙,名曰轩辕。生而神灵,弱而能言……

水出南山轩辕溪，北流注泾谷水。

这些句子，她从小就背诵如流，却不知其出处。他说，《史记》第一页第一行就写的这个，一讲起这些，他就像换了个人。

他去过上海。他可以去任何地方，而她哪儿都不能去。自从母亲死后，就算她是在学校，也似乎是把父亲和哥哥带在身边的。

她的脑子，这些天里，一直循环往复地走他们一起到过的地方。

小尹说："所谓旅行，不过是从自己活腻的地方去往别人活腻的地方。可你们这里，永远都不会让人厌倦呢。"

感觉到他期待的眼神，她马上说天气，小尹说他们那儿的夏天非常热，而清水，即使到了夏天，也没几个炎热的日子，她都没怎么穿过裙子。

"我怕热。"他又看过来。她只有低头，连邀请都说不出口。

小尹来的那几天，天一直阴着，不时飘落一阵雨。

是在小尹不再跟她联系后，她才细细地回味。小尹，究竟跟她说过啥了没有呢？这些天里，她的感觉中、意识里，就像相熟的一个人已经走远了，而她发现，他把一样东西落下了，她不知道，应不应该叫住他。

他们去过博物馆和赵充国陵园，小尹站在北周天和二年的鲁恭姬造像碑前看了很久，她不明白这有什么好看的，连催他快走，她想快速带他转几个地方后赶快回家，以防父亲对她大发雷霆。每当小尹要说什么，她就赶紧转身。但她不愿意让这一天很快结束，便又乘车去了花石崖，她喜欢这里，一定要带他来看看，也是因为，这里路远。

记忆旋转着,小尹便也旋转着,旋成了一些杂乱的景物,峰峦叠嶂,密林遮映,到了秋天,万紫千红。她快步地走,只是在走,地形渐陡,悬崖峭壁,山石上的花纹五颜六色,山上道观和寺庙并存,据说唐以前就建有庙宇,上有明清石窟,山色郁秀。她在背诵,这样可以阻止自己思考。同时看见自己,有意走在前面。清泉汩汩地流,她仰头见那壁立千仞处,有一淡黄色块,光滑明亮,如同月亮;山下,峡谷中,飞流激响;山间,清凉幽静,游人稀少。为了防止窒息,她重重地叹气,终于把桑姐吵醒了。她又装睡。走到出汗,气喘吁吁。"春叶。"她呼出一口顺畅的气来,迎上小尹越来越柔软的眼神。

她拉扯自己的目光,望向那绵延百里的青山,到处是参天的古木,如果是雨后的早晨,会出现连绵云海的奇观。秦非子、成吉思汗、赵充国,这些埋在书本里的人,经过小尹的嘴,一下活在了眼前的草木间。倒像是,他在这里生活已久,而她,却是个好奇的外乡人。

"在来这里之前,我一直以为,我的家乡是最贫困的地方。"她没有为此而不高兴。上到高处,他们站着喘气,青山连绵,苍翠不绝,山间环绕着淡青色的雾岚,她想说点什么,又没有说。听见他又笑起来了:"真是吃惊呀,多少人以为你们这里是黄土翻滚,满目苍凉。"

"你又不在这里生活,了解这些做什么?"她也不知自己究竟想说什么。

"因为你生活在这里呵。"他正爬上那块补天石旁边的石头,伸着一只手,看着她的眼睛,她的手臂也正伸向他。她看向那双眼,四下里的鸟鸣时断时续,潮润的空气清新如水洗。山谷里,空旷呵。她感觉到自己的心跳,像从来没有跳动过。

此去经年，应是良辰美景虚设。

小尹一定在那刹那间，也感受到了她那般的悲伤。不，她纠正自己的记忆，那会儿，她还没有想过要为自己打算什么。可是，你明明悲伤了的嘛。小尹的眼睛跳出来——他只好笑了起来。"我在学校里常被人欺负，我从小被姐姐们背着去上学，我感觉自己至今生活都不能自理，所以，她们打算为我找一个老婆，谁家愿意把女儿嫁到那么荒凉的地方去？如果是我女儿，我都不乐意呢。"说着，他放声大笑起来，笑得她有些恼怒。究竟他为什么还要来呢？第七遍，她又回到这个疑问上。

"上到初中我就辍学了，我可以背诵历史书。爹娘没了，哥不怎么管我，姐姐们就成了我的家长，一切她们说了算，甚至要搭上妹妹的幸福。可现在，我明白了，"他回头看她，"春叶。"她呀了声，脚下一滑，差点跌下去，他拉了她的手，拽着她往坡上爬。

没人这样陪伴过她。几次三番，她想要听到那个结果，却又不让他顺当地说出来。

"听说你们这里的树都上了户口。"

"是，看到没，那几棵核桃树，都活几百年了。"

他哇了声。

幸好，人不用活这么久。眼睛每次扯向别处，她心里就会抽搐一下。她看了下时间，说："你下次来，我带你去看你的祖宗。"

"祖宗？"

"尹喜啊。"她像他那样笑起来。她从没有这般的，快乐过。

他想起了散发资料的村主任。

她每讲一个地名，他都嚷嚷："带我去嘛。"地名只是地名，在他嚷嚷之后，如今，都在她心里变温软了，那一个个村子的名称，都变湿软了。白河，宋川，田湾，秦亭，你听听，都像含着一个神奇的故事，他看着她的眼睛，下一个，保证不好听了吧，哦，天啊，麦池，柳林，玄头。他输了。

"我好爱这里。"矫情起来的小尹深情地说道。既然，终将是良辰美景虚设的结局，何必去念他的好？

她允许记忆生发出虚无的幻景，只是为了防止窒息。好吧，该起床了。

鸟儿，在自己的世界里喧腾。她的脑子像一个乱纷纷的鸟巢。

他跟他家的相亲队伍第一次来相亲那天，她父亲讲过她舅舅曾经做的一个梦。那个梦，他不知给人讲过多少次了，不管来什么人，他都要讲，仿佛是他亲自做的。

她舅舅一家就住在轩辕谷，就是轩辕黄帝出生的地方。

村里早先建有三皇庙，很早就被拆除了，对于轩辕黄帝，这里的人们就像对自己先人般敬重。近年修建轩辕殿，舅舅全力以赴，大殿落成后，有一天某位要人来祭拜，并将一瓶好酒供奉于轩辕像前。

就在前几天，父亲替舅舅强调，舅舅梦见轩辕对他说："建殿时，你出了大力，为什么不来品尝几口美酒呢？"第二天一早，舅舅赶去村上询问，昨日是不是有人饮了那瓶美酒？果有此事，有几个村上的人将那瓶美酒给分享了，这些人没有想到要邀请舅舅，轩辕黄帝亲自来梦里邀请了。

她向来觉得舅舅愚昧无知。可是小尹说，连舅舅都那么有意思。他下次再来，她一定要带他去见舅舅。天啊，就不能停止胡思乱想吗？她再翻个身，仰面躺着。她的大脑，还要跳出她的控制，继续胡作非为。

"要不，我来你家做上门女婿吧。"小尹是说过这番话的，只不过，他是笑着说的。他不笑时，成熟而坚定。可一旦笑起来，就会变得不那么可靠。他一说话就笑，他笑时，不是眼睛在笑，而是整个脸颊都在笑，笑得他的胸背都像是瘦了。那会儿，她就看不清他的眼睛了。

一天中，他们只是在赶时间，把他们的人生中斜逸出的一天，拿密密麻麻的脚印和喘气填充。

目光落在苍翠的山林时，她才能顺畅地呼吸，她的眼睛便老在高处。小尹的妹妹，无论怎样，都会找一个好人家。而他的姐姐们，早都嫁人了的。想这个时，她望着天。那繁郁的绿，一定也是为了防止山谷里的人窒息；那千年的橡树、柏树，也是为了把天撑得高些。

那天的雨，一直落，没有停。她去县城送他。

她终于想起小尹的样子来了，就是那天，在轩辕黄帝的塑像前，他望着她的样子。

"不知道呢，我也不知道啊。"

前一天，下雨了。他父亲在村上头帮忙干活，他们要在河坡上面修建更多的木耳大棚。小尹来的这几天，她哥哥围着小尹说很多的话，小尹帮他修好了电视机，后来，只有她和小尹坐在门槛上，看那檐上的雨在落，无尽地落。

"明天，我就要回去了。"小尹说了几遍。

她垂着头，缝好了父亲外套上的扣子，又把一个裂了的口子细细密密地缝上，直缝成了一个线疙瘩。

突然地，她说自己时常怀念住校那一年，有一个切实的希望在激励着，那样，才像是在活着。可是，母亲一走，父亲也一病不起，哥哥突然不说话了，她愣在那儿，不知道自己要说什么了。

小尹不说话，大门敞开着，能看见门外那块小小的菜地，几枝格桑花，小小的脸盘颤巍巍地探出了砖头砌的围墙。

她偷偷跑到母亲的坟前哭。"妈，你放心吧，我不会抛下他们一个人去享福的。"

"你会很快忘了我吗？"

她究竟是怎么回答他的呢，记不起来了。

太阳一点一点地升高，时间一分一秒地消逝，小尹又开始讲那些古人，那些古时的地名。那是她学几年课本，也难以学到的历史知识。

从山里搬家到平地，她其实并不怎么开心。只是，现在，她学会了像小尹那样，睁开身体深处的眼睛，看那山，看那草木。她时常想起，老屋门前的树，庄稼地里开花的豌豆。仿佛，是另一个她在回忆。

如果小尹在这里，也许，她会支持他办一个学堂，他什么都可以教的，而这里的人们，需要他这样的老师。也许，小尹还可以当导游，她是在这些天里才晓得，来清水旅游的人原来那么多。

"我的脑子，可真是疯了呢。"她猛说道。

"你原来醒着哇。我没敢吵你呢，你给小尹发信息没有？"桑姐打了个呵欠，起身走到窗前，将窗帘扯开一点缝隙，"哎呀，天终于晴了。"桑姐欢叫着又回到床铺上给她的丈夫打电话。

好天气，也令她的心间，像开了一条缝。

她瞪着打电话的女人，都是这个桑姐，一天到晚地瞎撮合，才把她的脑子给搅得这么乱呢。

"有些人，如果你不争取，他可不会在你的生命里出现两次。傻货。不是说你，宝贝，挂了啊。"桑姐放下手机，突然想到了什么，冲着她，猛将两条光腿从床铺上吊下来。

"丫头，我向那广场上的圣像发誓，小尹这会儿，就等着你的信息呢。"

她没说话，跳下床，哗一下拉开窗帘，窗子打开来，阳光与树木的气息，一同洒了进来。

城市户口

早春的苔蓝城，总要弥漫好些日子的风沙。公寓楼后面，是一片果园，这个时节，走到窗前，可见满树花枝。他偏爱那桃花杏花和苹果花，一树树，在那春阳下，也叠印在来自故乡的记忆里，暖意融融地开，细细碎碎地开，在风沙天气里，灰意蒙蒙地开。晚上，就算刮着漫漫风沙，他的舍友苏远帆也会让窗户一直开着。夹枪带棒的空气蹿进来，夜晚的各种声息也聚流进来，梦境都丰富了。

苏远帆一大早就在弹拨吉他，杨柳不讨厌，也不欣赏，俩人倒也和平共处一室。他们同来自西北的一个省份，在苔蓝这个外省的城市，就以老乡相称。同期被分配到苔蓝来的，还有另外三个老乡。

刚来时，五个人时常在礼拜天结伴去街上溜达，在街巷和商场里转来转去，在街角随便寻一个啤酒摊，海阔天空，说各自的际遇，也论说苔蓝这座城市。有时，喝到大醉，直到夜深。通往公寓楼的那条路，一年多过去，还没有铺好，出租车司机都不愿意去那边，他们几个时常走路回去，一路吵吵嚷嚷，难以从一种荡漾开来的情绪里收回去。苏远帆嘴里永远在滴哩答答，恍若还是那怀着迷梦的少年。大伙独爱他身上那股与世无争的傻劲儿，似乎是对生活的满意程度决定了苏远帆是个胖子，而杨柳是一把瘦骨头。微卷的长发，迷离的双眼孩童般地眨动着，苏远帆走路都富有节奏感，他在老家的女朋友常给他写信来，全压在他那个白色的枕头底下。据说，他们已经写了七年的情书了。当着苏远帆的面，他们几个翻出那些信来大声地读，那不是严格意义上的情书，在信里，两个恋人探讨的是艺术和艺术家，引经据典，说一些高深莫测的话。那个叫柳小麦的女子，信中的语言更接近于文学作品。而他们几个，专挑那零零星星的情思暗转的动人词句，勾得几个异乡人的心思，在某时某刻的记忆里，暗悠悠地游走一会。他们一致认为，写这样信件的，一定是个既严肃又浪漫多情的女子。

越往东走，越靠近郊区，旁边一家酒店才粉刷完了外壁，开始营业，他们慢慢就会知道，这家相当乐观的酒店，从"路易"改名到"亨利"，不到三年时间，这已经是第六次开张啦。一到开不下去的时候，就关门整顿，粉刷一遍外壳，换个店名，炸两天礼炮，又开业啦。这帮年轻人初来乍到的晚上，从破破烂烂的街道上经过，酒店的窗口亮着稀稀拉拉的几盏灯，他们冲那灯光吼一嗓子：

"嗨！灯下的妹子嗷，出来陪哥哥散个步撒。"

小个子潘军小时候跟着祖父吼秦腔，嗓门特浑厚，他只要一发声，准会引得夜色深处院落里的狗一阵阵惊恐急吠，妹子却从没出来过一个。这一带，多果园，酒店对面是很大一片园子，高大挺立的白杨将园子围了起来。秋天时，他们会钻进去摘一兜苹果，也没人来管顾。因为土质，这里的水果无与伦比，他们以此推论，这里的妹子，也一定无与伦比吧。一直沉默走路的王海波，突然发出一阵尖酸刻薄的笑声。在深夜里，那笑声令人的骨头都一凛。

小宋在部队上当过厨子，喝酒时问大家，你们想吃得好一点吗？到了礼拜天，他们买了厨具碗筷，在小宋的房间里合伙开灶。小区里有四十九栋楼房，你若是在市区要打车回这里，司机会说，就那堆豆腐渣吗？那边不去，只能送你到亨利酒店。

但小区里面，学校、医院、俱乐部，一应俱全。里面的小孩不用出大门就可以从幼儿园一路上到高中，那些学校的教学质量还蛮棒的，外面的都想挤进来，没有相当的关系，也是不容易的。相应的，这堆豆腐渣的价钱，也是一直在飙升的。单位把他们这拨新人分到面朝果园的一栋单身楼住宿，他们五个被分在同一个楼层，几个房门时常通宵敞开着，他们在休息时奔出蹿进，吃喝弹唱，很有夜夜笙歌的意思。

杨柳从没有过这样的快乐时光。来这之前，他一直生活在农村，他是家中老大，有三个弟弟、一个妹妹，父母半辈子光为喂饱几个儿女的肚子已是黔驴技穷。祖母也跟他们一起过活。她时常烦躁得很，对他们每个人都很凶，从不跟他们和气地说话。从小学到高中，他几乎没什么朋友。如今，想到弟弟妹妹们因为收到他的礼物而欣喜若狂的样子，他自己也感到非常满足，这几个老乡也让他放松，似乎，这已是如意人生了。

先是小宋谈了个女朋友，双方父母因为家族有生意往来，很早就相熟，算得上是故交，小宋很在意这个，谈父辈比说那个女人的时候多，厨子很快就去给女友和她的家人做饭去了。差不多将半个苔蓝城混熟后，潘军和王海波两人也就难得见着面了，偶尔，在单位的会议室里碰见，惊见他俩像换了副人皮，发型时尚，一副意气风发的样子。

每到休息日，杨柳就觉得茫然得很。一遍遍想着刚刚逝去的那些日子，对弟兄们的薄情寡义很是气愤，如果有能力，他想造一栋楼，专供弟兄几个住在里面。他和苏远帆都不爱出门，音乐家听一遍手机里的乐曲，就可以在吉他上弹奏出来，房子外的事物就很遥远。杨柳则怕出门花钱。这个，他们是不会懂的，这几个老乡从小生活在城市。他其实也懒得进灶房，有时候，他能觉出来，因为他的缘故，苏远帆才坚持着把两个人的食堂继续开下去。

这个礼拜六，他还不知道要如何打发。苏远帆从没说过他的女朋友要到来。没有丝毫征兆,她突然就站在他们宿舍开着的门口。

"小麦。"

他一下就喊出她的名字,像跟她早已经很熟那样,同时将手中的打火机冲苏远帆扔过去,吉他声才停了。

没有相片上好看,她的穿着也有点风尘仆仆,就像是从过去几日的漫漫风沙中而来。夹在信件里的相片,静静地泛动着一股冷气、忧郁之气。而面前的女子,则有股炭气。

苏远帆接过她手里的包时也没把吉他放下,以那种迷离温柔的眼神看了女友半天,像要认清那个女子。

跟小麦握手时,杨柳有点失神,仿佛曾经与她通信的人是自己而不是苏远帆,又想起,小宋跟他私下里说,有点迷上那个写信的女子了,不过,小宋跟现在那个富有的女朋友似乎处得不错。

一开口,方知杨柳跟小麦才是真正的老乡,小麦婴儿肥的脸涨红着,跟他用家乡话说着故乡的闭塞、落后。他觉得自己应该出门去,让两个恋人独自待在一起,却倚着对面的床头站着,热烈地说着他心里并不爱的家乡,那里比苔蓝的气温要高上七八度,这个时节,麦子已经绿得很有气势了。苏远帆找了条毛巾,又去水房打水,小麦将外套拿去阳台上抖了抖,又拿毛巾擦了几遍。他问一句,小麦答一句,与他的目光相碰时,她会红一下脸,眼神里一抹娇羞混合着不安的闪光。他记起自己的妹妹,见了生人,也是这般的窘样。

我在幽暗中分裂自己。
我每天都在虚无的中心。

她在信中所写的某句话，总会击中他的心脏，音乐家对此毫不知情。他了解舍友的女友的每一件事：音乐梦因为没钱而中断；有个数学老师评价她老是我行我素，脑子有点不正常；看过不少闲书；毕业后拼命考上了公务员，没想到，那份工作就是写成堆的材料。她的字，硬撅撅的。印象里，她跟他曾经通过很多次话。此刻，断续的话从他脑子里闪过，而小麦也显得六神无主。

"快熬死我了。"她道给苏远帆，同时流露出还有他这个外人在的矜持和难堪。

"干脆辞了算了，音乐家养活你，绝对没问题。"他的语气生硬，不是那么友好，想走出去，却仍坐在两个恋人中间。

苏远帆说道："那些成天耗在办公室里的女人，总是让人难以有爱的冲动。"

她没有接话，扭头去看着窗外，那一瞬间，她是写信的那个人。

那种煎熬，他是深深懂得的。"那你有没想过，跟音乐家将来怎么办？"柳小麦不会真的辞职，苏远帆也不过是信口胡说，他却鲁莽生硬地问出这样的问题来，心里不无伤感地想到自己，再过些日子，他们将被撒在铁路线上，黑白不分地去操纵一列列除非断电或铁路消失才能停歇的机车了。他的生命，将会在电磁辐射当中，无止境地单调重复着，想想这个，又感觉到绝望的海水。而他的那几个老乡，早已蠢蠢欲动，终于可以亲自开火车了。

他不知道自己为什么会让两个恋人陷入提前到来的麻烦之中，自己像个多嘴多舌的家长。他一点也不担心小麦会听出他说话时老带着的一丝挖苦和不敬。

小麦没说话，明显这个问题令她越发陷入了沉重。家乡那憨实贴地的口音，使得面前这个女子有些笨拙，但她是那种有内在意识的人。她涂了口红，但那颜色根本不适合她，头发很随意地披散着。

"你不适合留长发。"他又说道，语气古怪。事实是，恰恰是那头发，才令她看上去有了那么点温顺。

她瞥了他一眼，什么也没说。

随后，苏远帆在换衣服，杨柳跟小麦站在窗口说了阵话，令人难以置信的是，不知怎么的，两人竟然起了争执。她非常较真地反驳，而他则骂了句脏话，然后重重地摔门而去。

跑下楼梯，出了小区的大门，他在街上漫无目的地走着，心里仍有莫名的憎恨。看那么多书，有屁用哇。高考落榜后，他烧了属于自己的书。

"真是酸腐，乡巴佬。"对着夜色，他骂了好几遍。

他以为苏远帆准会和他干一架，但后来苏远帆说，小麦太耿直，老把自己困住，有点傻。

2

章思玉起初也给他写信，尤其在他刚出门打工的那两年，他几乎每周都收到她的信，比柳小麦写给音乐家的书信浪漫多了，他时常也会被感动。信里，常会掉落一缕头发，一束丁香花柔情蜜意的瘦枝。

大约有半年时间，他感觉跟章思玉之间的联系要断了。他不知该松口气，还是该去南方那所三本院校找她。突然地，又有信来了。如此反复。

他的人生，在稀里糊涂中早就被改写了，那是在章思玉看中他之后。高考落榜后，他在四处晃荡，找能赚钱养家的机会。有一年冬天，他从广州回到老家。章思玉说，他再也不用去打工了。他有了城镇居民户口，他的名字被印在了章家的户口本上。

他不愿多回老家。那是个干旱少雨靠天吃饭的地方，人心多慈悲，也古怪。老家的人都晓得他这份工作是靠章思玉获得的。

记忆里，有两棵丁香树，一棵开白花，另一棵开紫色的。在那棵开紫丁香的树下，他第一次吻了章思玉。安适的环境、春天的生机。那时，他求什么呢，植物生发的季节，他便万分感动。

从那个三本院校毕业后，章思玉被安排到县城的一家事业单位工作。而他，开始了在苔蓝机务段的培训。

他很清楚自己的命运，全仰赖章思玉对他感情的深浅。在部队时，他时常怀揣着一股阴冷的无处诉说的恐惧，他自己难以确知，对章思玉的感情，是不是真实可靠。有一回，跟几个战友喝醉了酒，他大哭大叫：

"你们知道吗，我感觉自己过的每一天，都是靠着侥幸而活。"

上次回老家，父亲备了礼品，命令他去章家，父亲一再地说，人不能忘恩负义。

那天清早，他六点就起来了，先去对面山坡上的学校，在一间宿舍里一直待到中午。他上初中时，这个小小的房间，白天是父亲的办公室，晚上他住在这里，一个人安心复习功课。他根本学不进数理化，在睡梦里都被那绝望折磨。

后来这个房间归了表哥,表哥后来也成了民办教师。那时的假期,他仍然住在这里。他躲着不再去表哥家串门子,他会打发一个学生给表哥捎去或取来钥匙。最终,他没有考上大学。

表哥不知去哪儿了,一早上没见人影。那些孩子在简陋的操场上尖叫追逐,他将双手叠放在桌子上的一块玻璃上,玻璃板下,压着表哥跟表嫂咧嘴大笑土得掉渣的照片,表嫂穿着一件大红的上衣,样子有点蠢。娶了表嫂后的表哥,跟表嫂越来越像,爱发表意见,说三道四。

他骑了自行车,沿着山路走了一个多小时,到县城时,一场大雨突然降下。他推着自行车拐来拐去地走着,拦了几个学生问,方知他走反了。章思玉家他去过不止一次,大雨让这个县城变得诡异。走进章思玉家时,他有些狼狈,两脚泥全带进了那栋房子,他坐下时,身上的雨水又湿了沙发。他赶紧站起来,章思玉将他引进卫生间,递给他一块毛巾,扶着门框看着他。

"你变了。"

"是吗?"

"是真正的城里人了。"

他不敢朝墙上的那面镜子看,心里有所期待,似乎又没有。他能感觉到,她也不一样了,似乎那些书信都不是她那个人写的。而他,从来也只敢在纸上回应她的感情。

他记着每个茫然无措的瞬间。

他突然想逃了。冲到楼下的雨里,他立住了。楼下停满了车子,他的自行车挤在中间,后座上的一只湿嗒嗒的布袋子里装着两瓶酒,他不知道那酒值多少钱,章家人会不会看在眼里,那会儿上去时,他犹豫了下,没将它拎上去。

那是天意。如果他妈妈看到此刻想逃跑的儿子，一定会这样说。她对自己无能为力的事总会说那句话。

当他再次踏进那个门里去时，章思玉有点茫然地望着他，什么也没说。他抱着那两瓶酒说，刚才忘了拿上楼，下去取了一趟。

"你记得不，这种天气里，我们被困在学校里，你教我做的那些题，我其实一道也没听懂。"

他记起章思玉的爸妈恳求，帮帮思玉吧，她就听你的，马上就高考了。

"我只记住了你。"章思玉望着他。

"你要是能听我一句劝，那可能是因为我真积了德了。"章爸突然出现，说了这么句话又走了。

两句话的余音都还在房间里，他感觉自己是某种罪恶的同谋，内心又很温柔。

章思玉好歹考了个三本，他的分数也够，他没钱去上。他向来成绩很好，但他没考上。几个同学说，是一场不确定（而非不由自主）的恋爱毁了他。父亲生病很早就从民办教师的岗位上退下来，作为长子，他必须得赚钱养家。

城市户口，以及能去外省培训并且成为一名火车司机，都是章思玉赐他的，但这次来，他方省悟，章父也是借机将他打发得远远的。

他再次想到那个问题，像她这样的女孩子，是不可能跟他同甘共苦的，更别说跟他当农民的父母生活在一起了。屋子里突然很静。房子空阔，他没有仔细打量过。两个人听着那雨声，也没有说什么话。他倒是想说很多的，又搞不明白自己为什么要跑来这儿，他完全可以自己选择的。

在章思玉的房间里待了片刻，他感觉这样不好，就要到客厅去。章思玉说："我爸答应的事，都给你办了，你要怎么感谢我？"

他转过身，将她抱了抱。章思玉的母亲给人讲，这个叫杨柳的小伙子，心机重着呢。他想知道，章思玉也这样看他吗？

"真是这样吗？"

"什么？"

"你接近我，只是为了想让我爸帮你解决一份工作。"

他抱着那个身体，脑子里像是被雨帘罩起来了的街道，混杂、多声部的噪音，全给那雨兜起来了。

她是要听那句承诺，他偏说不出，只是将脑袋埋进她的头发里，紧贴着她。一只凌空的鸟，翅膀擦着水面，脸颊迎上来，寻着了他的唇，他由她带领着，脑子和手脚在瞬间妥协下来，一齐发蒙般沉潜、驯顺。她是那般盲目，又很狂野。也许，她也是在自身的黑暗里冲突，好一下看清楚那未来。他一下站起来，又往门口走。

"你变了。"

他没说话。

"苔蓝城的女人没有教坏你吧？"

他不知道她话里的意思。雨一直下不停，回家的山路，一定满路泥泞，自行车可能得推着走了。

快五点钟的时候，雨下得小了，他起身要走，到这会儿，像是才会正常表达。他说，再晚，就看不清路了。章思玉不放他走。他便给一个同学打电话，晚上去同学那儿留宿。

晚饭时，只有他和章思玉，章妈做好了饭菜，只夹了几口就出去了。吃了两碗米饭，他还很饿。他总是很饿，苏远帆每次都让他把所有的菜都吃完,就算他曾经对苏远帆的女朋友不敬,音乐家依然装作随意地说:"哥们,不要剩下了,浪费。"音乐家真没做饭的天赋,为了他这个舍友,在尽职尽责。工资到手的当天,他留下极少一点生活费,其余全寄到家里去了,弟弟妹妹们还在上学,家中还有外债要还。换作是小宋继续当他们的厨子,他就不敢这么懒了吧。

　　回去一定要善待那个胖子。他很想跟章思玉讲讲音乐家,他当然更想说说小麦。但章思玉没心思听这个。

　　县城离他们的村子不过三四十里地,却天上地下。他低下脑袋想着自己的奶奶。至今,一家人的午饭和晚饭都只吃面,煮一锅面条,每人一碗舀着吃。

　　章思玉不信:"那怎么吃得下,顿顿吃那个。我有事要告诉你。"

　　他往窗外看,感觉心又悬起来了。他后悔自己为什么要留下来。

　　章思玉举着一套西装命令他穿上。他走到镜子前,看着自己的眼睛。

　　"我去上海出差时特意为你买的。"无论章思玉说什么,她的嗓音里都有一股霸道。他脱了西装,又抱了她,找不到话说时,他就抱抱她。

　　习惯。嗯,也许习惯就好了。他跟自己说。

　　"章部长终于答应了,等明年,会想办法把我调到苔蓝去。我倒是喜欢这县城,有那么多熟人和朋友,可是,这里没有你。"

　　他的嘴拙得很。为什么是明年?真是个傻人啊!他想着章部长的表情。"你要告诉我的,就这个?"

　　"你不开心啊?"

他笑了笑。过了半天，她看着他的眼睛说："你老是这么装，一定也很辛苦吧。"

他的心悬起来，但他没说话。

他能感觉到，她在把一股怒火极力地压下去。"朋友们都希望，我们能早点在一起。"

他那会儿还不知道，章父章母其实让章思玉在这天跟他摊牌：他们就到这里了。

"朋友们都说我是鬼迷心窍了。"

他想着她撒泼扮蛮威胁她父母的样子，内心深处动了下。"好啊。好。"脑子里是暗昏昏的果园、噪音。

你得懂得感恩。不然呢，你在外乡漂泊，或者此刻你不得不一边跟你表哥一起双脚戳到泥土里抽着烟，谈论民办教师微薄的工资收入，一边还要谈论庄稼地里的收成，不得不忍受表嫂为你介绍一个像她那样的女人当老婆。

她送他去同学家。路过她那个环境像高尔夫球场般的单位。他幻想自己能在这样的地方工作。她启动那辆红色的车子时，他想到，走遍县城，也不过几个小时，她这种人，越来越不懂走路的乐趣，会不会终将失去走路的能力呢？他七八岁时，就可以走几十里山路去镇上。一行字，似乎是记忆，又像是在幻觉中的纸上：

他闻得出自己身上屈辱的肉体的味道，还有灵魂茫然无措的味道。

下过雨的街道空旷、洁净，夜空里，能望见清冷闪亮的星星，他认为自己应该满怀善意，更该满怀激情。他突然伸手紧抓着她的手，热烈的双目望向她，那样的时刻，他身体里有爱，或许，只是冲动。有什么区别呢？

3

下午四点钟，他刚出车归来，几个弟兄等着他一起去梧桐巷帮音乐家搬婚床。音乐家租了那条巷子里的房子，利用休息天，已经一样样搬过去好些东西，他帮音乐家拿过去一些碗和厨具，那都是音乐家自己花钱添置的，最初大家集资买的，音乐家全留给了他。把衣物带过去之后，音乐家就彻底从宿舍里搬出去了。现在，只剩下他一个人了。

那条巷子口，一棵粗壮的槐树，跟一根电线杆并排立着，往里走，两边的人家往院门外植满梧桐树。午后，太阳很烈地晒着，梧桐树下，安静得很。巷子走到底，是一个三层小楼，音乐家租的是一楼的一个套间。他进去时，一帮人已将那张厚实的大床安置进了里面的套间里，他探头看了一眼，只放得下一张床，再没有一丝空隙可供人转身了。

"正好，鞋脱了直接上床。"他冲大伙笑道。他说出的话很难让人猜测，究竟是幽默还是讥讽。墙上挂着一幅婚纱照，他看了两眼，躲开小麦那双眼睛。怪不得人人都去拍婚纱照，好看。那正是他们该有的样子，幸福美满的样子。

有人问苏远帆，那边准备得怎样了。音乐家得先去老家办婚礼。

"小麦有些焦虑，不过，是因为工作方面的事。"

他脑海里闪着章思玉的脸，真是奇怪，同一件事，有人得心应手，有些人却受煎熬。他看着那些简单的家具，它们，将会被柳小麦每天擦拭、珍爱和用旧。

"今晚跟那姑娘见一面吧。"小宋碰了下他的肩膀，屋里的几个人都晓得，小宋的女朋友给他接连介绍了好几个对象。没人晓得章思玉的存在。

他看着窗外，拐角的楼梯上，站着若西。

他跟音乐家第一次来看房子那天，若西的妈妈正追着若西楼上楼下地打，他们一进去，若西一下跳到他身后，就像他们已经很熟了那样。

隔着玻璃，他摇了下手。若西一直朝他望着上楼去了。

被你启开的心扉，永远空置着。
这喘息，这汗水，难道都是假的？

脑子里印着某种熟悉的句式，不知从什么时候开始，他像一个作家随时随地寻找着一个属于自己的句子，还是，那其实是从信件中窃取来的回忆，他记不清了。刚逝去的夏天，在章思玉办公室的那张沙发上，他感觉到令人难过又绝望的爱，他给了她承诺。

而这些，他的这些推心置腹的兄弟，至今都还不晓得，连苏远帆都不明白，一说起女人，他老像是怀有仇恨。

一个秋叶翻飞的黄昏，成了新娘的柳小麦，跟着音乐家来了。她跟上次来时不一样了，多了几分成熟的丰韵，眼神温柔。她终于辞职了。

几个老乡相约，在一个晚上，一起出现在那条巷子里。小宋带着的女朋友，跟小麦打了个照面后，她接了个电话就回去了。杨柳盯着她的背影，看上去，她比小宋要大上三五岁，是个精明且富有心机的女人,他觉得自己很会看相,尤其是女人。她们不可能成为推心置腹的朋友,不知道小麦意识到这个不。跟这样的女人一起生活,光是想想,就令他浑身一阵哆嗦。就连章思玉,内心里其实是憨直拐不了几个弯的。

众人挤坐在小小的出租屋里。不知怎么的,一会儿就喝高了,哥几个都赞美小麦为了爱情义无反顾,不像他们在苔蓝城里追逐的那些女人,本质上,是那房子的大小和车子的款式等着他们去满足,又虚情假意冲音乐家喊叫:"你个二货,就是有福,一分钱不贴,弹几下破吉他,就把小麦给勾来了。"

音乐家书信里的爱情故事(多半是被众人断章截句杜撰而来),大伙早都说烂了,但这天晚上,音乐家又被逼着讲了一遍。胖子那会儿不胖,就是爱弹爱唱,他将小麦写在校报上的一首诗谱成曲,被众人传唱,从那时起,他们就开始给彼此写信了。

他们逼小麦轮番跟他们喝酒。小麦的脸膛越发红了。

"你们这是在谈论神圣的爱情吗?听听你们自己说的话,你们懂嘛呢?"苏远帆站起来叫道。他早醉了,就连那酒,也欺负他这个单纯的老好人,一碰就醉。别的几个人,在那种情形下,都争着坦白,已经被女人折腾苦了。小宋紧贴着他,不停地看表。他忍不住说:"要不,你先回吧。闹起来,何必呢?"

说到底,你的脖子,是自个儿甘愿往那绳索里伸的呐。小宋拍打他:"兄弟,相信我,你得亲自去尝试,才会知道那是怎么回事。"

他的目光放肆地追着小麦,她是不是真的快乐幸福呢,她真的是为了爱情义无反顾地辞职了吗?

几轮手机铃声响过后,大家一哄而散,脖子又朝着那明知是个圈套的绳索里甜蜜地伸去了。

　　小小的屋子里，烟雾缭绕，他伸长两条腿，挤进墙角的沙发里又抽了支烟。他一点也不想回到一个人的宿舍去。苏远帆在他旁边睡过去了几次，不断地撑起来扯着他说话。小麦将茶几略略地收拾了下，又给他倒了杯水。

　　苏远帆倒在他身上睡着了，他让苏远帆靠在肩膀上睡得舒服些。

　　他说着很乏味的话，就谈到了学生时代，那时候，还有梦想，他想在县城里工作，把父母也接去，弟弟妹妹们也都能依靠他。

　　小麦说，她的梦想，是有一间自己的办公室，至于别的，倒像从未考虑过。他当然了解她所说的，在农村，一家几口人挤一间屋子，根本没有属于自己的空间。俩人又说到工作。

　　"如果你不喜欢，那每一天可都是折磨。"

　　"我感觉世界成了一堵墙壁，再怎么用力都穿不透它。我想为我的父母撑着，我得到的，正是他们幻想和期盼的东西。无论如何，我得坚持住，可我办不到。我还有两个弟弟在读高中，一家人供我上学不容易。可我现在又不知道自己究竟要干什么。"

　　小麦居然抽抽搭搭地哭起来了。突然间，一切都静了下来，只有那哭声像要穿透四壁。他不知要怎么办，苏远帆突然坐了起来："怎么了，放点音乐。"要站起来，却又倒下睡了。小麦又去倒了杯水。

　　"我们对自己，总是了解得不多。"他哼叽了一声，他感觉一股暗流在身心里涌动，将双肘撑着两只膝盖抱住脑袋，"我从没想过，自己是个什么样的人。"

"我了解。"她说。他感觉在众人言不由衷的热闹结束后,小麦才终于松了口气。不知道她是在说了解他这个人,还是说,了解他不知道自己这件事。还只是,她开了个玩笑。

夜已深,他们停止说话时,能听见低低的天花板上白炽灯发出咝咝的电流声。正对着沙发,摆放着电视机和一只燃气炉,高保真音响拆得七零八落,这只是一些将就的家具。他认识的那些女人,事先都会先打探男人的家庭背景,才决定怎么拿捏他。而面前这个傻女人,一味地只在自己的精神困境里,她在意的,仿佛也不是缱绻复杂的即将展开的婚姻生活。

"等老了以后,我会不会后悔现在的我所做的决定呢?"

苏远帆含混地说了句什么,换了个姿势靠向他。这个暄白的胖子,紧偎着他已然熟睡。深秋的凉意浸入小小的屋子里,粉色的窗帘低垂,一盆绿植阔大的叶片被温暖的灯火照亮。

他要说点什么好呢,让这安静持续就好,偏又道:"不错啊,借着婚姻,你成功逃离了那折磨人的工作。"

这回,小麦什么也没说,但气氛一下很僵。他那爱挖苦人的嘴只要再伸长那么一点,两人准又会吵起来。她将双手绞在一起,看上去很难堪,但他能感觉到,她并没有马上赶他走的意思。

院子里传来脚步声。他终于站起身,将苏远帆扶到床上躺好,躲开她的眼睛说:"我走了,你早点睡。"

门开了,他的声音随后高扬起来:

"若西,还没睡啊。"

一个细细弱弱的身影从楼上下来了,他跨到院子里去,拉开铁门,若西说:"我来关吧,你一个人这么晚过去,不怕吗?"

"我怕啊,你送我回去?"

"你再送我回来?哈哈。"

他走远了，感觉到若西还在门里注视着他。也许，他可以邀请她出来走走路。再走远一些，他听见铁门哐里哐当合上了。

边走边看出车计划，明天早上七点钟出车，他得抓紧时间睡觉了。手机屏幕的一点亮光，照亮他的脸。他深吸了几口夜晚的空气，一些念头黏稠执拗地浮沉，他大声地哈气，把头高高地仰起，夜空灰灰的，离他非常遥远。

微微的风扑到脸上，凉意越发地浓重，这深夜里的空气，简直好极了。一股隐隐约约的气息，是某种植物在夜晚隐秘地释放出来的。两旁的店铺还亮着灯，两三辆车子，无声地驶过身边。他的心跟街道一样空旷，又很满，他走得很慢，像一个病人。昏昏沉沉地，就走到那片果园边上了，听说这里已被卖给了商家要造房子，实是可惜。他大声地咒骂。手机响了下，是一条信息。

"杨哥，碰见鬼没？"

是若西。他笑出了声，没有回信息。

若西父母年轻时出门打拼，走过很多地方，若西是在新疆出生的。若西有两个姐姐，跟她们的父母忙着赚钱，晚上住在城区的房子里。若西刚从一个职业技术学校毕业，一个人住在梧桐巷子这边。跟音乐家去租房子时，就是若西来传话和收钱的。"一次性交清，已经给你们很优惠了，水电一月一付，老钱说你们知道的。"再去几趟，若西才不那么说话了。

老钱家开了三家陕西凉皮连锁店，老钱夫妇经营着老店，顺便卖早餐。老钱还捣鼓古钱币。两个女儿分别经营另两家，二女儿已经结婚了。大女儿跟前男友一直藕断丝连，却结不了婚。第四家，只等若西找个上门女婿就开张，他们几个单身汉一去街市里吃凉皮子，若西父母就说这番话。

大伙齐心协力将他往前推:"你给咱们抓紧了,可不能错过了这个凉皮店。"

那些亮灯的窗里,住着他那些已经成了家的同事。为了躲开师母给他介绍对象的事,他好久都没有去过师傅家了。慢吞吞地上楼,宿舍里空空的,他让窗子开着,夜风马上令他感到一阵冷意,蚊虫撞击到窗纱上。直接倒在床铺上,时间像是静止了,盯着天花板,他感觉自己像一枚蛋液,有那么一刹儿,极力想攀附点什么,以防止蛋液四处漫摊开去。

他照着那个号码打过去。

"我请你看电影好不好哦?"电话里,是个高中女生的嗓音。

"我得跑车啊,哪有时间喔。"他想着,人生的大部分时间,正像此刻一样,会很快空耗过去。

"可你天天来看小麦姐喔。"

蛋液凝固。他一下从床上坐起来。他这才意识到,这个夜晚之前,他已经数次去过音乐家的出租屋了。他不想纠正什么。

4

一个人时,他常试着进行一些睿智的思考。他先会想起一个句子,就是在偷看的信中所引用的那些句子,他在哪本书里大概也曾读到过,可是在小麦写给苏远帆的信里,他才把它们给记住了。有一封信里,开头写着:

> 昨晚梦见了海水,可我从来没见过大海。爬起来看看窗外,一切事物的单调又开始包围着我,就像我

已经在监狱,这是我在狱中岁月的又一天。探手摸到你写来的信纸的棱角,世界又明朗了一线儿。

除非你也有过那样在狱中般的体验,否则那样的信件,并不怎么吸引人。是不是柳小麦晓得有人会偷看,才把一个热恋中女子的真实心理压抑着,而写那样文艺化的语言,不得而知。他似乎也能猜测到苏远帆写给小麦的信里,会是些什么内容。很明显,他们把写信和收信当成了一种寄托(有时候一礼拜三封)。对章思玉,时而会有模棱两可的一缕思念之情,总是在他意识到自己的人生苍白又沉重之际,他的心才会么猛烈地跳动几下。想想苏远帆,除了是个爱音乐的老好人,究竟有什么特别的呢?他马上为自己这种龌龊的心理吓一跳。

有一天,在出租屋里,他居然真的这样问小麦了,他感觉管不住自己那张嘴。小麦问他:"要是有两个人可供你选择陪伴长途旅行,一个俊美聪明,却冷漠自私;一个有着笨人那样的忠诚和贴心。你会选择哪一个陪伴你?"

他微微地觉得脸发烧。如果他有些粗犷,苏远帆则精致。苏远帆把卷曲的头发在脑后扎成一束,肤白体胖,倒也增添了几分艺术家的温柔气质。处在两人之间,他感觉不到新婚燕尔的甜腻,倒像那两人已经在一起生活很久了,在各自的世界里,相敬如宾。

"是啊,选哪一个与自己同行,你最后,都是会后悔的。"小麦没理会他,自顾自说。沉默了阵,又说:"哪有什么选择,都是命运牵着你走。"

这番交谈后,有一阵他再没去过出租屋。多半时候,他在路上。停车的时候,几个弟兄会互通电话,汇报各自的位置和预计到达目的地的时间，约好返回苔蓝时，一起聚一聚。他们的酒量越来越好。他跟小宋通话最多。苏远帆会在电话里说，到了来我那儿吃饭，反正你一个人。

那晚，众人约好去小宋那儿。他要出门时苏远帆给他打电话说，带小麦过去吧，他回来就午夜了。

他便打电话让小麦自己坐公共汽车到青年路。他提前到那儿了，站在公共汽车站牌下等了半个小时，简直火冒三丈。终于看到一个穿着厚厚的橘色外套的身影，鼻子酸了下，火气被他忍住了。他突然发现，小麦身上有一股乡巴佬的死命倔强和某种她独有的女人气质的奇异混合，正是这个，把她与四周那些苍白自得的城里人一下区别开来。他站在那儿，又想起她信里写的那些话，那似乎才是真实的她自己，令他的心一度充满好奇、一种奇异的仿佛可以与这个世界和解的快乐。而现在，小麦越来越把这些掩藏得深了，想必，她跟音乐家再也不用那么文艺的语言进行交流了吧。

这里是一片别墅区。走进一个木栅栏的门里去，里面是个三层小洋楼，欧式风格，玻璃花房里种着热带植物，开着一些奇异的花。他看了眼小麦，小麦眼里像是不清楚未来那般的茫然，也有种压抑着的不安。这是小宋第一次请他们来做客。进到这里，他们身上乡下人的气息就分外明显了。小宋的女友穿了身天蓝色的掐腰小短装和裙裤，高跟鞋衬得她比小宋高出一头，不知怎么的，他老觉得这个女人眼睛里随时透着一股刻薄，尤其是面对小麦时。小宋过来拍拍他，跟小麦握了手，他的女友则瞥了眼小麦，马上转过脸跟杨柳说话。他们背地里拿这个女人脸上的两个小泪窝开过很粗俗的玩笑，小宋大叫着纠正他们，那是酒窝吧。

落座后，那些年轻的火车司机带来的女人们脱了长风衣，底下仍是各式高档衣裙。他感觉小麦紧跟在他身后，吃饭时，她坐在他旁边，只夹了几口菜，没人与她交谈，小宋的女友过来了几次，没有跟小麦对视一眼。有人给她添酒水，小麦像说外语似的说着谢谢。似乎是这座欧式小洋楼里阴森森又自鸣得意的东西控制着大伙，一桌人不约而同地全向着小宋的女友，为她的冷笑话虚情假意地笑着。

他没跟小麦说任何话，故意把不知道怎么跟人搭讪的她冷冷地晾在一边。跟章家人迫不得已坐在一起时，他感觉自己被排斥在他们的交流之外，虽然他们后来极为热情地拉起一个个有关他的话题，在他的内心，仍然会引起一阵极为难受的搅动。

吃饭时，小麦也没有把那件厚外套脱下来，她的脸颊上汪出一块块的红晕，他都能看到她额头上的汗珠。小时候，他去亲戚家，坐在人家的炕沿上，死活不肯脱鞋子，因为，他不愿众人看见他的袜子上都是洞。如果不是靠章思玉，他这一生都会是个农民，一生都不可能跟坐在这气派洋楼里的人成为同事和朋友。他突然意识到，他和小麦的自我依然倔强，但满是只有他们自己才能了解的那种空洞。

那天后，他又常去梧桐巷。

不知说了什么，他们总是说得忘了时间和其他的事。也没有顾忌苏远帆有时不在那个出租屋里。那个小院里，时常是小麦一个人。苏远帆新买了一套高保真音响。他一走近那个铁门，便能听到那套高级音响流淌出的音乐。很奇怪，那两个人很少同时欣赏同一首乐曲，小麦总是在一个人的时候才听音乐。沙发上堆着一摞书，也不知她看了没有。那阵子，她跟着苏远帆学吉他。杨柳下一次去，她已经扔掉了。

"我不想毁了年少时那神魂颠倒的一点幻想和热望。"

"越老,你会发现,很难再有爱上点什么的欲望了。"他说。

天啊,这一切,很可怕。他不知道要说什么,胡乱地应道。而她似乎已经懂了他想说什么,也说:"是,也许是。"

苏远帆在时,他敢放肆地说那些信:每一句,是我想说的。

"什么,不会吧,你从哪儿看到的?"她吃惊又愤怒的样子,让他想把她捉进怀里爱抚她。

只有他们两个人时,内心里猛烈的渴望又潮水般地止息了。

一个黄昏,三个人出门去散步,他们发现自己正站在小洋楼附近,顺便去看下小宋吧。苏远帆上次没赶上,想去拜访下。

"哎呀,若西约了要去剪头发,你们去吧。"小麦赶紧说。

小宋在电话里说,一会过来接苏远帆。杨柳晚上要出车,便随小麦走了。

他们走路回去,他不时拉小麦一把,躲开那些车子。

"不如,我去开个奶茶店吧。"

"总得把蜜月度完啊。"

苏远帆跟小麦的婚姻,不同于他知道的任何夫妻。他们像两个电影里的人,一下走到现实里来了。不知小麦有这种感觉没。如果是他,他根本不会让小麦辞职的吧。

黄金的光正在变暗,微弱的一缕,扑在她脸上、头发上。起风了,街道两旁的槐树,纷纷地落叶。他能感觉到她对他的信任,以及某种程度上的依靠,他们彼此的自我,在躲来避去的亲密中摩挲着。

他没问,她跟苏远帆商议过没,便去注意两旁的门店。奶茶店门前果然很热闹,一直有人排着队。他们也去排队,他让她站在前面,他伸手将前面的人与她之间挡开一点距离。她回头冲他笑。他心里起了小小的涟漪，渴望队能排得再长一些。不说什么，或说了什么，都是闪闪亮亮的。买了两杯热饮，果然好喝，他怀疑那里面加的东西都不是自然生长出来的，她嫌太甜了，一路将那只塑料杯握在手心里取暖。也有门店出租或转让，他打了上面的两个电话，将对方要的租金报给小麦，小麦说：

"天啊，这辈子我都赚不了那么多。"

他们看见了公共汽车亭下的长椅，坐着休息了一会儿。等车的人渐渐少了。他们什么也没说，只是坐着看街道，然后，他们站起来接着走。接近梧桐巷了，他提议再往前走走，沿着火车站的那条街，可能会有便宜一些的铺面。

从那家再次开张的酒店门前经过，他想起他们几个刚来这里时的热情和冲动。当然，也就想起了压在音乐家枕头底下的她写的信。转头看了眼小麦，他仰着脖子笑出了声。她不明白他在笑什么，却也不问。对面那片果园，果树早已被伐掉，不知怎的，却一直在那儿闲置着。

她写过的每一封信，他都细细地读过，也曾在心里暗暗地给她回过信。你可晓得不？他在暗中看着那张脸。

再走，望见了火车站，一下又热闹起来了。

却已经走累了，她拦了辆车，说："回吧"。他跟着坐上去，路不远，没说一句话，只扭头去看那黄黄的灯火水波一般滑过去，就已经到了。她让他别下来了，可他已经下来了。

"干吗要下来？"

"不是已经下来了嘛。"

"那，进去吧。"

她推开铁门，往里探了眼，说："他还没回来。"他沉默地又站了一会儿,如果她邀请,他会走进去。

隔着彼此的那道门,被她笑着慢慢地合上了。他于是转身出了巷子。

他给苏远帆打电话,让苏远帆早点回,他怀疑苏远帆去打牌了。

苏远帆还真去打牌了,着急就挂了他的电话。

"我从不打牌,我怕小麦打我。"没人揭穿苏远帆,也没有人晓得小麦对打牌的态度。杨柳对打麻将上瘾的人深恶痛绝。

天气热起来的时候,小麦在老家的同学那儿贷了款,果真开了家奶茶店,就在靠近火车站的那条街上。一间小得出奇的房子,房租也贵得出奇,两张小小的桌椅,一个玩具似的吧台。每次去,她都戴着口罩站在吧台后面忙碌,但她一点不像童话里的公主,摆弄那些瓶瓶罐罐,令她挥汗如雨。她并不擅长这个,进来的人等不及,又走出去了。

只要不出车,他都往她的店里去。他建议她往墙壁上贴些东西,像别家的店那样,花花绿绿。没人时,她取下口罩,跟他讲这一天卖了多少杯,哪种口味的饮料客人比较喜欢点。起初婴儿肥的那张脸,慢慢地露出骨相来,有点苍白。他挤坐在小小的桌椅间喝一杯柠檬水。看着门外的街道,火车站高高的台阶上,有人跑下来了,有人拎着行李上去了,出租车在台阶下排了一溜。

如果正好是在同一天休息,他会到梧桐巷子里去,帮小麦去取一样衣服或给苏远帆送一份早餐。苏远帆一般早晨在,午后就去打牌了。音乐家又买了套高保真音响设备,正在安装调试。他不解,苏远帆到底迷恋哪一个,音乐还是打牌。自从小麦到来后,苏远帆倒是全心全意只打牌了。杨柳不敢相信,就那么个玩意儿居然要十几万块，大声耻笑，狗屁，烧钱。又纳闷这家伙哪来的钱。苏远帆说借的，跟小麦各还各的。音乐家胖了，遭受了几次车间的罚款后，终于剪短了长长的鬈发，艺术家的气质，都似削掉了几分。

有时，正撞上两个人在出租屋里吵架。小麦一晃就不见了，也不知去哪儿了，过半天，音乐家也不过问。他出来时，沿着楼后面长长的河堤往前走，远远看见小麦站在一棵银杏树下。

"回去吧，多大点事。"他大声地说。小麦这才哭出声来，身体一抖一抖的，他慢慢地走过去，站在她旁边。

苏远帆打完牌，又总是喝醉了，小麦就给他打电话，他坐了公共汽车，先去出租屋里看一眼苏远帆，拿出手机给领导打电话：

"苏远帆生病了，我们刚送到医院。"

"怎么又病了，你们搞什么鬼。让他自己来单位。"

"正在输液啊，真的很严重。"他换了副语气，又说，"也不要紧，就是吃坏了肚子，这样子也不能出车啊。"

"这个苏远帆，现在怎么成这样了。你告诉他，下不为例。"

苏远帆睡得像死过去一样，醉了倒没别的事，就是昏睡。他往床旁的小几上放了杯水，将里间的门掩上。

跟小麦一起出门，坐上一辆车，到了小区，他没有下车，跟她就去店里了。小麦顶多会说一句：

"我自己都这样子混，没有资格要求他过什么样的生活。"

小麦进了小小的柜台间，戴着一个头巾，口罩遮住了一张脸，眼睛低垂着，他看不清。一刹儿，门口挤着几个人，一忽儿，清冷得很。她就摘下口罩擦拭台面上的灰和水渍，一边给他续上一杯柠檬水。

有时，他盯着小麦看一眼，突然悟到：一个人年轻时所呈现的面目，是由他所遭受的境遇所成。等他年老时，会有一张比没有过这些遭遇的人深刻和苍老的面容，以及丰足的内心。平顺与坎坷，哪个更幸运呢？

小麦越来越显得瘦瘦弱弱的，可他总感觉她身上有一股逼人的东西。

他从没打算要告诉谁，他在老家已经有了一个女友。他也会频繁地在暗地里记起章思玉那张脸来。自从他们在老家订婚后，章思玉再没给他写过信。暗夜里，他揣测那个女子的内心，是不是后悔了，就像以前那样，是不是她遇到了一个比他更加适合她的人，尤其是令章部长满意之人。总是在难以预料的时候，她突然又会打来电话。

那个订婚仪式，想起来，是那么不真实。仪式是在县城里举行的，他没给任何人说，亲戚们都没有被邀请，只他和父亲两个人去参加了。父亲强迫母亲跟他们一道去，母亲终因翻不出一件像样的上衣而拒绝参加，她认为那是去给儿子丢丑。他完全没有料到，母亲会找不到一件像样的上衣，他求助于妹妹，妹妹说，那不是衣服的事。

看着父亲坐在椅子上拘谨地勾着头，又猛一下抬起头来，冲说话的人使劲咧嘴而笑，脸上始终堆着让人困惑的谦卑和礼貌，他突然很厌恶这一切，索性躲在过道里抽烟。他没料到父亲却在暗中监视着他的一举一动，突然也出现在过道里，直视着他问：

"你还有啥不满足的？"

他只好又回到席间，板着一张笑脸去给章部长的那些同事——敬酒，尽管他晓得，这些人都心知肚明，是章思玉以死相逼,非他不嫁,又不是他去巴巴地求的。但他依然勾着腰,含着胸,浑身带着父亲那样的令人困惑的谦卑和礼貌。他厌恶自己的这番模样。章思玉一定得向众人炫耀他的外貌的,仿佛那是他唯一拿得出手的东西。她不时提醒他,微微地左转,好把右边的脸颊面朝着人,他的右侧面,尤其跟布拉德·皮特神似,有人这样说出来时,他赶紧补一句,"是五十岁的皮特"。他有着老家人那种未老先衰的容貌,这些年城里的水土和气候,漂白了他的皮肤,奇迹般地,他变年轻了,像在逆生长,甚至比皮特还帅,不过,到底还得借助个名人来比衬他。章思玉逼他穿着铁路服,她觉得他穿铁路服简直帅极了。他的工资收入,当然更要提及,相比地方,高出几倍,但没人谈及,他在车上一待就是二十多个小时,其实是最高危的职业。"一个工人罢了。"他听到章部长的嗓音里,透着一丝妥协和疲惫。他远远地望见,养尊处优的章思玉,浑身散发着比小宋的女友小一版的自得和某种难以让人确知的骄傲。只有他和他的父亲这类人,买那种骄傲的账。他不满足吗?他什么都不愿意想,偶尔,脑子里闪过一个念头:发生的这一切,只是为了父亲母亲和弟弟妹妹们。

他又回了趟老家,回来就去找苏远帆。不过几天时间,又发生了很多事。

苏远帆不在,到处去开证明了,单位上分房子,先得复印各种证件,预交几万现金,结婚了的可以优先预订。

若西和小麦在院子里晾衣服。他上次来,就听见若西的妈因为这堆衣服在吼叫,今天,若西终于把它们给洗了。

他打了几通电话。在苔蓝城里为自己买一套房子,还只是个梦想。

若西说，那房子结构不好。又说，都谁预订了，小宋没有订福利房，一个月前，他已经买了诺顿庄园的一套复式楼。小宋既没有告诉过他诺顿庄园的房子，也没告诉他福利房的名额有限之类的事。

小宋为什么要告诉他呢？

小麦有点闷闷不乐，若西悄悄告诉他，吵架了。

回到宿舍，他想，也许，他该过问下，他们为什么吵架。又想，总归是最匪夷所思的缘由。手机一直在响，那是若西，他知道。发呆直到睡意来临，他需要睡眠，那是对明天的期许，而不是他真的需要休息。

梦见众人围着他和若西，到处是鲜艳的花束，不知道在举行什么聚会，连他的亲戚都来了，他母亲和妹妹头一次到这样的地方来，连连发出吃惊的赞叹声，众人看着她们，他走过去愤怒地阻止，直把自己呵斥得醒过来了。

5

他们比上一拨人幸运，带他们这拨人的老司机，都经历过蒸汽机车时代，那会儿出车时，他们还得往炉膛里添煤，老是黑着一张脸。而杨柳这批人，直接进入电气化时代。

现在，他不是那么怕出车在外时间长了，有时，遇上停电或线路问题，他们会在机车上待二十多个小时，为了安全，有诸多不近人情的规章制度。他极努力地循规蹈矩，从没出过一次差错。唯独，从一开始，他就对在夜晚出车满是恐惧。昨天凌晨一点半，他从苔蓝出发时，提前喝了一杯咖啡，上车后，又泡了一杯浓茶。夜，像杯子里的茶水，缓慢地变淡。他的搭档那会儿在旁边的躺椅上休息,说是休息,也只不过是歪在那儿闭阵眼,不管你在干什么,摄像头都正对着你的脸在监视。如果你有过坐车的经历,那你就会明白,在行进的列车上睡觉是怎么回事,且机车头上的噪音,你根本难以想象。

他操纵着列车,处在电磁波以及机车的轰响声中,但能感觉到荒野里的寂静,随着天明的到来,那寂静慢慢地变得热闹起来,那些隐秘的生物、树影、庄稼还有河流,都在缓慢地苏醒。

有时候,他感觉到幸运,感恩现在拥有的一切。他常带着亲人的劝诫般的感叹,想起章思玉,她是他这辈子最应该感激的一个人。这样想时,他感觉到对她真实的爱,猛一下,热烈地思念她,念她是唯一一个不顾一切帮过他的人。关于她的一切,他是真心那样喜欢。上学时,他住校,一门心思要考上大学,幻想自己拥有一份体面的职业,体面地去追求喜欢的女人。恋爱的事,原本离他极为遥远,那是将来的事。可他没有躲过章思玉火热的追求,不避众人,她一心要跟他在一起。尤其,有阵子他万念俱灰,却每天都收到章思玉的信。那些信,令他感觉到生命的温暖。可是,他们是不同世界里的人,曾经有过的,不过是幻梦一场。他没有向她告别,出远门四处打工,章思玉从他妹妹那里讨到他的地址,写无尽的信。她的信里,写满了对他的爱,以及她发誓要怎样帮助他。应该是救助。

猛地,想想他那些同事,终有一天,他将章思玉带到他们面前,章思玉会同那些女人交往,她们会跟她开玩笑,逼她说出他们的恋爱经过,那些女人会非常好奇,他为什么一直瞒得这样紧,她其实是个美人啊。心怀的思念,一下是个见不得人的怪物,他长长地出口气,想跟搭档说点什么,却在接下来的一段时间里,连连地叫骂着,车上怎么这么热,这么吵。他将台板上弄得乱七八糟,也不去整理,有那么些时候,他会违反规定,猛烈地摁响风笛,有一回,因为这个事他被罚了款,还扣了分,扣分积存到一定时候,他有可能会下岗。

有一次,章思玉在电话里说,你现在是没有后顾之忧了的。

"什么意思?"

"没什么意思。"

他懂,又不懂。但他没有深究,没有以爱感化她,让她不要总是那么刻薄,倒真像是他如今再也不怕了的。

有时,他感觉自己很威风,村里的人,都很羡慕他开着长长的巨龙,他是那个县唯一一个开火车的人。他坐在高高的机车头上,穿越城市和乡村,他现在也可以大声地跟表哥说,他行过的路,可以绕地球很多圈了。

在微微的晨曦中,他先看到一个白色的塑料袋,窗子开着,那会并没有风,塑料袋悠悠匆匆地向左飘,向右飘,当他分辨清,道心里那黑乎乎的是个人影时,脑子和心脏一下像被电流同时刺穿。他疯狂鸣笛,尽量保持冷静,跟搭档以极快的速度对机车采取了一系列制动措施。

中间那段时间,他已没了意识。列车往前又行进了几百米之后,终于停了下来,他才又在机车上活了过来。

他轧死了一个拾荒者。监控和行车数据分析,不是他的责任。但机车在碾压过那具人体时的颠簸,足以让他精神错乱。

返回苔蓝,他去单位退勤,录了数据。出来后,他没有回宿舍,背着一个沉重的大包,摇摇晃晃出了火车站,沿着新铺好的马路一直往前走。想起自己第一次出车是在一个凌晨,他有点兴奋,也有些遗憾,他不知自己遗憾什么。从这个方向回身望见的苔蓝城,一片灯火阑珊,煞是温暖。它是他的同事们如鱼得水的地方,它对他来讲,依然那么遥远、陌生,甚至是空洞。他边走边接了几个电话,有气无力地回说,已经到苔蓝了,回头再说吧。

无论如何,他再也不想开什么火车了。两边的路灯才装好,干净明亮。他想起弟兄几个在晚归走路的夜晚,每个人都像把少年时代的乐趣重新捡拾回来。那是他生命里最美好的记忆。

天似乎没有亮起来的希望,一直那样黑,借着灯光,他分辨着街道两旁的景物。

他在小麦的奶茶店门前立住了,这个点还没到关门的时候,灯却已经黑了。隐约看到一张打印纸,凑近了细看,他呼口气,真没料到,这么快,就要转让出去了。

大概连苏远帆都不了解,奶茶店是赔了、开不下去了,还是小麦不想开了。拿出手机,可是,他要说什么呢?又装回去了。真可怜,他自言自语道。

不知道那会儿几点了,他想给小宋打个电话,推算了下时间,小宋这天应该在家休息。上个月,小宋带着女朋友去澳大利亚度蜜月,丈母娘建议小宋辞职,一块做生意,小宋的父母不同意,他们认为现在全球经济不稳定,他们也是费了些功夫才将小宋安排到铁路上的,再说了,火车司机工资高。连小宋家都这么眼界宽,他一个农民出身的,有什么不满足的?可是,现在,他彻底搞砸了。一路走,脑子里是各种声音,竭力挡开几个小时前列车上的记忆。梧桐树阔大的叶片,在地上投下厚重的影子,一些开花的树静立着,在夜晚,枝丫上细碎的花,看上去茫茫一片。

进了那条巷子,他突然想起,几个小时前才跟苏远帆通过电话，苏远帆说晚上应该能返回，顺带看了眼时间，快十点了。

他靠着树干抽了支烟，将背包放在地下，看了眼夜空，巷子里一个人影都没有，是有点晚了。可是，他一点也不想回宿舍里去，也不知怎么就走到这里来了。旁边，高高的罩满了灰尘的灯柱，在他四周投下昏黄不明的灯光。相比小宋和女朋友过度的热情，他这会儿更愿意去音乐家那个简陋暗旧的窝里，去那张已经塌陷的布沙发上坐一会儿。苏远帆会拍打他，小麦会什么都不问，只会静静地散发她那独特的忧郁。想想过去，她更像他的一个亲人，动辄会做出一番生气的样子来，又似一个未成熟的孩子，一点也不怕得罪他。小宋的女朋友会追问到底，每一个细节她都不会放过，就算他没有麻烦，她也会着手帮他张罗着解决。

他翻了下手机新闻，尽量避开对那起事故迅速全面的报道，主要是安全生产方面的训诫和警示，此后半年，那起事故将会在每天的学习会上被提及，他会去各个车间进行诚恳的检讨。吁！他转去看手机通讯录。

夜晚在暗处流逝。异乡的街。

他发了条信息："你闻过梧桐树在夜晚发出的香气吗？"

很快，一个人影就从阴影中探出来了，他将香烟咬在嘴角，做出一个布拉德·皮特式的微笑。

他轻声地说："好吧，就这样吧。"

他知道那会是若西。

"你怎么在这儿？"若西请他进去坐。

"陪我出来走走吧。"

若西说："那你等我一下。"回去拿了车钥匙，打开巷子里停的一辆红色现代的车门，坐上车后，他问："你妈妈不会追出来吧?"若西说,他们去西安吃酒席去了,她表姐结婚。

"你一天在干什么呢?"

"陪小麦姐散心,今天我们上街了。"若西热烈地说,"你绝对想不到我今天碰见谁了,潘军陪我一个女同学买衣服呢,这可真让人吃惊。"

他转而问:"你们买了什么?"

"买了些教材。"

"哦。她打算做什么?"

"我打算学西点,去上海。"

费了半天劲,车才从巷子里歪歪扭扭地拐出去。他想让若西将车子放回去,若西并不慌张,很有把握的样子,好在晚上车少,若西不再说话,专心驾驶到湖边大道,才说:"音乐家和小麦经常吵架,你知道?"

"哦,是不是生意不好?"

"你在说什么?"若西又说了什么,他一时有点恍惚。若西看着前方的路,并不看他。

"老实说,你刚才是不是发错了信息?"

"小孩子,胡说什么,我跑来跟你说说话。"他有点生气,转头看着远处的灯火,一点也不想跟若西解释什么。

若西啪啪拍打方向盘,不说话。他想些话说,那些话,又不像是经过了大脑,滑稽又无味得很。"小麦不是一直在找工作嘛,一个熟人那儿缺人,想过来给说一声,一时又想跟你说话。"

"哎呀,真难为你的大脑了。"若西尖声地说。

"哦。"

小宋的女友推荐小麦去一个熟人的公司里做事,小麦干了不到一个月就辞职了。这件事，使众人一致对小麦非常不满，也就不再那么热心地帮她介绍事做了。那是奶茶店之前的事了。

"劝你趁早别费心了，她这个人有点怪哦，在苔蓝，要找一份事做，你知道有多难吗？还挑三拣四。现在晓得了吧，不是随便想干什么就干得了的哦。"

他很讨厌若西那番完全是她父母式的口气。"你懂什么呀？她只不过，是想找个适合点的吧。"

"嗯，就知道你会护着她。"若西啪啪又拍打了几下方向盘，"小麦姐说，她跟音乐家是纸上谈兵，我感觉她是后悔了。"

"后悔什么？"

"什么都后悔。"

"你倒啥都知道。"

"我能看出来。"

"你还看出啥了？"

"也许，你们俩真适合呢。"若西停顿了下，加重了语气，"那么了解彼此。"

一阵风忽然吹进来，高高的路灯向后倒，天上地下，空阔得很，只有风带着灯火在跑。

风声灌满了耳朵。若西不再说话，专心在空阔的大道上开车。

他说："若西，今天出车，我轧死了一个人。"他双手抱住脑袋。

"我知道了，他们说那不是你的责任，所以没事啦。"若西并没有像他预料的那样将车子飞快地刹住，"每个火车司机都得经历那样的事，只要不是你的责任，你大可不必那么纠结，是那些疯子到处乱跑，又不是你追着去轧的。"

车子忽然飞了起来,他的心脏一下多跳了一拍,又少跳了一拍,一辆货车不知从哪里一下蹿出来,发出让人难以承受的刹车声,一个个灯柱却是无声地飞掠而过,风从开着的窗子里灌进来,货车明明已经开远了,却还听得见它尖利的呼啸和喇叭声,若西唔唔哇哇地叫喊,一边乱打着方向。当他认定自己会这样死在一辆高速行驶的车子里时,若西才又减缓了速度,慢行了一阵后,将车子停了下来。

若西转过脸,她的双眼里映着灯光,似有一簇簇火苗在跳动。

"你摸摸我的心脏,千真万确,怕是已经不在了。"他说。

他突然意识到,这阵子,几乎所有熟人都在极力又认真地撮合,想必,连若西自己都认真了。

担心若西又飞车,他有气无力地说:"若西,我们家是种地的,今天,出了这样的事,有可能,我还会回去种地的。"

如果换个时间,他会给若西讲讲章思玉。可在那一刻,他什么也不想说。一旦安静下来,那阵机车的颠簸,那个人影,就让他不能呼吸。他倒在座椅上,将自己缩起来,闭上眼睛,发出一阵沉闷的喘息。而若西仍在误解他:

"我想,那可能有点难吧,爱上别人的女人。"

夜空阔朗明净,加深了人的孤独。他想凭意念将那个人影从脑中除去,狭小的空间、若西的声音,加重了那阵绝望,白色的塑料袋高高地飞扬,落下来就会套在他的脑袋上。他突然伸过手去,将若西揽过来,隔着横档,粗鲁地吻她。

6

  他给人的印象是在设法攒钱,攒够了他才会谈一个女朋友的样子。连苏远帆也劝他,不如跟若西好了吧,一切都是现成的,若西也不赖。他以一个粗俗的玩笑回应了这个话题。

  接下来的半个月,他将每天去单位培训学习、做检讨,在学习会上,念提前写好的检查,接受培训教育,抄写笔记,答题考试。苔蓝的秋天还算好过,潮湿,并不阴冷,晚来,总会有一场雨降落。雨一停,街道上马上扬起一阵阵灰尘,携带着几种植物的气息。火车站高高的台阶上,拥出背着行囊的人,下班回去的路上,他长时间地盯着他们望。

  中午,弟弟突然打来电话,说奶奶这几天一直梦见他,逼着要他打电话,要挂掉时,弟弟说:"哥,你辛苦了。"他们从不说这么亲昵的话,父母跟他也不会,他想了想,大概是,同学都去打工了,而弟弟因为有他的接济,还在补习。说起他是个火车司机,家乡的人总是很骄傲:杨家那娃,开火车呢。猛对着空中,他大声地说道:"扯淡呐。"

  回到宿舍,他倒头便睡。现在,睡眠比任何时候,都像是对明天的期许,或是对过去的遗忘,倒不是他真的需要休息。比任何时候,他感觉苔蓝是个陌生之地,他与它的一切都不相融。

  发生的事故,他没有告诉家里,也没有告诉章思玉。五一那段时间,章思玉几次问他,苔蓝是什么样子的,她还没有到过苔蓝。他佯称工作忙,过阵子,会邀请她来游玩。但这个话题,他再也没提起过。章思玉再也没有给他写过信,除非他主动联系，她也不会给他打电话，但如果他打过去一个，那好几天里，她都会一直找他说话，要不就在微信上发很长一串情意绵绵的话。猛一下，意识到他的敷衍，她会来一句：

"我这是有多贱呢。"

像一阵风暴一样，来过又突然安静了。他不急着去巴结讨好，乐得清闲几天。最终，不是他妹妹，就是他母亲，猛乍乍打来电话，劈头问他，是不是又跟章思玉闹别扭了。蓦然地想，他这是在惩罚她的反复无常。当她变得冷漠时，他不无伤感地意识到，他有什么资格不去珍惜她。又想，如果是若西，不待他主动邀请，她自己已经跑来几趟了吧。或者是小麦，她会怎样呢？这个假设令他的心脏一阵闹腾。

下午，下班后，他坐同事的车往单身公寓走。路上接到苏远帆的电话，说把钥匙落在学习室了。

他返回去取了钥匙。机务段办公楼背靠南山，站在五楼，可以望见大半个苔蓝城。一级级楼梯走下去，整个办公楼都空了，静得他能听见自己的呼吸声，楼道里回响着他的脚步声，看门的大爷正将自行车从过道里推出来。四周忽然也很静，是老家那种山野的静。他闭上眼睛，扑面的风里夹杂着来自山间的声息。这里太偏僻了，少有人去爬山。他一个人去爬过几回，也就懒了。

给苏远帆打过去，告诉他钥匙找到了，问几点的出车计划。回说，明天早上。那晚上干吗呢？去打牌，如果赢了钱，打算再换套高保真音响设备，说了一个牌子，意识到他并不懂这些，苏远帆就要挂电话。

他看了眼时间，说一会将钥匙送过去。

上个礼拜，苏远帆在车上打盹，险些出事故；又在出车前测出了酒精，下岗一个月。这才又正常出车。领导再也不相信他们玩的输液住院的把戏了：

"又住院啊。那行啊，你们把苏远帆抬到单位上来我们亲自看着他吧。"

弟兄们好久都没有一起聚过了。他从机务段门外那条长长的林荫道穿过去，拐了个弯。高处的铁轨上，停放着几列货车。他沿着底下的小道往前走。

小道两旁，有些破败，石子路外，铺满了厚厚的荒草。涵洞那边，道路两旁有许多建筑，似乎着手建造时就打算好了要遗弃在那儿，望去都是一副凑合样，破破烂烂的，只是要占住一爿一爿的地方。

一个看不出是否开张过的脏兮兮的旅馆前面，停着那辆现代，远远地，他看见若西背靠在车子上，抖着一条腿，朝着火车站前面的雕塑张望着。走进那个积水的涵洞，他站在黑暗中，若西戴着太阳镜，露在牛仔短裤外面的两截腿晒得黑黑的。他站在那儿，拿出手机，给章思玉打电话。电话挂断了，回过来一条信息，在开会。他看看时间，嘟囔了声，这个点开会，都已经下班了哦。

他一走过去，若西马上站直了，没有看他，打开车门。

半天，他们没有说话。若西朝他望了眼，她的眼睛里，比平日多出了一重含含糊糊的东西，似乎，她自己也不懂得那是什么。而他板着一张脸。

车子启动后，若西告诉他，小麦昨晚跟她睡的。

"又吵架了？"他问。

"不晓得，反正她这个人很奇怪，根本就跟苏哥过不到一起。"

"哦。"

他看着远处河滩里新筑起来的堤坝，夕阳正照在人工湖上，地上的一切正在下沉，风笛声不时尖利地刺透黄昏到来后的安静。突然地想，退休还得多少年呢？他请求了几回，想换个岗位，上头不同意。想到还要爬到机车上面去，他心里就一阵剧烈的抽搐。

若西伸手过来，在他肩膀上拍了拍，问他："是不是不舒服？还有一个小时，想去哪儿，我请你去玩。"

"要不，跟我去健身房吧。"若西一会儿要去健身房，白天在上驾校。

"你说什么？！"他为那晚坐若西的飞车而后怕。闹了半天，若西才在上驾校。疯子。但他没说出来。

若西说，别死气沉沉的好不好哇？他说好。若西讲她九岁时，开着家里的车去购物，那些好人一定要将她和物品一起送到家，那时老钱家还在新疆。

"哦，厉害。"

"你在想什么？"

他闭着眼睛说："什么时候才能退休啊？"

车子从一辆公共汽车旁拐过去。"你是说退休啊，不如你现在就退休，我们一起去新疆。"

"若西，我要结婚了。"他坐正了，并相信自己这会儿对章思玉的感情是真实的，他真的想要和她结婚了。

"哦。"

他大为吃惊，听到这个消息，若西一点也不吃惊。

"我没骗你。"

"我知道啊。"

"你知道什么？"

"知道你要结婚了啊。"

他想了一遍，从没对谁说起过这件事，对小麦都没有讲过。会不会是小麦从哪儿听说了此事？毕竟，小麦离他的家乡最近；他也不确定，是不是已经告诉过她了。

"你还生活在古代。"

"你说什么？"

"我说，你一点也不像个被人爱着或是爱上了什么人的人。"

他闭上眼，这句话令他极不痛快。"那我像什么？"

"像什么，你自己不知道啊？"

像小麦那样吗，还是像苏远帆？一个越发的茫然无措，一个突然有了很多恶习。他们自己晓得不？若西当然看不懂呐。他呻吟一般地长叹一声。

车子进了小区的大门，他摸不清若西是不是气呼呼的，她在大嚼一枚口香糖。一个漆得极为艳丽的亭子里，几个老头在下棋，一帮孩子绕着亭子跑来跑去。空地上全是人，立着坐着发呆闲聊。他从没发现过，哪来这么多人。若西轻车熟路地行到一堵围墙前，停了下来。

他们一齐盯着围墙。

"既然这件事让你感觉沉重，为什么还要继续下去呢？"

"你指什么？"他没心没肺地看了她一眼。

他将悬挂在前面的一串水晶饰品拨拉了几下。想着令自己沉重的一切事，叹道："若西呀！"

"原来你这么傻，都什么时代了。唔，其实我有点懂了，你本就是个无情之人。"

他听得发愣，脑袋里蒙蒙的。这个若西，此刻说出的每一个字,都令他如此不快,这与他料想的完全不同。

"古人,再见,我去享受生活了。"若西伸手替他打开车门,声音一下扬了起来,"有些事,早解决早解脱,活在这世上,我们谁也不欠着谁,握在手里的,一定是自己最想要的,我至少还曾努力去要,你呢,要等着去坟墓里后悔吗?那祝福你了。古人,请下车吧。"

他被抛弃在车下,注视着那辆车子像只青蛙,一颠一颠地拐过亭子,远去了。耳朵里,是若西年轻欢畅的嗓音。

我不快乐吗,我没勇气吗?他摆摆头,我只是不幸出了事故。难道,真如若西所看出的,我本是个无情之人吗?

我无情吗?惶惶而过的记忆,竟难寻出快乐的痕迹。难道,什么都是假的吗?我很快乐,我真的很快乐。

他的人生,全靠了章思玉。他很侥幸,所以,他很快乐。

又想给章思玉打电话,会是不是开完了?那个瞬间,丁香花开在窗下,那一瞬,也许只是那花和季节的气味,引起他生命里一波一浪温柔的震颤。她很聪明,绞尽脑汁地帮他想到了拥有一个城市户口,然后带着这种身份去当兵,并且有了这样一份高收入的工作。就这个,他得用整整一生感激她。

回忆里,竟然没有一点温情,除了对亲人那略带点愤怒又无能为力的怜悯。他总是很刻苦,然而,一切事,从一开始就都偏离出他努力的方向和轨道。郁闷慢慢地叠加,他成了一个苦闷的人。

奶奶和母亲对他总是毕恭毕敬,他越来越频繁想起,弟弟妹妹们总是很怕他,他一出现,他们马上会安静下来。而他这个哥哥,老是紧绷着一张脸,一开口,却是呵斥狗啊猫的声调。不像别人家的兄妹,总是打打闹闹的。看来,他骨子里真是个无情之人。没想到，若西这般厉害，他一直当她是个小孩。现在的小孩，尤其是城里的小孩，都这么厉害。若西是那样干练，凡事瞬间决断。不像他，黏黏糊糊，他羡慕却不能企及。比如买房子的事，他优柔寡断了几天，就已经过了最后期限。他没跟家里人说，也没跟章思玉提。章思玉有很久都没有再提调动的事了。他很久没回去过了。你究竟在忙什么啊？

他记不起来，章思玉有无再提起过婚事，若她再提起来，他会以房子的事，往后再拖一阵。或许，他应该主动去跟她商议婚事。并且，实话告诉她，他再也开不了火车了。她会嘲笑，还是会再求父亲帮他。他一点也不愿意去猜测。

城里人的小孩，跟乡下的孩子不一样。若西不是小孩子了，倒是他自己已经太老了。

他常拿父亲的话问自己，你究竟还有什么不满足的？他跟表哥，如今完全成了两个世界的人。表哥已经如他父亲般苍老，每每想到表哥在那大山沟里，成天跟一帮孩子混在一起的画面，还有没完没了的收种庄稼，表嫂越来越严重的唠叨，他就为表哥感到一阵窒息。而他生活在城里，有着还算体面的职业。只是不知道为什么，他心底老是有着深渊般的空虚。

这栋公寓楼已经很旧了。他一级级爬上楼梯，大力地跺脚，好让楼梯间的感应灯亮起来。他感觉自己孤零零的，除了几个老乡，跟别的同事他一直保持若即若离的关系。他们通过各种方式入到这一行业里来，但没有一个是像他这样的。他老有一种被曝光的错觉，仿佛那些同事个个心知肚明，看他的眼神也多了些诡秘和不屑。那件事，他给小麦都没有讲过。

他在房子里转来转去，明天是礼拜六，不用学习、考试，还没到来的这一天，已经令他感觉到漫长无趣。对面的床铺上，堆着一堆衣物，床下，一双运动鞋看上去长得很，有点吓人。靠墙堆着一些书。给他新分来的舍友刚从铁道学院毕业，一上班就比他们这拨没文凭的人工资高，那小家伙就在本地，平时很少来宿舍，两人也很少碰见。屋子里有股沉闷的味道，他将窗户全部打开，将水房和卫生间的灯也全部打开，金色的夕阳还没有完全落下去。窗下的果园里，一层暖融融的金光。

立了片刻，他蹲在阳台那儿，将两双皮鞋刷了刷，地上蒙着一层灰，床上摊开的被子，像他褪下的一层厚厚蜷曲的皮。他站起来，拿起床单上的一串钥匙，重新穿好衣服，下楼。

拐过幼儿园的围栏，他走路尽量低着头，快速地出了大门。门外是一个小市场，白天，附近的老乡会来这里叫卖自家田地里出产的蔬菜。一排平房开着杂货店和小食店，空地上跑着几个小学生，几把遮阳伞下坐着消磨黄昏的人。他朝伞下瞄了眼，走进拐角处的店里叫了一碗面，付完一碗面钱，他转过身跟随后进来的两个同事打了个招呼，才假装看见了他们。

淡淡地聊了几句，又提到了房子，他们问他怎么不把小宋的名额要过去，他的几个老乡都订了福利房了。

小宋从来没跟他提过这件事。

夜，缓慢地沉下来，地上的一切事物都在缓慢地下沉。他慢吞吞地在街上走着，也许，他会一生都住在这里，那样，他就不得不一点点熟悉它的内脏，苔蓝城至今给他的是冷冰冰的感觉，心理上，他仍是个外人，边缘人。

蒙尘的路灯打在水泥路面上，他的脚带动他走路。巷子里的梧桐，罩在一团灰黄懒散的光束下。

铁门虚掩着。他轻轻推了下，门就开了。他站在门口喊了声苏远帆，没人应，也没有从哪个窗户里漏出一点光亮。他在墙上找到开关，院子里的路灯亮了，他看见，楼梯口开着一盆红艳的花，廊下摆了几盆高高的冬青和夹竹桃，院子里有些零乱，几件衣裳还挂在铁丝上，并没有风吹进来，那几件衣裳却似摆来摆去的，他恍惚了。

他向里走，直直走到那黑着灯的门前。昏黄不明的光，打在那扇有点暗旧的木门上，把手上挂着一束野玫瑰的干枝。他敲门，又推了推，然后拿出口袋里装的那串钥匙，拿最长的一把试了下，又将短一点的那把插进门锁，门就开了。

一个人影直直地扑过来，嘴里连声说着，对不起，对不起。他先是接着了那个人影，才闻到屋子里弥漫的酒气，混杂着暖烘烘的一股热气，他想发出声音来，但他站在那里，一双手环住了她。慢慢地，双眼适应了室内的昏暗，他的手按在她头发上，滑落下去，抱紧了她那昏迷般的肉体。屋里很静，又很闹。他的耳朵里，有千种声音。

她停止了那呓语般的道歉，像是睡着了，软瘫在他肩膀上，像一枚终于被他兜住了的蛋液，他若松手，她便会再次四散而去。他紧紧地抱住了她。

7

祖母病了，他回了趟老家。在车上，他想起那天晚上，为什么要拿苏远帆的钥匙开门，那个瞬间，他什么也没想，钥匙就在手里，他就拿它去开锁。

他们谁也没有再谈起过那个夜晚，仿佛那是一个魔咒，他们都不敢轻易去触碰，也不想去猜测后果。

对不起。起初，她说的是对不起。后来，她说，抱紧我，抱着我。

他拿出手机给章思玉打电话,他发现自己正无比地思念着这个女人。怀着深情,他问她干吗呢,她说了工作上的一件事就挂了。

现在,身体里涌动着对章思玉的情思,他有点纳闷自己,记起来的,都是她的好。她对他所做的一切,不为别的,单为他这个人。

表哥开车送他们去县医院,给祖母做了全面检查。正是农忙时节,每个窗口却都排满了人,大都是些农人,他们满脸茫然,麻木地等候着前头队伍的移动。他跟表哥站在过道里,表哥问他:"现在,啥都顺了吧?"

他说还好,就是经常熬夜,让人受不了。

"稳定下来了,赶紧结婚吧。"表哥递给他一支烟,看着他的脸。

"不急。"他说。

"有新目标了?"

"那倒没有。"

"真没有?"表哥审问他。

"真没有。"他避开表哥的目光,看着自己的脚尖。

"有句话,嗐,那个章思玉你可得多个心眼了,你们这天南地北的。"

"怎么了?"

"她跟一个男的……"表哥费了些劲,才把这个告诉了他。表哥亲眼看见他们从一家商场出来,手挽着手,上了一辆车。表哥专门托人去打听,那人是章思玉的同事。

"哦。"他打断表哥,"这个,我早知道了。"表哥再说下去,他不知道自己该怎么办，可能会像个孩子一样失声痛哭。他也许爱过她，也许没有，也许从一开始他心里就只是惧怕，以及对自己的鄙视。有什么区别呢？

小宋打电话过来时，他在返回的列车上。

小宋上个月换新居，大伙都随了份子，直到这天才终于凑到一起。他再没跟小宋单独聊过天，以前，他认为小宋最热情。

收到若西的信息："我跟小麦姐在酒店门口等你。"他没有回信息。

到了歌瑞芬妮酒店的大堂，她们果真站在那束蓬大的假花下，若西穿了件低胸的上装，短裙下两条细细的腿，望向他的眼神有那么点挑衅的意味。小麦越发地瘦了，多了城里人的几分精致，也更矜持了，不再那么咄咄逼人。不知道，她还是跟他吵架的较真鲁莽的那个女子不？迎着她的目光直直看过去，她是那样安静，几乎是优雅地朝着他微笑着说："若西非得拉我当电灯泡。"说着的同时，一下拐进一个过道里去了。

他想着那个夜晚，她像一团无助的蛋液般对他身体（仅仅是这具肉身？）产生依赖，也许，根本就不存在依赖。他感觉到冷，妈的，这么热。他叫骂道，算是跟若西打了招呼，一个服务员领着他大步地向着里头走。

众人都是成双成对而来，他和若西很自然地被安排到一处。他旁边坐着苏远帆，过去是小麦。潘军和王海波重新向他介绍了一遍他们的新女友，以及，一位女友的女友，三位女士时尚热情，打过招呼后继续脑袋凑一处说着她们之间的话题。他瞥了眼，苏远帆邋遢极了，胖而无神，他们有很久都没有看见过彼此了。

酒过三巡，他站起来表达了下对过去那些日子的怀念，表示对在座的弟兄们将怀有一生的深情。他说得极为动人,几欲哽咽,也确是出自肺腑,但不知怎么的,他伤感地意识到,除了他自己,别人连虚假的表情都舍不得露出几分,他们争相分享着每天发生的那些在网络上广泛流传的事件,有些与他们相关,大多只是道听途说,他们也谈论得津津有味。只有那位女友的女友豪爽地跟他干了一杯。他看了眼小麦,她安静地坐在那儿,一手撑在耳际,一手握着水杯,那水杯里,像有她需要的东西,她一眼不眨地盯着。

高声笑语中,小宋伸过脖子问小麦的奶茶店怎么回事。小宋说话的语气越来越像他那女人,倒像是早就猜中了奶茶店的失败,此刻只是想让奶茶店的主人相信他的厉害。

"开不下去了。"

"那个位置太偏了,我早给你们说过。"

"她准备离开我了。"听上去苏远帆毫不在意奶茶店是不是已经关门了。他又喝醉了,咬着舌头极为困难地说出这个来。

"你胡说啥呢?"小宋被潘军叫出去了,那句话飞扬在空气里。

杨柳没说话,目光追着小麦,她正回答那几个女人好奇的提问:"李总的公司一般人进不了呢,你怎么就不去了呢?"小麦茫然无措,半天竟说不出话来。若西替她说,她那会儿怀孕了……说完这个,若西也愣住了。幸好男人们的争酒声解救了此刻。

他跟小麦的目光碰了下,他感觉她真是愁苦极了。借着服务生添水,她站起来走了出去。

每个人都高声大嗓,那几个女人的碎语声和笑声此起彼落,门开处,大厅里重叠的欢声笑语卷进来,真是热闹极了。

他示意若西出去看看小麦，若西倒是很听话地去看了。

"她要离开我了，这就是事实真相。"苏远帆重复道，并将胳膊摊开，表示无能为力。没人理会音乐家说了什么。

一时，他感觉又像在做梦，四周的一切浮起来，虚幻地浮起来。小麦和若西不知什么时候回到座位上的。他一直朝小麦望着，她又握着那只水杯，只不过，她的目光也浮起来，从那烟雾和水汽蒸腾的灯光里向上浮起，含义不明地朝着他眨了眨。

若西不知什么时候离开了。

一波一波尖利的声浪要掀翻了屋顶，他不得不一次次起身去把开了的门又关上。苏远帆彻底醉了，要跟几位女士猜拳斗酒。

他本来想和众人好好说说话的，他是带着深情厚谊而来，没人有他这般的需要。小麦站起来几遍，想跟众人告别一下，但看上去没这个必要，她暗示过几遍苏远帆，终于，苏远帆站了起来。

杨柳便也起身，跟着两人走过一片金碧辉煌的走廊，走出一道高高的玻璃门。

站在台阶上，空气有点凉，夜正在慢慢地变得深沉。小麦站在路边，半天过去，也没拦到一辆车子。不知怎么的，苏远帆忽然又转身，从他身边挤过去，摇摇晃晃往回走，而小麦还站在路边，朝着远远驶近的车子使劲招手，猛朝着他跟苏远帆方才站着的地方走来，她想知道，苏远帆刚才冲他说什么了。

"她的选择总是对的，再这样下去，我们都要像蘑菇一样腐烂了。"

杨柳看着小麦，不知要不要把苏远帆方才擦着他的耳朵说的这番话告诉她。

"要不，走着回吧。"

他给苏远帆打电话，空洞的铃声重复地响起。

"你不是认真的吧？"

"什么？"

他看着那张被灯光映照得苍黄的脸。她曾经怀过一个孩子，那是真的吗？

他们沿着左侧的马路走，一步步摆脱身后那片明亮喧闹的灯火。好几年后，他回忆起那条街的名字来，叫风动街。好几年后，他还记得自己说过的那番话。

"那时候，我有了个城市户口。"

"呃。想不到，这会是真的。"小麦做出吃惊的样子，但他感觉她一点也不吃惊。是的，她从来没让他知道，这些事，她其实早知道，他的工作，是靠一个女人得来的。毕竟，他们的家乡是个小地方，他也算是个被大家谈论得多的人。就那个开火车的小伙啊，人家命好呀……

"我不是没办法吗？"

"现在这个可没有用了，不过，你也算幸运哦。"她将给风吹乱的头发理了理，他熟悉那些头发，粗硬，一点也不柔软，微微泛着些红，一股让人心醉神迷的味道，蓬蓬的，像干燥的夏天里横生的植物。他的祖母说，一个人的发质像他的性格。他熟悉那味道，他渴望将整张脸再次伸进那丛植物里。

那个夜晚，跟他内心深处隐秘的其他顽疾一道，深锁在身体的某处。

"我那未婚妻，跟别人好上了。"他对着夜空说。

火车站方向的天空，腾起一朵朵烟花。果园那片被征用的地面上，一家高档酒店已经盖起来了，对面时常更名的那家，只好再开业一次。不知这次它换了个啥名。

8

那之后的日子，其实也没什么可说的。

家里情况好转了，弟弟们也工作了。他终于没有再去开火车。后来调换的岗位，工资减了大半，他一个人生活尚足够，要买房，还只是个梦想，苔蓝的房价一直在上涨。他一直住在单身公寓里。

现在，他上的是正常班，有着规律的作息习惯。他坚持每天都去跑步。他的舍友已经换了几拨儿了。他买了个小冰箱，厨具还是苏远帆留给他的。

苏远帆辞职后，先在一家琴行里弹钢琴，周末，教几个小孩学吉他。那是在一个落雨的日子，大伙终于又聚在一起，那是聚得最全的一次，已升职去铁路局当调度的王海波也专门赶来了，是为了给苏远帆送行，音乐家决定好了要去南方。那是弟兄们最后一次聚会。

苏远帆从来没说起过自己的父亲，大伙一直以为他父亲已经去世了。就在那个晚上，他们才晓得，苏远帆的父亲是某市的市长，苏远帆上大学后跟父亲就决裂了。父亲想让苏远帆从政，苏远帆想去北京做音乐。

那怎么又当了火车司机呢？

那时候年轻嘛，就想跟老人家对着干，再是，听人说，火车司机比较自由，还想着搞音乐的嘛。

那他玩音乐的那些钱，根本就不是借的喽。苏远帆离开后，他们琢磨这个，其实也没什么意思。跟小麦离婚这件事，大伙替两个人分析了下，也没什么遗憾的。他们几个对小麦那个人，也就是那点"为爱情而冲昏了脑壳"之类的理解和记忆，说来，他们还一点都不了解她。说起她的今后，也就无关痛痒地感叹那么几句罢了。

他总是很怀念大家在一起的那段日子，那似乎是他活过的最好的日子了。

在若西跟潘军的婚礼上，他认识了一个在国税局上班的女人。那是又一个夏天快要到来的日子，万物越发地长出了气势。若西胖了点，很好看。两人把第四家陕西凉皮店开在了火车站附近。杨柳从门口路过，总要进去坐一会的。潘军常逗得老钱的老婆脸仰到天花板上大笑。以前怎么就没看出来呢，若西跟潘军才是最合适的一对呐。

婚礼总是很热闹。杨柳跟一帮同事坐在一起，女人跟小孩占了大半，大家已经习惯看他这个孤家寡人沉默地在各种场合出现，再也没人问他怎么不想着成个家之类的问题。若西的目光甚至都没在他这儿停留，看上去，她很快乐，真的快乐。

几个月后，他和那个女人举办了简单的婚礼。婚后，他搬进了那女人的房子，很宽敞。女人跟前夫生的儿子上初三了，个头跟他差不多高，小伙子有着他妈妈的体型，圆鼓鼓的胖，走路时，衣服下晃荡着一只巨大的注了水似的气球。这两只气球总是笑眯眯地把他做的每样菜都津津有味地吞下去。

他们的房子后面，是一个湖。有一天，他围着湖跑了半圈，从一个巷道里穿过去，街对面，就是歌瑞芬妮酒店。他在那儿站了会儿，然后沿着酒店前面的那条路慢慢地走。慢慢地想起，这条街，叫风动街，不知道现在改名了没有。好多地方，盛行挖街改名。真是可怕，苔蓝城不大，他却有好几年都没到这里来了。或许，他来过，只是没记住这地方叫什么。他也记不清了。

他走了很久，四周慢慢地静下来。他记起，几年前的那个晚上，小麦走在前面，一辆卡车正经过，也不知她听到他说的话没有，她没有转过身来，他也就没再追上去重复地说。如果他当时对她讲的是另一番话，或者，他追上去，让她听到那句话，不晓得，如今会是怎样。她会不会留在苔蓝城呢，又能怎么样呢？

他打听过她，听说她在老家一所学校当老师，她干这个得心应手。别的，就不知道了。

刺耳的卡车喇叭声似乎还响在耳畔。他总是想起那个夜晚。从背后看去，她的头发被风吹乱的样子，像电影中时常有意制造的效果。他还想起，过马路时，他很自然地将她挽在自己的臂膀间，她有没有拒绝呢，怎么也记不清了。自始至终，她是带着一股知晓他秘密的凛然之气吧。

秀山新城

她注定会遇见李良廷。就算不是李良廷，她也会设法让自己"遇"到一个人，好让她在逃离六年后的回归看上去自然又合乎常理。

在一个刚被拉进去的老乡群里看到一则服装店转让信息，茉莉打了上面的电话。跟店主小张聊过几通后，茉莉就交付了定金。一切都是现成的，茉莉将被褥搬进去就可以，她需要这样一个地方。店面装修豪华，面积不大，后面有个套间，可以洗澡。平时走进来瞅一眼的人都少，但也有一批固定的顾客。盘这个店时，店主小张实话跟茉莉讲，这种品牌的衣服太贵，在金牛城里不好卖。

开张了几天，茉莉发现店门外的法桐总共有七棵，左边三棵，右边四棵，枯叶没有落尽，小小的棕色绒球铃铛一样悬挂着，更高处的枝上，探出绿茸茸的新叶，小小的绿茸茸的希望。

从玻璃门里可以望见公园的围墙后面，高高的柳树上也才长出尖细的叶片。灰扑扑的金牛城要从昏睡中醒来了。快乐稀有，又似乎轻易就获得了：天气好了，就已快乐起来了。

隔行如隔山。这天中午，茉莉终于卖掉了第一件衣服。午后，茉莉关了店门，去街心公园里走一走，那会儿人少，狗儿也不见几只，连叫卖小东西的小喇叭也终于歇息了。人无端地有种像给从什么圈套里释放出来了的轻松感。向阳处的迎春花脏兮兮地开了，那色泽不太像是花。早晚的风里还带点寒意，中午才是春天的样子了。太阳照得到的长椅上，坐了两个老人，一条椅子上一个，头垂到胸前晒暖阳。茉莉背对着他们，躲到一棵大柳树后面去抽了支烟。

一切变得陌生，几乎成了另一座金牛城。原来那条狭窄的街道（十七岁那年载着她逃离的大巴行驶的路线），向南北两个方向不停地拓展，机关单位东挪西移，多出几条纵横的街道。山底下新修出来一条文化街，如今是金牛城最繁华的地方，商铺和店面一路密集地铺排过去，多得好像街上的每个人都开了一家店的样子。茉莉的服装店就在这条街上。山底下还有个公园，公园里有戏台，动辄唱大戏，一唱七天。不唱戏时，商家利用那块空地推销各种商品。文化街与秀山新城隔着几条街，秀山新城在另一个开发区。

秀山新城的房子是李安华早年间买下的，外墙的粉灰一块块地都掉了，色泽已然暗旧，房子里面有种空洞感，也有某种让人压抑的秩序，尽管房子里面的家具都是新的，但给人的感觉，处处是破败。好在依傍的山间，一到了季节便是一片蓬勃生机。茉莉的房间至今还保持着原来的样子，还是她十四岁时自己布置下的。茉莉后来其实也没在里面住过几日，那时候，李安华也还在双子镇工作，房子买下了，打算让茉莉去金牛读书的。在遇到李安华之前，秦缦带着茉莉一直住在双子镇医院的宿舍里。茉莉对自己的亲生父亲已经没什么印象了，秦缦说他死了，一直这么对她的女儿说的。秦缦恼恨的语气令茉莉觉得，父亲的死并不那么可信。

茉莉仍记得，当李安华说那间房茉莉乐意怎么布置就怎么布置时的狂喜。在南方一个湿热的城市里，在彻夜读书刹那的惊悚之际，在午睡起来时的空茫里，茉莉蓦然会想到这个房间。茉莉离开后的这些年，李安华和秦缦一直住在这所房子里。这些日子里，令茉莉震惊的不是金牛城的巨变，而是像一个老年人一样，秦缦变得有些思维混乱了。秦缦想让茉莉住在家里，但茉莉坚持要住在店里。秦缦不晓得，跟买房子一样，服装店茉莉才付清了首付。

公园里，亭台楼阁，有点堆砌，但也小巧别致。树木才栽植不久，樱花细细的杆被长长的白绳子拉扯住了，好让它长得端正。桃树矮矮的瘦枝上，已经缀满花苞。

"嗨。"柳树后面忽然闪出李良廷来，"我天天在这里等你。"

"真巧，又遇见了。"

两人是在火车上认识的。那天，列车还有半小时就要到达金牛城，李良廷忽然出现在茉莉旁边的座位上。他是从半路上的车。那晚没注意到，李良廷长得挺高，茉莉跟他说话时得仰着头。金牛城不大，他说得没错，这街上的人要真攀扯起来，可能都能搭上点亲戚的关系。

李良廷靠在柳树上抽着一支细得过分的烟卷，像个老熟人那样歪着脑袋注视着茉莉。烟雾笼罩中的李良廷像是一个变魔术的人。

李良廷说："那天我们分别后我就想起来了，我在医院里见过你妈妈，她很优雅，不太爱说话，跟你一样。现在那位是你后爸。"茉莉没说话，他又说，"我知道。"她将半支烟掐灭扔进垃圾筒，他还在说，"我二叔也住在秀山新城。"

"哦。那地方不错。"

"去我的工作室看看吧，我一直在等你光临。喏，看到了吗，从那边过去，向里再拐一下就到了。"这些天，李良廷没敢贸然去找茉莉，尽管他动过这样的心思。在火车上，李良廷想跟茉莉加微信，茉莉拒绝了。

李良廷在火车上讲过，那本来是个陈列室，里面放了几张当地出生的名人的照片，李良廷把它租了下来，在政府工作的同学后来帮他想了个名目，让他充当了个没用的保安的角色，这样一来，房租就免了。

"走吧，赏个脸？"

茉莉往四周看了下，跟着李良廷往前走。从花园的亭子间穿过去，绕来绕去行了一阵，两人到了李良廷的工作室。

工作室足有二百平方米，墙上挂满了照片，墙下陈列着几个雕塑和模型模具。正中摆着十几张小桌椅，坐了几个孩子，勾着脑袋在画板上安静地描画着。他们面前的黑板上写有一行字：

这世上最有想象力的一所房子。

"没办法，现在的家长大都不懂真正的艺术是什么，他们要的是速成、达标，是复制。"

"那么，这几个是给送到这儿来冒险的？"茉莉笑了，数了数画画的孩子，总共七个。

"哈哈，可以这么说。"李良廷说。

一面墙上挂着一些孩子气的彩笔画。靠门有一间侧室，茉莉向里探看了一眼，那可能是他的卧室。只觉一片晃目的白，白壁，白的天花板，几样家具的色调也是纯白色，白床单，白椅套。门口的桌子上，堆了一摞红色的证书，茉莉拿起一本打开看了一眼，哧一声笑了。

"居然还有诗人证书。"

李良廷的脑袋凑过来，看了眼，叹口气说："为了生存嘛，"他眼睛注视着那几个孩子说，"这是个相信证书的时代喔。不过，我的确写过一些诗，曾经还挺有影响的。"

"为什么又去画画了呢？"每听说这种人，茉莉会从内心里升起深深的怜悯，像是上帝专拿这类人开玩笑，一边给他们过多的能力，一边又过分苛刻地加以诸多限制。

"我有个弟弟还在上大学,我得赚钱供他学费,写诗和画画赚不了钱。"李良廷又说,"你继父很年轻哦,我不是说阿姨老,你继父,真的很帅。"

话痨其实是孤独的人才有的特性,一种防卫、自我拯救。她瞥了他一眼,他不笑时脸上有一种忧郁的气质。即使她什么也不说,也不影响李良廷一直说个不停,他说得就像他们已经认识很久了。"你说你傻不傻,为什么要辞职呢,现在工作多难找。"也不用茉莉回答,他继续说,"我其实也有过理想。吁,如今,我对这些孩子的心也是真的吧,我尽我所能教给他们一点真正的东西。"

茉莉在墙上没有看到李良廷的作品。他一直在说。李良廷叹息命运的当儿,茉莉想到自己。茉莉走了会儿神,发觉那几个孩子正盯着自己。阳光分外地刺目,工作室里很安静,茉莉急匆匆跟李良廷道别,李良廷一直跟着她走出了园子。

"再见了。"茉莉说。李良廷一直望着她走远了。

1

清早,戏台子跟前摆了几台巨型音箱,拉了很长很长的黑的蚯蚓样的线,从人们脚底下缠着绕着,忽然地,巨型音箱震动起来,一个试音的男声喂了四十一下,崭新待卖的车子停放在血红的地毯上。李良廷捂了耳朵,快速地踩着红毯从那些车子中间穿过。

梧桐树上的叶片已层层叠叠起来。他已在这条街上逡巡多次,橱窗里那几个没有五官的模特早认得他了。

"我以为走错地儿了。"他在门外打量着那些悬垂的衣裳。

她请他进来，赶紧关上了玻璃门，把噪音挡在门外。

她对他忽冷忽热的，令他肯定了自己的观察和猜测：她的脑子大概有点不正常，一时清醒，一时糊涂，但她看上去那么年轻貌美。

"你得学会叫卖才行。你根本就不是做这个的料啦。"他有点无所顾忌起来，大讲他以前干过的工作。店里如果进来人，他会大声夸赞她们，随手抓起一件衣服说："这件衣服不穿在你这样的人身上真是可惜了。"女人们转一圈，跟他打趣一番又出去了。

"我还干别的事。"他的头发有些卷曲，眼睛红红的，眼神飘忽不定。唯那嗓音，确切点说，是那嗓音里纯正的乡音，让她感觉不那么厌恶他。"要是我，只要出去了，我就不会再回来了。"他说。

"我得照顾我妈，她病了。"她低头看着自己的脚尖。她从未这么想过。

有这么个女儿，谁又能省心呢？这些天，关于茉莉的一切，他又去打探过了。她爸抛弃了她们母女。她从小就有点古怪，高中没毕业就离家出走了，据说上过个什么大学，还有份不错的工作。现在，却又跑回来了，她妈妈生病是真的。在那一刹儿，他感觉自己可以征服她。

她接了个电话，她说："是高老师。我在外面生活的这些年，唯一跟高老师说过很多话。高老师是我妈妈的大学同学，她帮我上了一所大学，并得到一份教职。"她离开桌子，去往模特身上套一件焦糖色的衣服，"要不是我妈，我也不会回来的。"

"你有没有想过，很快你就讨厌这种生活了。"他总会说得令她心里一沉。

金牛城漫天的黄尘、低沉的天空、四面环拥的黄土坡，那震耳欲聋的音乐，轰然似一个巨大的钟形罩。电子音乐仿佛一个个叠套起来的圆圈，叫卖塑料玩具的和叫卖廉价衣服的高音喇叭比赛着喊，卖汽车的震荡音乐是最外围镶着金边的圈儿，罩在这些杂音后方，兜齐全了再往你耳朵里硬塞过来，走在街上的人们，脑袋里只有这几个字：买了，买了。

一阵木鱼钟磬的敲击，挣扎着，是最低处的声浪，他们将目光投向对街卖香火的铺子，青烟袅袅，从那排一楼的木门里飘出来，随风摇摆一阵，四散无形。太阳还没有升起来时，那烟是清朗的，不像是从人世间飘起，太阳一蒸腾，那烟也就世俗得很，烦躁地向四方飘散，诵经声是从播放器里传出来的，一个头顶上挽着发髻的中年人曲腰弓背地在门前洗车，手指上一枚硕大的戒指不时击打到哪儿，发出一阵声响。到了下午，那些门里，会传出洗牌声，直洗到天明。中年人那会儿已提着嗓子，在喊隔壁的同行：

"昨晚喝太多了，下午还继续吧？"

那一溜儿店铺，全是卖香火的，每个店里摆的招财进宝和财神爷的塑像，都卖得出奇地好。

"上天允许每个人都各有各的活法。每个人，也都在努力地生活。"她笑了一下。

"我感觉，你像在跟什么人斗气呢。"茉莉侧过脑袋，把架子上的衣服一件件拨拉着，李良廷又说，"好好的工作，干吗辞掉，你知道现在多难找。"

茉莉板着脸看着他，像没听到他说话。李良廷感觉自己在忍耐，随时准备着绝尘而走。

"你还不信任我。"

天热起来了，太阳很喧闹，一场雨，会带走一些灰尘，很久又没下雨了，黄尘随风漫扬，即使关闭着窗子，桌子上还是会落厚厚一层。此起彼伏，街上无数的声浪在打混架，声浪里待久了，那声音又像静止了。

这个时节，有些地方的花已经开得很繁烂了，她教书的那所学校里，女孩子们已经穿了很单薄的衣裙。

"那是个好地方，为什么一定要回来呢？你可以把你妈接过去哦。"李良廷手插在牛仔裤的口袋里，他本来靠着桌子站着，一边说着话时，一边向桌子另一头的茉莉靠近。

有一瞬，茉莉感觉可以跟李良廷交谈。她记得那晚在火车上，李良廷说他坐上火车，只是为了出门去看一看，隔一阵子，他就这么做。

"似乎再没有比无用又无望的劳动更为可怕的惩罚了。"她忽然叹道。

"是哪。你说得没错。没有任何希望的人呵，也请努力生活吧。"李良廷长出了口气，像是一下矮了一截。

"我一年要去外地好几趟。每出去一次，就有一个念头：这次死活我都会留在外边找找机会的。可惜的是，我还是回来了。"他笑了，边笑边又往她跟前走了几步，"我说出来你一定会觉得我是在胡扯，但我是认真的，茉莉。"他在地上走来走去，"我喜欢你。"

她一直看着自己的脚尖。她没法让他知道，她根本对他不感兴趣，对这世上的一切都不感兴趣。在很多个午后，她只不过允许他陪着自己一起站在风里吸烟，那样，她看起来就不会那么孤单和怪异。

在他转悠的时候，她想到的是，在那所房子里，如今三个人的相处，并不如她想象中的那么容易。逝去的时光再也不会重来了。

她从小没了父亲，李安华曾为她撑开一片温暖慈爱的天空。如今的李安华，对她的那颗慈父般的心肠不知是否依然慈悲，她是太忘恩负义了，在外面独自生活的这几年，给李安华连电话都没打过一个。那房子里，除了破败和冷清，如今不知还多了点什么，又似乎还少了点什么。然而，有母亲在的地方，终究还是温暖的。

李良廷则捕捉到她眼里刹那的光束，她的脸颊温柔动人。她像是一道可以带他摆脱门外那疯狂声浪的门，稍一犹豫，门就会关上了。他猛一下走过来，把她抵向那些模特和衣裳，捉住她的脖子猛地吻了她。他急切地想要掘到那个出口。他按住她的两只手，双腿抵着她的膝盖，以免她抬起手给他一巴掌，或抬腿踢他一脚。她果真打了他一巴掌，分外响亮。

声浪又活了，一重叠一重，一浪高过一浪，震耳欲聋之际，引人愤怒又无望。

"请你，出去。"

那一瞬，她感觉自己回到这里来真是疯了。

2

"你究竟在想什么，你居然会辞职！"李安华说。茉莉听出来，那是秦缦的语气。

"我只是告诉你们一声，并不是来向你们征求意见！"

这些日子里，秦缦实在是太开心了，脑子倒有些糊涂了。

"家里空得都快被老鼠占领了。"茉莉往店里搬东西时，秦缦可怜巴巴地说。

这天中午,秦缦打了好几个电话,要给茉莉送饭来。茉莉只好关了门,坐公交车去秀山新城。这条线路边上倒是很有景致,樱花开了一路,马路宽阔,绿植丰茂,两边的房子看着也不那么丑陋。

茉莉进门时秦缦就说,金牛新媒要招三个人,要的正好是茉莉那个专业的。

茉莉洗手,在镜子里调整好表情,出来笑说:"我从小的理想就是开个服装店。我根本就不是在中规中矩里过活的人。我现在真的很开心,妈,安心养你的病好了。"

饭吃到一半,李安华才回来了。李安华又说起新媒的事:"若你想去,只管说一声。"

记忆里某个沉睡的东西被激醒,茉莉的目光径直朝她跳了过去:"妈,你忘了,我可从不指望陌生人的慈悲。好啦,我吃饱了,急着去赚钱了,你们慢慢吃。"

茉莉拿了包出去了,房子里一时很安静。

过半晌,李安华问秦缦:"茉莉究竟想干什么?不会真的要卖服装吧?"

秦缦说:"回来了就好,除了能亲眼看着她吃饱安稳,我什么也不求,什么也不想知道。"

两人沉默地吃饭。秦缦先去洗碗,听见李安华也出去了。她看着窗外那条河亮闪闪的,天气真的热起来了。记忆里,那只老是伺机在爆发的小野兽至今还令她惧怕,好歹她又能看见女儿了。

直到有一天,在店里看到李良廷,秦缦才感觉自己的心脏安了下来。她什么都没问。惊喜之余,是有点遗憾,这点遗憾,她也不会说出来。

这天下午,有个熟人专门跑来家里,神神秘秘地说了番话:"听说那个李良廷可没在干正经事,听说还坐过牢的。"

秦缦先是吃了一惊,继而笑道:"哈哈哈。是吧。"

这世上的人,或多或少都有难以言说的病症,只是摊给茉莉的过于顽固了些。秦缦的心时满时空,这房子里,因为茉莉的出现,令她觉出了空寂,她想制造点热闹和拥挤。

她给李安华打电话,通了的时候,她忘了要说什么。"没什么事,就是看你在哪里呢。"本来想问他吃饱了没有,是不是很可笑?

晚些时候,她正在拖地,李安华忽然郑重其事地挡在她面前:"你果真从来都不好奇我每天都去了哪里吗?"

她去看那张脸,感觉到李安华的怒气,像是一件重要的事让他独个儿承担太久了。在他的目光里,她感觉到自己的失败,小她八岁的男人还年轻,可她从心理上先老了。不,不是这个,起初,他欣赏她,与年龄无关,她知道。如今仍是,是她先丢弃了他所欣赏的东西。

她刚洗了头发,睡衣底下显出她的胸形,半截白白的腿露出来,她笑道:"我忽然像又长个子了。"她那副耍赖的神气令他又软弱下来,"哦,你不是每天还都回到这里嘛。"

他抱紧了她:"你不要装傻,你得拉拽着我。"

她心里说,好的,好的。"我可真是健忘,约了人去做头发。"

她从来不忘修饰自己的外形,她娇弱而柔情,他感觉自己依然爱着她身上那股楚楚动人的东西。他最怕她那分不清是意识片刻的停顿还是她的脑子真的有问题了的呆样。

"最近我有点糊涂了。我太快乐了,有你和茉莉,我真的太快乐了。"她认真地说。

"我打听了下,那个李良廷……"

秦缦一下打断他:"由她去吧,只要她快乐,管她干什么。"

就像她跟李安华之间的年龄差距,窗外的那条河真实地存在着,以自身的规律和能量每日翻涌向前,不仔细听,听不到它的声响。遇到下雨,它会高涨。她隐隐感觉到,也许,李安华已受够她们母女的病态了。李安华本要说很多事的,她总是无暇顾及的样。茉莉永远比他重要,他从来都没嫉妒过这个。收拾好厨房的卫生,李安华去卧室里休息了。房子里静悄悄的,她不知道要干什么,她从不看电视,健康的时候,她一直待在书房里,过去,他们会为一个共同感兴趣的话题争得面红耳赤,正是这种热烈的争论把两人吸引到一起的。这种争论,越来越少,少到每有一个引人发笑的话题要跟对方分享的时候,那有趣旋即变无趣,兴味索然。

自他们调到金牛工作后就一直住在这里。对面的河堤乱糟糟的,河水浊黄,不急不缓地翻腾着,听不见声响,但它日夜翻腾着,因此给两岸带来潮气和蚊蝇以及一股随风会加剧的腥气。秦缦近来发现,原来的邻居慢慢都搬走了,搬来的都是一些不认识的人。这里是越来越安静了。

一个人的时候,她的脑子又清醒过来了:为了茉莉,她没打算再要孩子,这些年来,她完全没有顾及李安华的感受。

春雨贵如油,春末夏初,却是天天大雨如注,难得有几个晴天。她不了解自己的女儿哦。她依窗站着,想着小时候的茉莉。如果茉莉的亲生父亲在,茉莉会不会是现在这个样子啊?

她的时间变混乱了,一刹儿,她什么也记不起来。忽而,前前后后的记忆都涌在脑际。茉莉的声音环绕着，令她以为茉莉还是个小女孩。

她初跟李安华交往，茉莉也是开心的。茉莉一进门，看到李安华那双鞋，开心地大喊："你的破鞋子像只船。"

"不能随便说破鞋，知道吗？想坐船不？"

李安华带她们母女去坐过一次船。茉莉晕海又晕船，李安华全心照顾她。那时，茉莉十三岁。他是她唯一可信的"一个朋友"。秦缦对李安华充满了感激。

三岁以前的茉莉，精灵古怪，出口吓人，一语置人于难堪之境，也极调皮捣蛋，那股聪明劲儿人人喜欢，落在秦缦脸上的目光多是羡慕。秦缦如今爱跟有这样记忆的人在一起谈谈茉莉。曾有过一段好时候呵。一遍，再一遍，秦缦努力寻探着那些美好的回忆。茉莉跟他们无所不谈，李安华是良师益友，那时候的茉莉是快乐的，秦缦便也是快乐的。

突然地，茉莉就到了叛逆期。这叛逆期在别的孩子身上，像轻微的病症一样一下就过去了，可对茉莉来讲，那似乎是一种无期徒刑，或者说，是一种绝症。茉莉将自己内心的门完全冲着他们关上了。

茉莉消失于一天清早，没给任何人留讯息。那些人热情地猜测，茉莉准是跟着一个男人跑了。整个小镇的人都这么传说，直传遍了金牛城。

李安华安慰她："茉莉还是个孩子，经受些事，见见外面的世界，人生得以成熟，也许反而是好事。"

整整六年，茉莉不跟他们联系。不管怎样，如今茉莉回家了，也终于喜欢上了一个人。秦缦给记忆缠住了，她很疲惫。一阵天旋地转，她要休息了，她的胳膊扫落了几张纸。近日，金牛城举行祭祀活动，一早，李安华往桌子上放了几张参观券就走了。要在以往，秦缦会把那些券拿去送邻居。她想让茉莉去送，借机跟人沟通，但秦缦怕极了茉莉习惯性地用语言暴力。

身体的疾病经常解救了她心里的苦难，她再也想不了别的事。

3

秦缦是地道的金牛城人，可对茉莉来说，双子镇才是她的故乡，三岁时，秦缦就带她在那里生活了，茉莉是在那里开始有对这人世的记忆的。

接连几日阴雨绵绵，茉莉三四天吃睡在店里，她不能接受，令李安华如今看到的，是一个失意的中年妇人才有的样子吧。躲着李安华，又一直盯着手机的动静，他能给点讯息，或突然地，他从门外走进来："嗨，小东西，该回家吃饭了。"表示一切跟过去一样，他仍想充当她的慈父，她也只能是他乖顺可爱的继女。

这是最好的结局了。

雨在玻璃窗外像一个密织的帘子，茉莉感觉是在深山里，最深的深山里，一只活物都没有飞过，她是一尊敏感的石像，一个念头，她能让自己灰飞烟灭。

文化街的噪音像有一个开关，日复一日点开了没完没了地重播。那七棵梧桐树，在漫漫长日下显得没精打采。透入骨髓的孤独，让茉莉想起李良廷来，竟有亲人般的温度。他如今躺在她的微信联系人里。

自那天后，李良廷没再到店里来过，不过，他在微信上说了很多，他尽量说得很文艺，说得令茉莉相信：

  我不敢去找你。
  我有着天生的绝症，我不能获得哪怕一样能力解救自己，不能像每个健康的正常人一样，拥有一样技能，然后，靠这个顽强地生活下去，能养活我和我弟弟。
  我根本没有心思带什么学生。我不知自己要干什么。我厌恶这个地方。一个憎恶自己故乡的人，怕是没救了的吧。

  茉莉觉得有分裂的多个自我，李良廷诉说的正是那个已然变老、遭自己厌恶的自我。而那个真实的自己，隐晦曲折地期望着的，至今没有机遇诞生。这个自我，也是她隐性的残疾。
  雨天的黄昏，街上没一个行人。李良廷的留言（很可能他只是在背诵），以叫人温暖和依恋的乡音直抵内心：

  我记得是个雪天。那种世上的一切都冻住了而你的思想却还活着的境地，你难以想象，我有多疯狂。
  我想破坏点什么，得以从这死寂又不能决然赴死的无奈里挣脱出来。
  几个哥们刚从外地回来，他们说我像个活死人。在他们不停的怂恿下，我帮他们卖掉了第一批货，卖了很多钱。他们带出去几个无所事事的年轻人，他们都谋到了一条生财之路。
  你要问，什么货？唔，这种东西在金牛城里的蔓延，我功不可没。也许你不相信，那些人都很感激我。

得，我说了太多了，你一定烦我烦得要死。

茉莉，说点什么吧。至少相信我，对你，我是真诚的。

请说点什么吧，我每天都想起你。

雨点落在一个塑料棚子上，发出空洞的声响。撑着伞的行人匆忙而过，他们都有重要的事情做。茉莉握着手机，听那雨滴越来越繁密，越来越空洞。在这样的天气里，茉莉很想看看李良廷写过的诗。

不断地结交到一些可以说话的人，不断地，茉莉与他们都断了联系。茉莉不停地换手机号码，几次三番，就没人愿意主动再找她了。

回到金牛城来，茉莉又换了号码，这个号码，除了秦缦和李安华，再没人晓得。茉莉再度陷入了自围的深井中。

雨，囚困，郁积。茉莉向李良廷发出了第一句回声。

"来店里喝茶吧。"

茉莉不停地查看微信，这一整天却没收到李良廷的讯息。

中午，茉莉给秦缦打了个电话，不回家吃饭了。只有在李安华开会或出差时，茉莉才会在家里待上一个晚上，母女俩回忆过去，不时大笑。有时，秦缦会坐公交车来给茉莉送饭。这天中午，茉莉叫了外卖，正没滋没味地吃着，却进来了几个顾客，随后，女人们像是商量好的，络绎不绝地进来了。通过她们之间的对话，茉莉方知今天是星期天。她们一哄而散之后，茉莉盘算了下，一下卖出去七八件。茉莉感觉到放松。门再次被推开了，原来的店主小张进来了，随后又进来三四个。

一个刘姓女子要结婚,要去外地买新衣,被小张拦下了,小张高声大嗓地说:"厂家发给北京上海的,跟咱这是同一批货。赶紧挑,我让茉莉给你们打折。"

小刘一伙人便挑选起来。小张借机跟茉莉说了阵话。金牛城不大,茉莉总会被了解(事实上是被误解)的。茉莉绕了几次没绕开去,由着小张一个人说。

"不让你后爹好好给你找个工作,卖这些有什么前途。"

茉莉不搭腔。

花了两个小时,小刘跟那帮人终挑好了四套新款衣裙,小张给茉莉挤了下眼睛,指着小刘说:"是我好朋友。"

茉莉说:"那你看着给打折好了。"把计算器推过去,小张也不推辞,衣服上的标签一一看了,飞速地在计算器上摁了几下,将上面的数目先推给小刘看,又推给茉莉:"一回生,二回熟,下回,你再多收她哦。"

茉莉也不去看那计算器上的数目,从柜台里取了手提袋,把那几件衣裙一一装好了。待那一拨人终于满意地拉开门走了出去,茉莉翻出一个本子上的价目表查对了下,抬起头来,茫然地望着几个忽然光裸了的模特。这一通忙乎,小张让茉莉赚到了二十五块钱,连邮费都没替她考虑进去。

茉莉肚子很饿,外卖早凉了。秦缦的电话很适时地打过来了。李安华今天有兴致,炒了好几个菜,让茉莉赶快回家去吃。时光倒错,茉莉立了老半天,才搬出小张来,说约了一块出去吃。秦缦说:"那给你送来。"坚持了几回,茉莉恼了才罢休。

茉莉把店里的灯关了,发现外面天色已昏暗下来了。有人推门走了进来。茉莉哗一下又开了灯,一阵惊喜的心跳,随后竟有些委屈难过,原来这一整天都在盼着这个人的出现。

多日不见，李良廷像是矮了一截，萎靡了，也驼了。他绕着店里那些衣服走了一遍，转到茉莉跟前来，又恢复往日的模样了，正面看，可以称为挺拔。

"你把我当成坏人了。"

"你说对了，我真不是干这个的料，你看，乱的。"茉莉环视店里那一件件专为女人制作的时装，莫名的委屈和难过依然蔓延在她身体里，语气里不无讨好的意味。

"我不是太好的人，但还真不是坏人。"李良廷站着抽了支烟，眯缝了眼睛，看着茉莉。

如果她把心门打开一点，也许，他真可以走进来。

"课上完了吧？"茉莉尽量温软着语气，至少这个唯一可以说话的人又愿意走进来了。

李良廷拿出个烟卷递过来，茉莉笑着摆手："我已经戒了，不骗你。"

李良廷收起烟卷，双手叉腰，若有所思地望着窗外。

阴湿的雨天，让人身体里的空洞难以填充。李良廷坐在椅子上，将一条长腿搭在桌子上，另一条也跷了上去。

"这雨下得真让人难受。"

"是啊。"

茉莉看了眼窗外，湿黑的路面上五颜六色的灯彩，几个似真似幻的人影飘飘忽忽地走着。李良廷为什么会厌倦了写诗呢？意念中的李良廷跟此刻她面前的李良廷是两个人，微信上说那些话的李良廷和刚才给她掏烟卷的李良廷是两个人。茉莉有意把他当成感觉和意念里的那个人。

"今晚把店关了吧，我们找个地方去喝一杯。"李良廷摘下眼镜，揉了几下眼睛，又把眼镜戴上了。

"唔，我已经吃过了，"茉莉听见自己肚里的肠鸣音，笑了起来，"好吧。就听你的，事实上我已经两天没吃饭了。"

李良廷马上收起两条长腿，帮茉莉关好窗户，出门去，把卷闸门拉下一半，等着茉莉拎了包出来了，全部拉了下来，哗啦啦一通惊响。

雨还下着。茉莉要回去取伞，李良廷几步跨到一辆车子跟前，打开车门说："不用了，几步路就到了。"

上了车，李良廷将上衣脱了，让茉莉披上。茉莉没推辞，披在了自己身上，实在是太冷了。感冒会剥夺她每天睁眼的希望，会加重她对人世的绝望。现在，每天都得面对病弱的秦缦，至少得让自己的母亲看到女儿在积极努力地生活。

李良廷倒车时，茉莉看见了李安华，他拎着个饭盒从车窗外飘过，他回了下头，朝车子里吃惊地望过来。茉莉想下车，最终坐着没动，任由李良廷将她带离了那个在雨里发愣的身影。

茉莉的心本是虚荡的，但就在那会儿，她顿然感觉它沉了下去，打算要跟李良廷在这个雨夜里不醉不休。

车子驶了很远一段路程。借着夜色，茉莉闭上眼睛，但愿李良廷这时候不要问什么。看来他车技不怎么好，紧攥着方向盘，全心用于控制着车子不从湿滑的路面上飘出去。那个雨里来为她送饭的人，令她再次想到逃离。

雨帘垂在车子前面，罩在车子后面，李良廷要努力穿透那帘子，忽然泄气，在一片灯影里停了下来。

"真是好极了。"李良廷拍了下方向盘。

茉莉没朝那车里望一眼，顶着那件上衣下了车，跟在李良廷身后往一个门里跑了进去。进了门厅，才发现这是个装修得做作的农家院，啥都是假的，菜地里蒙着塑料，墙上挂着塑料的瓜果，除了那雨。坐下来后，她发现门外喧闹异常。门外已停满了车子。

"能再见到你，归功于我脸皮厚，一再地发信息骚扰你。"李良廷再次掏出那个烟卷递给茉莉，茉莉摇摇头，他自己点了一支，吹了口烟雾，皱着眉头看着茉莉。

"没有，你没有骚扰我，也许，我理解你说的那些。当然，你不需要理解，但有可能我需要。"

"哦。"李良廷将烟头翘在嘴角，烟雾笼罩了他的眼睛，茉莉觉得他的脑子里转着她所不了解的事。

"曾经我有很多很多朋友，一大帮，你能想到不，"突然间，他将手指向下尽力张开，"哗，他们看见你像遇着了瘟神、传染病。嗯哼，如今我独来独往，让人受不了的只有一件事，那些学生家长会突然把自己的小孩从课堂上领走。唔，也许，你已经听说了，他们说我蹲过监狱。你信不？"

茉莉端起水杯，喝了口水，服务员进进出出，门外的喧哗声哗一下入门来，哗一下被关在门外。热水流到身体里，渐渐暖和起来了，茉莉想取下身上的那件外衣，听到他这样说，只好忍耐地仍旧披在身上。

"你就一点不好奇吗？"李良廷等着茉莉问：

"那么，你真的蹲过监狱吗？"

茉莉抱歉地看了眼李良廷。

"我看过四个名医，我给他们每个人讲那句话，我觉得，控制不住自己，厌恶这世上的一切。你猜怎么着？"茉莉伸手，要了李良廷的烟来抽了一口。

"他们会从你的婴儿期分析，直到你最近吃喝拉撒了什么。"

她忽然就不说了，两人沉默地抽了阵烟。她真的很好看。

他放肆地盯着她看。

"问题的重点在于,我对他们说了什么,没说什么。"

"哦。"李良廷观察着茉莉,"你一直在困境中,但不能说出来?"

服务员进来上菜,看着李良廷说,菜上齐了。李良廷打发她们出去了,门又关上了。室内顿时又安静了,食物在他们面前争相散发出香气。茉莉借机将披着的上衣取下来,放到椅子上。

"那么,可以告诉我不,那时候究竟出什么事了,你为什么跑了?说出来你会好过点。拿我自己来说吧,我总是有种忍不住要跟人恶作剧的强烈渴望。有时候,我又感觉我没有勇气面对这世上的一切。"

茉莉低头,拿手抵在额头上,闭了会儿眼睛。她突然很亢奋地想把一切都说出来。

"不好意思。我没什么开心的可以跟你分享,我是个很无趣的人。这些日子,我发现自己其实从未走出过那种困境。本是为照顾我妈回来的,可如今我令她越发地焦虑和担心,她装得很开心,可是,我知道。吁,要在我妈跟前装轻松快乐,又装不出来,你不知道,对我来说,这一切,太难了。"茉莉试着开口。

"谢谢,你说这些,是看得起我。"李良廷看着茉莉,"那么,能说说,你到底遇到什么事了,为什么要在老人家跟前装呢?"

"能要点酒不?"茉莉很烦躁,李良廷精致的五官、笨蛋一样的口吻,都让她厌恶极了。茉莉想站起来走出去。

茉莉指着门外:"你养了一只鸟,它本该在太阳下歌唱,可这世上的一切声音一律在叫喊,让你把它关起来,关在一间见不到阳光的屋子里,还不许它歌唱,不许它抖羽毛,这鸟,慢慢就丧失了天性,最终,它只适合待在黑暗里,再见着阳光,它就疯了。"茉莉注意到李良廷的目光,猛又不说了。

"我想我懂,那鸟的感受。"李良廷站起来,"你等会儿,我去拿酒。"

一个穿旗袍的女子引李良廷走到门口,雨下得小了,停车场上,车子挨挨挤挤,李良廷走到那辆最扎眼的车子跟前,狠狠咒骂了几声,为借到这辆车,李良廷给车主人送了幅名人字画。可是,李良廷已经看懂了,茉莉约他出来,只不过是为了说一通又一通的废话。李良廷对着夜色又咒骂了几声。

他重新走进门厅,茉莉已拎了包走出来了。

"账我结过了,我刚想起来,还有点事。"

李良廷伸出两只瘦胳膊把茉莉硬往里拽。"这酒你可得喝一杯,"李良廷晃着一只酒瓶子,"是我的收藏品,我亲爹都没尝过一口。"

大厅里也坐满了人,李良廷拉拉扯扯,高声大嗓,茉莉低了头,只好又退了回去。

4

大雨如注。李安华主动要来给茉莉送饭,想借机好好跟她谈谈,关于工作的事,还有那个李良廷。他一路想好了措辞,只要劝茉莉去融媒上班了,李良廷那样的人,自然也就远了。他满心渴望,秦缦能健康起来,而茉莉每天也能回家,那才是一个完整的家。

把车子停在会议中心,他走路过来,穿过文化街,直走到茉莉的服装店附近。看见他们出来了,他想喊,茉莉的脸晃了一下,又在雨里滑走了。灯影中的夜,湿而亮,五光十色,也变幻莫测。因为祭祀活动,整个金牛城装饰一新,光各种建筑物上面的灯饰一项,就花费了一笔巨款。这个主意是李安华率先提出来的,看来不错,连日来受到各种好评。多有人认为,炫目的灯彩令金牛城变得妩媚动人,很有城市的味道。也有大骂无意义的,但意义是何物呢?秦缦说,黑夜就得拥有黑夜的黑。

雨滴在伞顶上敲击,夜晚湿漉漉的,李安华猛地大声说:"好吧。"

李安华每天的工作主要是开会,电话会、视频会、现场会居多,光为这次祭祀活动,李安华开过的会就有三十九场之多。他知道没意义,但不得不开。或许活着本身也无意义,但不得不活。

手机一直在响。由曾经看到奇迹般的惊喜,到如今,他心里满是对那个号码的厌憎。

李安华很久没见过那个女人了,有几天,她很安静,他都以为自己可以太平了。突然地,她会在一天里打十三个电话。这天上午,她打过来时李安华正在陪同外省来的各路人物参观。一整天,他感觉很恼火。这时候,他在街头,夜雨令他清醒,他回拨过去。

"温丽,请不要再打来了,好吗?我们,就到此吧。"李安华问自己,为什么会有曾经的开始呢。

他身体里困着一只鸟。这只鸟,从未发出过自己的声音,因为各种冠冕堂皇的因由,他从未让它长出翅膀。有可能,他早就告诉过温丽,这只鸟的眼睛、羽毛和叫声。他从未也不敢想那个问题:这只鸟,需不需要释放,它的囚困期限该不该是无期。

"秦缦已知道我们的事了。"猛一阵风吹来,手里的伞朝后飞出去,一阵冷雨,兜头浇下来。电话那头继续说:"我全对她讲了,你有当父亲的权利。你还年轻,还来得及。你不是不敢说吗,我替你说了。"

"真是笑话,你懂的可真是太多了。你知道什么?!你怎么可以这样,你太过分了!"一阵耳鸣,缓缓地,他才又意识到自己震惊、愤怒。他把那只手机一下甩了出去,也不知甩到哪里去了,清静了。一辆辆车子无声滑过,向两边激起一阵水花。李安华往边上躲了躲,走得像个醉汉。

那个铃声猛又清晰地传来,他走到马路对面去,把它捡了回来。它在他手心里又闹了很久。

李安华因为工作,数次回到双子镇去,那条小街,如今七错八乱,修得不像样,他以前工作过的税务所挪了地方,向着老君山后退了五十米。曾经不止一次,他沿着小街向上,拐过一个巷子口,茉莉从那个大门里奔了出来,看他一眼,小脸上就像猛绽开了阳光。

小街很小,再向上,向右拐,从一对大铁门里走进去,上楼,三楼最靠里,茉莉的班主任等在门口。他是茉莉力不从心的慈父,承受老师的严肃批评,承担茉莉不学好的责任。

门里出来,往右走,楼道里很静,他从窗口瞥见,茉莉坐在教室最后排。讲台上的老师看见了楼道里的李安华,冲茉莉招招手。

茉莉跑出教室,求他向老师请天假:"老大,求你了,我干那些错事，是因为上学实在太痛苦了。"很容易达成了协议，茉莉只要考试成绩进前十名，她犯的错，就没人会知晓。就这样，茉莉得到了整整两天的自由。他在秦缦跟前撒谎，茉莉要去某个城市参加一个作文竞赛。

李安华怀揣着一颗慈父加盟友的怪异心，带茉莉去了苔蓝。他出差去过几次，苔蓝有家不错的电影院。茉莉第一次看了原声电影。

"有个爸爸，原来是这样哦。"

李安华和茉莉坐在电影院门口高高的台阶上。听到茉莉这样说，他心里很甜蜜。此后茉莉果然很用功。那以后，茉莉常在假期一个人出门旅行。反倒是，他曾经对那个气质非凡的年轻母亲的迷恋，记得不是很清了。

那个夏天异常炎热，茉莉买了两张火车票，她把票装在一个信封里，信封上写：

老大，陪我去吧，就一次，就你和我。

后来李安华想，可能他这个继父的想象太过瑰丽，是他的心太丑陋了，而茉莉不过是想邀请他这个后爸一起去旅行一趟罢了。茉莉消失的这些年，他才慢慢懂了。要不是他的躲避，茉莉就不会有意在高考时放弃最后一门考试，就不会从他和秦缦身边彻底逃走。她以为自己做错了事，以为被他看成了坏女孩，这些年，她都很自责吧。自那以后，她什么都不肯说了。

这天晚上，他本来也想说说这个的，她在他眼里，永远都是一个好女孩。若是他自己的孩子，他这几年都会忽略她吗？他感觉愧疚。

不管怎样，他以一个过来人的逻辑，做到了问心无愧，这就够了吧。茉莉再没给过他任何时机谈谈那两张火车票，谈谈她从她母亲身边逃离的这些年,以及,她为什么要逃离。他很想了解茉莉,他突然才意识到,茉莉其实一直是个孩子。这些年她很拼命,他知道。可是,为什么又成了如今这样,为什么她会跟李良廷那样的人来往呢?

开始他是朋友,后来是亲人。如今,倒成了陌生人。

一阵大风,猛地把雨夜搅得天翻地覆。还有人在雨地里行走,贪婪地走在这一年中的好时节里。他身上,不时响起一阵铃声,引得两边行路的人频频向他怜悯又厌恶地望过来。

5

"茉莉。我知道,你无意了解我什么,我只想问你,你信那些传言不?"

"人活着,好难。"茉莉看着李良廷,尽量显得真诚地说。

"我真的在火车上就喜欢上你了。"

诗人要么英年早逝,要么神经错乱。不知道李良廷晓不晓得这个,李良廷是个诗人。茉莉笑了起来:"可我以前从没见过你。"

"说说,你来金牛城几个月了?"

唔。三个月多几天,这没什么好奇怪的。茉莉想。

"三个月前的那个晚上,是在冬天,下着雪,我跟你坐同一趟车,我看见你一路没吃过东西,你脸上的表情千变万化,我想你在练习跟什么人见面。"

"哦。"茉莉端起杯子,喝了口水,她连喝了六杯水了,胃里饱胀。

"你提前哭过了,看见你妈时,你笑得极不自然,倒是你妈,像个弱小的孩子,她好像有点怕你,你们很久没见面了吧。"

"是很久了,六年。"

"茉莉呀,你是我见过的最奇怪的女子。"

茉莉继续喝水。

"我喜欢这世上一切不由自主的事物、花开、树木凋谢、女人哭泣。我爱你冷酷的面容,更爱你动荡不宁的内心。"

茉莉眼里的笑意越来越稀薄,什么也没说。

"我们喝酒吧,什么都不用说了,我们是同类。"

那瓶酒一会儿就空了。茉莉开始自言自语,他们不知道自己在说什么。

苜蓿、蕨菜、黄秋葵,多是野菜,认不全的叫了服务员进来,一一道出那菜的名号。一盆土鸡山野蘑菇汤,模糊了两人面前的空气。茉莉吃了一个黄灿灿的花卷,像是头一次闻到麦香,又吃了一个。李良廷不时起身为茉莉换热水,忽然唤来服务员,让蒸一盘洋芋端上来。

"我们店里没有这个。"

"你这么漂亮,总能想出办法来的。"李良廷盯着那女孩子看,她笑着说去问下。

"如果实在没有,你可以拿个锅上来我们自己煮。"

茉莉笑了一气,像卸掉了什么枷锁。"你怎么晓得我爱吃这个?"李良廷给她推荐哪样,她就大吃哪样,她从未得到过如此细致的关爱,或者也可以说,她从未好心领受过如此的关爱。

这么多日,茉莉的行踪从不远于那个公园,划半圈转到山脚下的那个小区,中心点是服装店。茉莉意识到自己没有化妆,伸手去摸头发,长长的一把握在手里,像一只拖把。喏,它们懂得察言观色,曾经倔强刚硬,如今软绵绵地颓败着,颜色也变浅了。

李良廷注意到茉莉的眼神缓缓起了变化，自从人们有意躲避他，呃，自从他有意地让人们看见他都转身躲得远远的，他转而学会了观察。那一切，是怎么发生的，他本想给茉莉说说，事实上，他一直在说，可茉莉不是他理解和期待的那种女子。

茉莉慢慢放松下来，像一朵将本能压制着的牡丹，蒙了尘埃的黑，因为李良廷努力制造的蒸腾的热气，那黑的帷幕昭然若揭，马上要显出那花的本色。至今没人把这样一朵艳美的花插在胸前的口袋里，李良廷眼前的茉莉似真似幻，如果能把茉莉追求到手，让他死也愿意。但他不敢说得那么露骨，生怕茉莉会忽然起身离去。

茉莉这时才注意到，李良廷换了发型，身上的衬衫和牛仔裤也像是新买的。

"对不起，"茉莉莫名其妙地道，"呃，很多时候，其实我们并不真的了解自己。"

李良廷伸过手去，在茉莉手背上按了按。茉莉没能说完整，抽泣起来。

"哦。"李良廷望着茉莉哭，这已经很够了，他的辛苦已经得到了报偿。但他马上又知道了，茉莉还是不愿意跟他讲全部。

李良廷走过去，站在茉莉跟前，说："好吧，茉莉。我们走吧。"

雨还在下，两人通红的脸，被冷雨一浇，又湿又冷。李良廷打开车门，让茉莉上去坐好，四下里看了看，转回去叫了保安过来，保安把堵在前面一辆车的主人寻了来，令其挪走了车，李良廷这才得以把那辆即使是在夜晚也那么扎眼的跑车开了出来，差点撞到别人家的车子。保安看了眼车里的茉莉，高声说：

"自己的命要紧，喝那么多。"

李良廷从一个巷子里拐出去，在荒野里乱开了一气。大谈这辆车子的性能、优劣，酒精使得他的体温升高。他的热情，他为这个夜晚花费的心力，只得到茉莉那么一丝丝儿的回应。茉莉悄无声息地坐在后座上，窗户开着，雨滴不时随着冷风吹进来。李良廷难以判断茉莉真醉了还是懒得跟他说话，他看不清她的脸。

"你还好吧？"

"像是煤气中毒了，我没怎么喝过酒，让我睡会儿。"她动了下，把自己抱紧了缩在座位里。

李良廷没再说话，开得越来越快，也不知开到了哪里，前方暗乎乎的，似乎到了一处园林，全是树。他猛拐了下，车子停了下来。

茉莉一下给颠醒了，坐了起来，一阵天旋地转。猛感觉李良廷挤靠在她身边。

"茉莉，你说这人活着，什么最重要？"

"不知道。这是到哪儿了，我们到了吗？"茉莉往另一边的车门靠过去。

"回答我的问题！"

"哦，也许，并没有什么，没什么重要的。"

"不，你错了，茉莉，是希望。有一丝希望存在，我们活得就有意思。"

"那希望，是个什么东西呢？起初我以为我知道，但很快，我就不知道了。不早了，我们回去吧。"茉莉伸手开门，却打不开。

那冷雨，敲打着车窗。

6

在这样的雨夜里,李安华对这整个世界的心都是慈悲柔软的,他翻看未接来电,打算向那个叫温丽的女人求饶,只要她不再来骚扰他,不管她提什么条件他都会答应。

来电显示,有几条是茉莉拨打的。他拨了过去,一边难掩对温丽彻底的厌恶。

"请别挂电话,"茉莉的嗓音像是撕裂了,像这雨夜里被汽车哗一下溅散的水花里的灯影,"请你赶快过来,帮帮我。"

"出什么事了,你在哪儿?"李安华一时糊涂得很,并不完全相信那会是茉莉的嗓音,难以把这个嗓音与过去的女孩茉莉联系起来,那时,他还在小镇工作,三个人挤在秦缦的宿舍里做饭吃,他们常开各种玩笑,想方设法逗弄小镇平板无趣的生活。茉莉的大脑,常迸发神奇的想象力。难不成,她一时又想到了恶作剧?

"松树林,是一片松树林,没有路灯,看不见路牌。"听上去,茉莉像在梦魇中发出一阵阵让人难以忍受的呓语,给风吹成了碎片,阴湿的,战栗着。"有河,一条河,在左边,是东边。"

李安华伸手拦车。而茉莉像是因为无法描述一个准确方位而变得无力,猛然发出一阵泣声。李安华终于变得清醒,那个地段,每年都会发生死亡案件。老半天过去,一辆出租车像英勇赴死一样停了下来。

茉莉的嗓音在李安华的脑子里七零八落。回想茉莉说的那条河,李安华一阵惊惧,马上想到那个场面:他在黑暗中奋力够着茉莉的方向，而茉莉却已在那河水中沉没。

几个小时前，他看见茉莉坐在一辆跑车上，那般炫目的车子在金牛城里可不常见。李良廷能开得起那样一辆跑车，真是出乎李安华的意料。李安华感觉背上湿了，不知是汗水还是雨水，出租车司机不时往李安华脸上瞄一眼。

"出什么事了？"

"是小孩，迷路了。"李安华艰难地吐出了小孩俩字，战战兢兢，紧攥着双手。难以想象，这回，茉莉又会给秦缦制造什么样的惊险，算来，也许他也有份。

那是他的惯常伎俩，把茉莉称作小孩，总是给自己一种富有力量的约束，一种恰到好处的距离。

"那应该是碧水蓝天啊，怎么跑那个鬼地方去了，白天去那儿都挺瘆人的。"

找准了方位，车子加速飞奔起来，也不知道过了多久，时光在倒退，他还可以做茉莉的朋友。

一路上，李安华从车窗里望见黑黢黢绵延的树影，司机的每声询问，都会加剧李安华的一阵猛烈心跳。车子猛一下刹住了时，他听见胸腔里那只鸟忽一下终于拍出翅膀的响声，扑棱棱的声响一下盖过了自己那时而漏掉、时而多出来一拍的心跳。

李安华没有马上跳下车去，感受那翅膀在暗夜里的拍击。

司机伸长胳膊帮他打开车门，自己从另一侧下了车。

李安华拨打茉莉的手机，说他到了，就在河堤边上，茉莉像是睡了一觉，停止了啜泣，司机举了只手电筒四下里晃着，高高下下的林木黑黢黢一片，隐约的光芒划过一片片闪亮的树叶，忽而一阵长唳，从这里一下传到了那里，天地间越发地空洞，雨滴敲击在杂树的叶片上。

河堤边上的石板路延伸一阵,猛断了。一阵香气,他们正站在一片油菜田里。

"我在树林里,我出不来了。"李安华感觉茉莉已经平复了,她板着嗓子冷静地给李安华描述那片林子,"像是榆树,哦不,是银杏,现在,听不到河水了。"

"你站那儿别动,把手机举高一点。"

李安华四下里扫了一遍,右边临近山坡的地方,黑乎乎一片。他和司机折回身,往反方向走。

猛听到河水,雨声被裹挟着往前涌。又折回,雨和风混乱了方向。

终于看见了那一小团荧光的亮,李安华一阵猛烈的难过。

茉莉满身酒气,像一个棉团倒在一棵树上,李安华的手伸过去时,茉莉瑟缩了一气,像是她身上有很多个伤疤。

李安华去望茉莉四周,没有他设想的凶杀场景。

李安华将茉莉抱起来,耳朵里空空然,一切声响消失了,只剩下茉莉为他举着的那团荧光的亮,还有树林边上那个陌生人手里晃动的一团温暖的灯火。

李安华看到司机那张脸,脑子里是茉莉醉酒摔伤了的情景,但当他把茉莉放到后座上,裙子上扎眼的血迹一下令他丧失了跟司机说点什么的力气。

茉莉每回痛经都像重病一场,李安华脑子里印着秦缦的嗓音,结婚就好了。上个礼拜,秦缦央李安华去超市买过红糖。

"哥们儿,能让我和她单独说几句话吗?"

司机看了眼茉莉,带着几分同情几分怪异的表情走开了。

李安华沉默了两分钟,问了很多问题,每个问题都令他感到自己愚蠢极了。

"这么说，是他逃了？"

"是他强迫你？"

茉莉说："我已经死了，不要问死人问题。"

另一个男人的心突然在他身体里哽咽。李安华伸出手臂，茉莉却将脸转向车窗那边。

"茉莉。"他将她用力揽进怀抱里，茉莉浑身像木杆般僵直。

"我们得报警。"李安华拿出手机。

"求你了。如果你不想亲眼看着我跳进那河水，就赶紧送我回去。"

车子行出老远，李安华还在决定要不要打个电话。他和茉莉隔开一些距离坐着，雨点从开着的窗户里飞了进来，砸在他的眼睛上，茉莉一定很冷，抱着臂膀悄无声息地缩在黑暗里。他摸到茉莉的手，它缩了回去。

"去秀山新城。"

"师傅，去文化街。"茉莉纠正，"谢谢。"

司机没有多问，再没跟李安华主动说点什么，一路上很沉默。猛然咒骂着路况和无休无止的雨，司机关了车内的灯，黑暗中，李安华大声说了句什么。

"请给我妈打个电话，小张今晚请我吃饭了，我喝多了。"

李安华便拿出自己的手机，拨了五遍，秦缦都挂断了。

他这才相信，温丽在电话里说的并非虚假。

下了车，茉莉歪了下，走到店门口，立住了，抽了下鼻子，冲着湿的卷闸门，笨重地贴扑了上去。

"那个混蛋去哪儿了！"这下，完全是一个狂怒又绝望的父亲的吼声。

那条文化街，除了密集的雨滴，连街灯都是孤寂的。夜晚空旷，一切都沉到了最黑最深邃的地方去了。

李安华从她包里找到钥匙，开了门，弄好了洗澡水，心里有个声音在一遍遍问他，逼得他烦躁。

茉莉坐在一把椅子上，把脸埋在双腿间，李安华看不出她是在哭，还是睡着了。他在屋子里扫视了一圈，看见桌子上有一把水果刀。

"我跟李良廷，会结婚的。"茉莉突然抬起头来，"请不要跟我妈讲，所有事。"

他走过去，俯身下去盯牢了那双眼睛。

一堵结实的墙壁，曾经上面会开小罅隙。现在，这墙壁，连丝风都透不过了。

李安华离开时，茉莉看着地板说："请帮我，把这个夜晚，忘了吧。"

灯光亮了那么一刹那。夜很黑，很空寂。

他说："如果看得起我，有事就请先打个电话给我吧。"

玻璃门使劲摔了下，合上了，卷闸门哗啦啦一通炸响，像劲风吹着尖利的木屑，一下下扎在茉莉的心上。

要是能给他锁着，再也出不去就好了。

7

秦缦躺了几天，又好了，她要把茉莉的事安顿好了才能回去工作。坐车去店里，怕茉莉烦，尽量不过去，进去也只是晃一下就走。天气出奇地好，金牛城里的空气更是奢侈的清新怡人。茉莉本打算关了店门，陪秦缦出去逛逛，末了，秦缦看见，茉莉发不出邀请。

茉莉不想跟她谈关于李良廷。李良廷不时出现在店里，秦缦有过跟他谈谈的冲动。他的外形无可挑剔，那双看人的眼睛也很真诚。茉莉也许跟高老师提起过了，茉莉一直跟高老师有联系的。茉莉的行踪都是高老师转告给秦缦的。曾经，种种情绪混杂一处，会成为一种狂怒，青春年少时的茉莉，像只野兽，伺机在暴发。茉莉心里，至今有一头她所不了解的兽。

"我都在忙什么啊，她一定非常孤单，而我一点都没发觉。"记忆一波波涌现，瘦瘦小小的茉莉，沉默又狂怒的小孩。"都是我的错。我不该跟你在一起，为了女儿，我应该去做一个苦闷的寡妇。"她时常跟李安华说这样的话。

这阵子，秦缦又开始了这样的自我责问。空空的房子里，满是自己的声音。如果李安华正好进了门，她会直视着他的眼睛说：

"你一定早就受够了，我知道。"

李安华换好了一只拖鞋，抬起头来哦一下，说跟单位老宋约好去看个同事，把那刚脱下的一只鞋又穿上，出门走了。

阳光很亮，屋子里有阴影。曾经在小小的双子镇，充盈在他们内心的那些简单朴素的小小欢愉，那种彼此间的欣赏，神迹一般的投契，再也不可能出现。

秦缦觉得茉莉回来完全是为了李良廷，而李安华则认为那不可能，他说："我了解茉莉。"秦缦把这理解为他的包容和仁慈。

逝去已久的时光再也不会延续了，那时在双子镇，李安华给了茉莉一个温暖神奇的世界。秦缦难以晓得，在受尽了时间的冷酷考验之后，如今的李安华，对茉莉的那颗慈父般的心肠是否依然慈悲。

说起茉莉，李安华时常会盯着窗玻璃望半天，秦缦不晓得，那里有一双李良廷的眼睛，狡黠又满是讥讽地向李安华瞪视着。

这个雨天，李安华回来得早，顺带买了菜。他给茉莉去送饭后，秦缦望了阵天花板，拿过手机想给茉莉打个电话，就在那时，一条短信，使得手机屏幕亮了起来。

她慢慢坐起来，把被子往身上拥了拥。忽然颤抖得拿不稳那手机，不知那会儿几点了，窗外传来一阵小孩子的喊叫声，一阵欢快的足音，跃起，越过两个台阶才腾的一声落下，楼上的小孩子下楼去了。

那些孩子扑通通又上了楼，简直把楼都要震塌了。

秦缦下床，那个称自己是温丽的女人令这房子摇摆、动荡。尝试了半小时，她想给温丽打个电话，担心自己嗓音颤抖，说不完整一句话，一个字一个字再看了几遍，后来，秦缦耳朵里满是李安华放肆的委屈。

秦缦看见李安华以这样的目光，对着那个她早就感觉到了的女人诉说他的不易。不知什么东西磕着楼梯栏杆，发出让人难以忍受的噪音。

不知过了多久，秦缦终于艰难地让自己平复下来，她拨通了那个号码。

对方却没有接听，秦缦只好对着空气，把那番想了又想的话说了出来。

在睡意袭来之际，秦缦写了条短信。

8

李安华想到了很多个同事朋友的名字，甚至想到了温丽，谁可以在这种时候去陪陪茉莉。

李安华大声地咒骂。

踩着泥水，李安华拐向公园，像一只瞎眼的狗，踩着草儿花儿一路跌跌撞撞地进去，很容易就找到了那个工作室，借着手机的一团微光，仔细看了几眼，退远一点，再瞄了瞄，确定是那个工作室没错。几步上前，他朝门上猛踹了一脚，那房顶上有东西掉了下来，再踹一脚，喊李良廷，是压抑苦闷的一声喊，惯性的力量，还有理智，也想到了后果、脸面。

他在踹第四脚的当儿，脑子里空空的，周身只剩杀气，却一脚踏空，差点跌了进去。房檐上的水滴了下来，落向脖颈，滴落到他的眼睛里去，他慢慢意识到，房子是从外面锁上的，没人在里面。他转身在地上寻了阵，记起前面的草坪里有块大石头，上面写着两个血红的大字：怡园。他跑去搬了来，双手高举着，猛地朝黑洞洞的门里砸了过去，一阵玻璃的碎裂声，什么东西从高处跌扑，过了一会儿，还在断续地往下跌。

他一面走，一面喘气喘得头晕目眩，一阵伴着疼痛的耳鸣，使他扶住脑袋蹲了下去。

他走路回去，粗略地洗了，去秦缦的房里，悄无声息地在她身边躺了下来。

不久，听见她翻身，坐了起来，然后，半天没有动静。

李安华翻了个身，感觉身体里的怜悯、难过像一只只虫子，把他要蛀空了。他想跟她坦白，求得原谅，他从来都没有想着要去伤害她，他要对她讲：这些年他们一起拥有过的东西是他生命里最为美好的。他以惯常他们亲密呼唤彼此的嗓音唤道："秦缦。"

她仍坐着，没有一点声息。

"想说什么就说出来吧。"仍旧没有动静。他开了灯，推了把秦缦，秦缦似一截木墩，直直倒了过去。

救护车来得快。大夫说还算及时，拍了片子，做了各项检查，初步诊断为脑梗。

挂好了液体，大夫护士们都离开了，病房里静了下来。天慢慢地亮了。

李安华坐着睡着了。哗一下，人声四起。

已经八点半了，秦缦像在熟睡。李安华走出去，在过道里抽了支烟。

有人胳膊上缠了绷带，艳红的血渗了出来。李安华呆呆地望着那人的胳膊。

茉莉至今没有谈过男朋友！李安华猛然被那人的胳膊吓蒙了。

要不是秦缦这会儿躺在医院里，李良廷身上某处，也会那样地渗出血来的。李安华重新点了支烟。盯着来来往往的白衣的女子，李安华很想拦住一个问：一个女孩子，在什么样的情形下，会跟自己不乐意的人假装在恋爱？

天地突然一下变广阔了，李安华从来没有把工作不带在脑子里的体验。心脑间，也从来没有那么软弱无措过。

回到病房，大夫又在做诊断，李安华退出来，要给公安局的同学打电话，想了想，打给了办公室的小钱，让他去查李良廷，他要知道关于这个人的一切情况。

"他欠了我亲戚一笔巨款。"李安华咬牙切齿地跟小钱说。

巨款,巨款!李安华一下怔住了,脑子里猛闪出来一个念头,竟然忘了挂电话,小钱以为他还要指示什么,耐心地喂了很多声。

大面积脑梗。医生把诊断结果指给李安华看。

太阳正照进窗户里来,秦缦的眼睫毛一根根亮亮的金色,她像个孩子般贪睡。她右边的脑子里现在黑乎乎的一大片,这一片黑啥时变白了,她才有可能醒过来。她的身体分成了两半,一半有生命的知觉和反应能力,另一半,没有这些能力,会慢慢地萎缩。

李安华跑了几个地方,见了几个人,中午时分,换了间病房,安静了许多。

第三天,病房里多了两个看护。

李安华向茉莉撒谎,一个又一个。

在过去很遥远的日子里,他们一起谈论书籍和电影。李安华费了些功夫读书,为了诱使茉莉多读,那会儿,千真万确,他是为了秦缦,以及他诡异地感受到的那个从未谋面的男人的目光。

快中午时,李安华买了些吃食去店里,给茉莉说:"你妈感冒严重,怕传染你。"

怎么跟茉莉讲第一句,李安华每天都要决定并试演几遍。他不敢给茉莉讲秦缦在医院里的实情,他无法想象那样的场面。

李安华的同学帮忙,请了一个北京的专家过来。秦缦的病情没有任何变化。他去了一趟店里,茉莉坐在暗影中,李安华拉开窗帘,茉莉站起来,像是把什么忘记了,在店里走来走去。

"茉莉,你坐下来听我说,有件事,我必须得告诉你。"

9

秦缦沉睡着,像是终于得到了想要的,表情安详,像个满足的小姑娘。她会在一天中醒来几次,眨动双眼,目光茫然地落在窗户上,落在每个靠近她的人脸上。如果你逗她,跟她说话,抱怨她,她会像婴儿一样咧嘴一笑,打个呵欠,马上又睡过去。

茉莉的镇定令李安华吃惊,她伏在秦缦怀里说:"要是能跟她交换一下就好了。"

"有件事我想告诉你,你妈这样,大概是因为温丽,她曾打电话给你妈妈,我不知道她究竟说了什么。我跟她有过关系,不过我们早就结束了。"李安华尽量利索地说。他掏出烟盒来,又把它装回去。他等待着茉莉的暴发,完全不晓得自己为什么要对茉莉讲这个。

现在这些说出来很假,他一定要说。他一点都不想让秦缦受到伤害,这点他极为肯定。如果他的生命里一定要分出重要的东西,那只能是跟秦缦曾经相爱这件事,当然,还有成为茉莉的继父。

茉莉擦洗了秦缦的胳膊和脖子,什么也没说。她穿了件淡青色衬衫,甚至化了妆,她的头发清洁整齐,向着一边的脸颊滑下去。李安华期待着她投过来一瞥,那样,他就会知道自己接下来该怎么做。她没有抬头,看上去越来越从容,像早就习惯了服侍病人那件事。护士进来要给秦缦换导尿管,他便出去了。

这是在五楼的单人病房,李安华对着手机大声嚷嚷了几次,病房和楼道里才多了几盆鲜花和绿色植物,清洁工每天来六趟,早上三趟,下午三趟。

楼下是个停车场,茉莉隐身在窗帘后面,面无表情地看着李安华出现在那儿,拉开车门,却往楼上望来,他站在那儿,一只手按在腰间,像那里突然不适一样,茉莉战栗了下,像一枚植物阔大的叶片被风吹动,往帘子后再隐了隐。

对面几间病房里,时而会传出谈笑声,也有熟人不时地进来,站在秦缦床前发一阵悲叹。秦缦是这一层最为不幸的人,那些人都还能谈笑,还能感知到痛苦和那不幸。

暂时还没人晓得,她的病床前立着的清丽可人的茉莉,其实正在承受着更为不幸的事。

这天,茉莉从窗户里看见了李良廷。她努力地呼吸了几次,继续盯着他。

那是她第一次醉酒。昏暗的雨声里,她听清了李良廷呜咽一样重复着:"希望,你就是我的希望,你不能就这样把我推开。"

她的脖子折在窗子和座椅之间,使不出力气来推开他,尖叫、呼救、诅咒、踢打、哀求,都不能阻止他的疯狂。她听见他的声音里透着雨一样的气息。

雨把窗玻璃洗了一遍遍。她看不见天空,雨云一定很厚。猛听到河水声,河水一定涨高了几米,等雨停了,会慢慢地消退下去,露出河堤上的刻画线。茉莉记起那里立着块牌子,告诫人们水深危险。

后来李良廷下了车,茉莉看见他抱着脑袋蹲在那儿。大雨下了十多分钟后,停了。

李良廷站起来,打开车门,发现茉莉不在车上。

他沿着河堤开了一阵,车子转了向,倒车时,撞到一棵大柳树上。

一团灰白的暗影,靠在旁边一棵树上。

"滚。"她说。

李良廷说:"对不起。你原谅我好不好?"

"如果你再不走,我会杀了你。"

后来,他就开车走了。他回去取了几件干净衣服,再回到河边的林子里,却没找见她。她的电话,他也打不通了。

在林子里,他待到天亮,发现跑车右侧撞掉了一块漆。修车花了一整天。

晚上,他去店里,店门关着,里面黑着。那些名人的相框,堆在碎玻璃渣里。他曾经满怀激情创造的艺术,皆碎裂变形。他拿几块木板将工作室的门围起来,挂上一个牌子:

有事外出,敬请谅解。

第三天,听说茉莉的母亲突然昏迷不醒,李良廷方感到大祸临头。不知是负罪感的压迫,还是要寻隐约的一丝希望,李良廷跑到医院去。

那个雨夜里的记忆,似乎可以因为这样病态的环境而变得淡化。仿佛,接受治疗的是茉莉。对李良廷,茉莉起初没有太反感,但也没多少好感。也许,她确实是给了李良廷某些她不自知而李良廷非常肯定的暗示与希望。她尽量让他站在阳光下。

那真是李良廷,又高又瘦,一头蓬勃的黑发,走路两脚分得很开,略佝偻着背,他的眼神是飘忽不定的,后来是真诚的,他的嗓音是深情的,茉莉强迫自己看到一个朋友的身影,她必须这样,强迫自己对李良廷好感多于仇恨,她和秦缪的人生,才有希望。她必须容许李良廷再来接近,同时也让他看到希望。

可惜，李良廷再也找不到通往茉莉的路径。

李良廷边走边冲人询问着，笨拙地往四处探寻着，蓦然，他立住了，往一辆车子胆怯地望着。那是李安华的车，李安华靠在车门上，等着李良廷走过来。

茉莉不知道他们说了什么，李良廷耸肩膀，摇头，转身要走开，又走到李安华面前去，李安华拉开车门，伸着一根指头指了下李良廷，又坚决地点了两下地面。

李良廷两只手插在裤兜里，歪着脖子看着李安华把车开走了。

茉莉努力地平复自己，期待李良廷上楼来。可是，她看见李良廷转身离开了。

五点四十，天就亮了，太阳光一缕缕打在窗玻璃上，天非常地蓝。

茉莉辞退了一名护工，留下一位跟秦缦差不多年纪的，这位阿姨不爱说话，总是受惊似的看一眼茉莉马上又转开目光。这天，茉莉给她放了半天假，让她早点回家。

临走，阿姨看着茉莉说：

"你妈妈其实啥都知道呢，你要多笑给她才是。"

茉莉盯着阿姨看了几秒钟。"谢谢你。"茉莉扭头，对着窗子说。

阿姨离开后，茉莉趴在秦缦耳边，告诉她，自己打算结婚了，再也不会离开她了，就在这里，在她们的故乡生活，会一直陪着她。

茉莉努力了几次，终没能把那个名字，在秦缦的耳边说出来。

10

　　李安华一边做早饭，一边拖地浇花。他把工作完全抛开了，一些乱纷纷的思绪让他抓狂，眼前黑一阵亮一阵。地板上到处是水，他扔了拖把，靠着沙发蹲下去，双手抱住脑袋，他感觉到自己的头发绵软顺滑，像要把他包裹起来。

　　手机响。一个陌生号码，李安华不敢确定那是不是李良廷，呼吸变粗，希望他不会真打来。

　　却真是李良廷。他无比坚定地告诉李安华："你说的事，门都没有。"

　　那个事实，是李安华确切地告知他的："李良廷，你侵犯了茉莉。"

　　李安华让已经发生的事，又以另一种极其恶劣的方式再发生了一遍。

　　李安华还高声地问他："你不会天真地以为，茉莉真会喜欢你这号人吧。"

　　李良廷没有反驳，像在一个沼泽里沉陷。关你什么事儿呢，他想把这个说出来，可他气若游丝，从没这么虚败过。

　　他爱茉莉，那的确是真的。如果他把这个说给李安华，一定会让李安华大笑不止的。茉莉，与他猜测和期许的完全不同，现在，他晓得了，她其实像一泓清泉那般纯净甜美。虽然李良廷知道那根本不可能，但想给茉莉一个家的渴望却越来越强烈。

　　"就按上次在医院里我说的办，给茉莉七十万，这事就算过去了，否则，"李安华想说的是，我本来希望你会消失，可你这家伙蠢得要死。是你自己找上门来的。

"否则,你将没有下半生。"

"你可真会开玩笑。对我来说,这并不怎么好笑。"

"我没工夫跟你这号人开玩笑。你那辆车可要比这个数多几倍吧。"

"那不是我的车。不骗你,要我拿出几万块都很困难。"

"哟,那就是说,你倒是很乐意拿出这笔钱的喽。"李安华有些恼怒。

"我想,我乐意,如果我真有的话。"

"你有没有钱,那可不关我的事。"越来越超出李安华的意料,他都不知道要说什么了。

"哦,这一定不会是茉莉自己的主意。再说了,你凭什么?"李良廷顿了下,他能感觉到电话那头李安华呼吸的变化。他吹了声口哨,说出了后面这句话,"你不过是个不称职的继父,据我所知,茉莉可从来都没有提起过你,我想她从来就没承认你是她继父吧。"

"闭嘴,你不过是一个毒贩子。我看你一定是想念牢里的滋味了吧,混蛋。"李安华听出自己嗓音里的破裂声。

李良廷没料到,李安华竟然真的把他告上了法庭。

李良廷压根就没想着要凑钱。他去了医院三次,都碰上了李安华。李安华指着李良廷,警告那些护士:"别让那个家伙进秦缦病房的门。你们谁敢让进了,我会让你们连站在这儿的资格都不会有了。"

李安华看见人们指指点点,忽然有些泄气,有种用力不当的讽刺感。

李良廷再也没有看见过茉莉。

李良廷再也不会有机会晓得,如果他稍稍仰下头,就会遇到茉莉隐在窗帘后望向他的目光。

直到法院传唤，李良廷才知道，李安华确实没跟他开玩笑，并且，李良廷也是在那段时间晓得，李安华的办法，可比他能想象出来的多得多。

"为什么，你究竟是什么意思！你非得这样做不可吗？"李良廷在电话里问李安华。

李安华便也有些糊涂。为什么，我一定得那样做吗？！

唔，茉莉呵。李安华蓦然转头，往身后看去。

多年来，从未谋面的茉莉的父亲，一直用一双让李安华惊悚的眼睛望他、敦促和哀求他。那目光，无形又有力，李安华至今都不晓得，茉莉那位父亲，究竟是死了还是活着。秦缦坚定地告诉茉莉，那个男人早就死了。而传言说，他在某个遥远的地方跟另一个女人还活得好好的。

是什么让完满瓦解，令完整离散？

我从不指望陌生人的慈悲。

11

又一个黄昏降临，李安华给茉莉发微信，他要去上海培训，时间太紧，来不及当面细说。

"茉莉，抱歉。"

茉莉一个字一个字地看了好多遍，可她不明白那究竟是什么意思。她没有打电话过去细问，也没有回复他一个字。

黑夜像是个不祥之物，以不可抗拒之力，缓慢地降落下来，覆盖住这世上所能覆盖的。

黑夜也入侵到病房里来，茉莉没有开灯。慢慢，就适应了那黑，茉莉甚至能在黑暗中看清房子里有什么。

脑子里有只猴子在跳，时而抽咽，时而大笑。她没有力气制止，任其胡作非为。

他习惯一只手按在细腰上，他的腰带总是系得过紧，往秦缦在医院宿舍的沙发上坐时总是很吃力。

"老大，你要把自己勒死吗？"茉莉没少嘲笑过他，但有一次，茉莉认真地看着他的眼睛说，"你像六朝细腰的佛像。"

她记得他一时像没有力气眨动眼睛。"哟，听着像是张奶奶说过的哦。"

茉莉说："不是，此刻是我说的。"她从没喊过李安华一声爸或叔。她叫他"老大"，后来称作"那个陌生人"。

陌生人。

忽然有个声音尖锐地划过脑际，随后，她的大脑彻底变得空洞。现在，她终于明白那条信息的含义了：她的继父，要在这种时候去外地培训。

天气暴烈地热了几天，忽一下降了温。在房里能听得见冷风在窗外打着旋儿。文化街上的梧桐树开始慢慢地掉叶子，一片，一片，飞旋而落，簌簌有声。

开始的那段日子，每天都有一帮大夫护士到秦缦的病房里来。他们跟病人家属一起站在过道里，或尖酸刻薄或慈悲忧虑地小声交谈，发生在茉莉身上的那件事，一下让这些平日里刻板冷漠的人变得格外友好亲密。差不多整栋医办大楼里的人都满足了好奇心，病房里每天出现的，就又成了固定的那几个。

有天清早，天阴着，病房里很闷。茉莉不晓得自己的妈妈在这六年中，除了生病和思念她这个古怪的女儿，究竟过着怎样的生活。茉莉每天帮她洗脸，跟护士一起换她喜欢穿的衣服，秦缦从来不允许自己邋遢。茉莉看着贴在吊瓶上的纸片上写着秦缦的年龄，45 岁，而李安华还不到 37 岁。

茉莉的爸爸，消失在一个茉莉还不记事的清晨，他下楼去抽烟，两个小时后，秦缦打他的电话，他说，出远门了，一时决定的。此后，秦缦就再没能打通过他的电话。

几个月后，秦缦带着茉莉来到双子镇，茉莉记忆中的秦缦，优雅得体，不惊不乱。直到李安华出现，那时，秦缦和茉莉已在双子镇上生活了十年了。是李安华让茉莉意识到，秦缦本来是个女人，本来需要把端着的优雅松懈一下，她一天天变化，像一枝柳儿一样慢慢地活过来，柳枝儿一样的眉眼。隐形的那个女人从一摊苦水中站了起来。她是个与众不同的女人，不是因为她被男人抛弃了，而是以她那天生的慈悲和充满柔情的处世方式给茉莉非凡的影响。她独特的魅力曾经吸引着李安华。

那些小镇上的人，给一个孩子潜意识里的教育是：无论在怎样的年纪里，爱和被爱，都是一件令人羞耻的事。人们不齿于言爱。秦缦跟李安华的恋爱是令人羞耻的，见不得人的，那些人当着一个孩子的面说。那却是母女两人生命里最愉快的时光。

为了躲避强烈的恐惧，躲避羞耻心，她想方设法干一些叫人不解的事。

高考落榜后，茉莉去求水家庄卫生院的宋院长：看大门打扫卫生都可以，让她留在那里。常听秦缦说，同学宋院长工作的那地方，是世上最艰苦的地方。

宋院长让茉莉跟几个护士学习。那是秦缦跟茉莉无声的妥协。

高考最后一场考试，秦缦接到茉莉同学的电话，方晓得茉莉已然放弃了高考。

那个小镇卫生院的前方有个矩形的花园。茉莉记起,在那个三月飘雪的天气里,她盘腿坐在二楼宿舍的一张桌子上抽烟,能望得见卫生院的那个园子。

"小东西,你不知道,老抽那玩意儿皮肤会变黑,人会变丑。连鸟都知道爱护自己的羽毛。你妈还在生你罢考的气,你多少替她想一下,她一个人养大你不容易,你都告诉过我了,最厌恶的事就是当护士,这不是跑来找难受吗,你要是学习不好倒也罢了。"

他在设法当好一个没有经验的好爸爸。茉莉把烟灰兜在一张报纸上,面前摆了三根烟蒂,李安华一边不能停止地说着,一边擦拭了床铺上的灰尘,再把带过来的被褥一层层笨拙地铺展开来。

茉莉说:"屁。"

茉莉仰头对着天花板说。茉莉能听见楼下几个女人在大声地说笑,开着粗俗的玩笑。

"既然来了,就好好学点东西。说不定,你会成为一个好大夫,不久,我跟你妈妈都来你这儿看病哦。我要走了。"李安华拉开门,茉莉坐在桌子上没动,也没有看他,"记得给我和你妈打电话,我们有空会来看你。"

茉莉听见李安华的车子开到了那个铁门边上。

茉莉从桌子上跳下来,全身扑贴到门上去。

李安华摁了几下喇叭,茉莉没有打开门,没有走出来跟他道别。

茉莉听见他走了,走出了那个世上最小的卫生院的那个铁门。

他走出了她的季节、她的时空,留下她自己了断。那个地方,叫水家庄。

茉莉狠咬着拳头,她的双腿想要奔出门,从楼上跳下去,那些声音这么鼓动她。

卫生院的宋院长和苔蓝高校的高老师,都是秦缦的大学同学。茉莉似乎能听到,茫然无措中,秦缦哀求同学的声音:请帮帮她。

茉莉看了眼病床上的女人。

那是一张阔大的网,一个小镇姑娘仅靠着独个儿挣扎而出,网,重新繁密阔大地罩在四方。

如今,他有着一张中年人更加善于隐藏的模糊面容。她无从辨识自己的回忆,像一场大风,将她所固持的东西吹卷而去,一切从来没有像如今这样忽然变得不可靠。

如果她有个女儿,她也会像秦缦一样,对这个女儿表现得那么愚昧无知且任由一条小街上的愚昧无知将她熏陶个够吧。要是有人早点对她说,这没什么大不了的,她也不会以为自己是个笑话、是个病毒,而将整个儿的青春期用来逃离和疗愈。

从最知心的朋友,到不再敬重他,没人知道这中间发生了什么,也许,连李安华本人其实也并不知晓吧。

他的确也令茉莉年轻的生命闪烁过五彩的光芒。他慈爱的眼神像一片羽毛飘过来时,她感知到自己的生命真实的存在,重点是,在那些孩子中间,她不再是个异类,不再会感觉到被孤立。又不止这些,他在工作中,而她在教室、在操场,他无形的存在给她施以屏障,她的呼吸,她的一举一动,皆与他息息相关。他们相知的自我彼此懂得,彼此远观。那是她年轻的生命唯一有过的爱情,树一样孤独地生发,花一样孤独地败落。

这天午后,看护来替换,让茉莉第二天来换她就成。

"去吧,姑娘,好好放松下,换一件喜欢的衣裳,好好去看看外边。"

茉莉坐上一辆出租车,去找那个世上最小的卫生院。司机说,它已经不存在了。那块地方被一个房地产商承包了兴建商品房。右边不远处,正在建一个水上公园,引来的清流,假的山石,唯有两岸的植物是真的,春天很快就会到来,会赐给那些植物盛开的欲望和希望。她还记得这里曾经盛开一种淡蓝色的雏菊,一片一片,梦幻一般。

我要离开,我必须要离开这里,到别的地方去。

茉莉记起当年那个孤独无助的声音。在卫生院待了不到两个月,茉莉没有以任何方式告别,一天清早,坐上一列火车不知去向。那时候,夏天快要来了。

只不过是,长久以来,她为自己的生命扣了一只外人看不见的钟形罩。现在,她总算是摸清了它的形状、质地,看清了它开口的位置。

司机叔叔载着她在那周围绕了一圈,司机问她在找什么。

"我想看套房子。"

"你是一个人住吗?"

"不,跟我妈妈,她喜欢住在水边。"

说来说去,他原来认识秦大夫。"买房子呀,包在我身上,这点事,我老婆最精通。就看你面熟呢,你跟你妈长得很像。你妈看好了我老婆的病,我老婆常念叨呢。"

茉莉忽然就说了很多话。

"要说起来,我非常庆幸有这些年出门在外的经历,如果没有逼迫,一个人可能会囿于顺其自然的环境吧。"

"有真才实学好啊,要是咱们这地方的学校能吸引到你这样的人来就好了。环境、气候不好,没人愿意来的。"

茉莉大声说:"您送我去一趟秀山新城吧。"司机看茉莉突然变得欢快起来了,自得总是会安慰人。

"我一个亲戚去年就得的那病,现在完全好了。你妈属于轻度,相信我,会没事的,哪天你还想出来了,打我电话就成,我免费拉你看金牛。"

思帝乡

双子镇上，有一所白房子，夹在邮电所和百货公司中间，很像是邮电所或百货公司的一部分，但它看上去要气派得多。房主人姓霍，在一个叫苕蓝的城市工作。有一年夏天，这所房子里突然热闹非凡，霍家的大儿子娶亲了，娶的是玄麻村黄半仙只有十六岁的女儿。婚礼在白房子里举行，镇上人都被邀请了，很多人第一次见到霍华，他看上去有点苍白。热闹过那么几天之后，霍家人又都离开了，那房子里就又安静下来了。不久之后，人们发现新娘和新郎的弟弟还在那所房子里。

1

这时刻，朝阳照亮了窗玻璃。俊煜一个人在里面走动。院子一直朝着后街延伸，迎门一个花园，右手是个玻璃门。后院又是一排房子。俊煜给廊下几盆夹竹桃和幸福树浇过了水，用抹布抹干净花盆上的灰尘。从门外瞅见俊来的房间乱糟糟的，便跳上台阶，进到房间，啧啧，像经了战乱，衣服袜子床单缠结在一起，被子的一角垂下来，掉在地上，墙上贴满了纸，都皱巴巴倾斜着，贴近了看，都是算式，俊煜看得头晕。地板上掉落几册书，拿起来随手翻了翻。也不整理，掏出手机拍了张照片，她坏笑着想，威胁你狗东西时用得着。又进到隔壁房里，这是霍凡的房间，几乎用不着打扫，桌子上一尘不染，也无杂物，床是平整的，都不像睡过人。望了眼墙上的照片，俊煜就立住了。少年时的霍华微低着头，俊煜感觉他马上要逃跑，或是要道出一声抱歉来。霍凡则把头高高地仰起。后面站着公公婆婆，婆婆那时候脸颊没有浮肿，也许是相片特有的效果，是罕见的美人，眼睛鼻子嘴单拎一样出来，也是要逼人怨怒的完美，这样的美单单挤在一张脸上，凭什么？只能说，造物者大概是一时犯了糊涂，就像他在别处常犯糊涂一个道理。美人那会儿一定不会晓得，将来的儿媳此刻会站在这里，眼神这么复杂地盯着她看。俊煜嘲笑地又去看照片里的公公，对着他说：

"嗨，老头儿，摸摸你腔子里，它还安稳吗？"

那是个英姿飒爽的中年人，头发却过早地染上铁一般的灰，倒令他显得更有气度。相片上人的神情令俊煜觉得，他还在顽强地抑制着、抵抗着那灰瞬间转为彻底的白。俊煜心里酸了酸，也就软弱了。霍华像他母亲，五官精致。与霍华关联的，都很精致，他买给俊煜的那些小玩意儿，女人都想不到那般细致。他那个人什么都好，哎呀，真是好看、温柔极了。刚才掠过一眼的书页上的句子，清晰地从脑海里浮上来。诧异念书时记性太坏，这会偏一眼就记住了。

新睡觉来无力，不忍把伊书迹。满院落花春寂寂，断肠芳草碧。

阔大的院落，俊煜感觉自己是树的影子，或许那房子便是影子，是梦。走在一个园子里，只是缺了一池湖水，幻想的湖面上也缺了另一人的倒影。这另一人，面容模糊，并不是她的丈夫。俊煜呆住了，从小到大，她受的教育，是要成为一个思想纯洁的人。喔哈哈，至今她的思想都很纯洁。

街市声，从墙外奔奔跳跳进来，意念，却远在另一个世界。来到前院，廊下一张躺椅，她捉起毛线来织。一阵《慢诉柔情》的曲子响起，俊煜看了眼手机，没管它，却慢慢红了脸。太阳晒到手上，想起霍华皮肤的细白。霍华的嗓门很细，幸好，骨架大，方正的脸型，高高的个头，门面撑得很好。俊煜的心上，跳着手机上的那行字，跳着细密顽强的亲吻，纯洁的友谊般的奉献和热爱，像勺子一样亲密相嵌着，像兄妹一样地拥抱着。躺椅伸出一双手臂拥抱着她，令她一阵阵悸栗，来自某个虚幻的身体，来自太阳的抚摸，她涂了红唇，眼皮上蛋壳色的一抹亮色微微地发颤。阳光温柔的手指在她的肌肤上移动，一朵人形的花儿，她无法接近，那个人待她怜悯又柔情，她就是不知道怎样呼唤，才能让那人出现。院子里，重又寂静，拖拽着那花丛间的艳丽，要一同溢出墙去。最初什么都好，却没有激情。

俊煜也不是一下就懂了这个。

在抹布涂抹的这一天一天当中，俊煜听到身体里一只野兽渐渐长大的声息，撑得胸前峡谷里那颗单纯无知的心，也渐渐肿大。野兽无法安置，也还没教会她别的。而十八岁的俊煜，在渐渐灼热起来的日光下，感觉自己已然变老了。

2

这两年，黄俊煜一直在林大夫那儿看不孕症。第一次去，惹得林大夫把她往出赶。

"那你自己说，这病要我给你怎么看？"

俊煜说："你开点药就行。"

林大夫说："那就不开了。"

俊煜说："还是要开一点。"

就开了两瓶葡萄糖酸钙。

过一阵还去。林大夫说:"你说吧,这次开点什么?"

起初,林大夫跟小街上的人一样,对这个俊煜是鄙薄的。农村的女孩子,十几岁辍学嫁人,很普遍了。俊煜有点不一样呢,俊煜嫁给了霍华。

过些日子,林大夫隐约感觉黄俊煜又要来了,果真,她就来了。一阵高跟鞋的敲击声,一股香气先进来了,朴素的小街瞬间五颜六色。意念里的一个小媳妇,渐走近渐又成了一个少女,始终披着婚纱的少女,比她的实际年龄还要小。一般人,婚纱自披上身那一刻起,就已经暗了暗的,可俊煜身上那层婚纱至今未变颜色。

午后的天光很长,闷闷的,林大夫不知怎么的不想回宿舍休息,而俊煜也不想马上离开林大夫,两人就坐在诊室里,一道白色的帘子从天花板上垂下来,风从开着的后窗吹进来,吹起那道帘子,俊煜不敢朝那后面望,她躺在那张检查床上,林大夫戴着橡胶手套的手还未触碰到她,她就跳下来了。俊煜坐在门口的一把椅子上低头织毛线,林大夫坐在另一把椅子上看她织。其实两人也没说什么,就安静地坐着。后窗有一棵酸果子树,一棵白杨树,只看见两棵树上,风吹着树叶子呼应着摆动一阵,又静止了。这间诊室在拐角处,少有人来打扰,只有逢集天热闹。也不知她来过多少回之后,有一天,林大夫终于问道:

"你跟霍华是怎么认识的?"

俊煜看着窗外说:"现在想想,心里是喜欢的。"顿一顿,补上一句,"就算不上是欺骗吧。"

"哦。你成天织这个,干点别的吧。"

俊煜直起身,看了眼林大夫,大声说:"都是我婆婆揽下的活儿。对呀,你说我,怎么就不干点别的呢?"

就是这般的对话。

俊煜琢磨着,林大夫大致是去打听过了,也不用打听的啊,她本来就了解这条小街上的每一个人,毕竟,林大夫比俊煜在这条街上生活的时间长。林大夫想到的可能是"利用"吧。俊煜想到这个词,脸暗暗地红了。

林大夫忽然伸手过来,摸了下俊煜的头发:"你这头发很漂亮呀,发质真好。"然后,拿过处方,开了两瓶葡萄糖酸钙。

桌上搁着一台电脑,电脑上平放着一排书。俊煜说:"你怎么不用电脑,给你推荐一部剧,我看了三遍了。"

"呐,我一直怂恿所长把家里那台电视机给卖了。"林大夫指着电脑,"这是医院统一安装的,我还没学会使用。"

又有一次,是在一个冬日的午后,俊煜拿了开有葡萄糖酸钙的处方,跟林大夫道别,冬阳透过窗玻璃照进来,后窗的树像是死掉了,光秃秃的。俊煜脸上总是闪着那种昏昧无知的傻气和羞涩,令林大夫忍不住说:

"傻女子,你让霍华去趟大医院吧,真不晓得霍家究竟……我有个同学在北京一家医院。"

"你不要再说了!"俊煜厉声叫起来,脸一红,一下又变得惨白。

也不知是什么在心里堆得太满了,要爆破,继而,是愤怒,那是一种自己怀揣很久的秘密被人不含恶意地戳破时的那愤怒,这愤怒,始终是踉踉跄跄地端着。猛一下,又成空洞,她整个人都变得空空洞洞,这冬日的苍白虚空,被林大夫震惊又慈怜的眼神拖拽着,俊煜要哭起来了,但那实在是太可笑了,哭什么呢!给人晓得了为什么而哭,真是羞耻死了,简直是下流。

俊煜的脸又转红了。

林大夫愣了半天，为难地站起来，看着愤怒的俊煜转身离去，心想这下俊煜不会再来了。

却是在这一天里，俊煜稀里糊涂地意识到，作为一个人活着，有些事，也是大事。俊煜还想到了人们常说起的命运这件事。慢慢地，俊煜已然像一只已经习惯了某种黑暗的动物，假装人都是跟她一样，在那无从言说的黑暗里躲藏着。

俊煜去找林大夫的时候却越多了。总是在某个不逢集的清寡的午后，俊煜低着头，在小街两旁建筑的阴影里，像一只躲避人类的动物似的往医院那间小小的诊室里逃奔。那个时辰，小街上没一个人走动，店铺老板都敞着门躲在后面的小屋里午睡。挨近学校，俊煜会放慢脚步，她感觉自己的心猛一下跃起，猛一下跌落，校园里那会儿也很安静，像俊煜这么大的人，多数还在学校里读书，而她早早嫁人了，并且，她嫁给了霍华啊。她的同学，一定通过大人的嘴，都晓得霍华的吧。小街可真小啊，一家挨着一家的店铺都是一模一样的，云朵低垂在那些新建起来的楼顶上。

俊煜停下来，朝门里望着，看到另一个自己，无知蒙昧，明知上学是没有希望的，倒是一副怀揣幸福的样子。时光慢慢流淌，这镇子上，是死寂的味道，独这学校里，似乎有生机，有希望的影子。俊煜最怕人问起，她怎么就嫁给了霍华或是跟霍华结婚几年了之类的问题。每当这种时候，她就记起那个冬天的早晨，就像命定似的，她不由自主地走进了霍家。这一切，是从她给俊来送毛衣的那一天开始的。

3

黄俊来那时候上初三,住学校宿舍。俊煜每个礼拜三都往学校跑一趟,给黄俊来专门送一些换洗的衣裳和干粮过去。俊煜只读了初中。她也是想用功的,也有可能是确实用了功的,可是,学习成绩老是在最后十名上下浮动,俊煜拿自己没办法,尤其是数学,没考过三十分以上。

沈老师把她叫到办公室去,贴着她的脸问:"怎么回事?"

俊煜躲远一点说:"听不懂么。"

沈老师说:"我给你补补。"

俊煜对这个刚从大学毕业的年轻人只有怯,他的眼神跟别的老师不一样,他身上有种特别的东西,是镇上人都没有的。她想要说什么,沈老师已把她揽入怀里,使劲地抱她,俊煜感觉他要把她给挤碎了。俊煜的下巴被迫搭在沈老师的肩膀上。俊煜使劲推他。沈老师把俊煜挤了一会儿,把她推开一点距离盯着她的脸,嘴里说着:"好可惜呀,这么美。"俊煜也不知他说什么可惜,两只手还是猛推,沈老师就放开她了,又拉住她。

"俊煜呀,我真的可以帮你的哦。"

俊煜就跑了,之后一次也没去过。那是个单人宿舍,一床,一桌,床上有蚊帐,墙上有画报,是些外国作家的头像,下面写着:

> 我们只是一再地回到原点,不断挣扎但没有结果。
> 我一整天都在浪费时间,却被说成很活跃。今天,是该歇一下,我的心就要去找到它自己。

俊煜感觉沈老师不是很快乐，但与她的不快乐肯定是不一样的。房间里有一股好闻的气味，勾人向往的气息。那时候，俊煜还没有到过城里。俊煜幻想自己能有这样一间单人宿舍，做什么工作倒不那么重要。

在玄麻村，黄家住在一面山坡上，房子一眼可见才修补过，刷了围墙，外观整齐，里面也还整齐，因为没什么家具。一进院门，有一间新建的小房子，外观建好了，黄爸爸没钱收拾里面了，黄爸爸本来没什么钱。墙还是土坯墙，俊煜勉强住在这个小房子里，之前，她跟爸爸妈妈住一个屋。她只是暂住的房客，窗帘都是随手扯了一块布挂上去。俊煜的爸爸说，等将来俊来毕业了，要好好装修下。要不就是，等俊煜出嫁了，这个房间就装什么的话。村里人喜事丧事都来找黄爸爸，多是外乡人，黄半仙是有些名气的。因为这个，黄家没能入到贫困户的名单里。俊煜的妈妈不识字，每顿吃什么都听丈夫的安排。半仙最喜欢在人多处发感慨，闺女，就是个旁人，给别人家养的，要给闺女投资，那准是脑子让驴踢过了。连俊煜这个名字，都是为一个男孩准备的，生俊煜时，黄半仙专门去镇医院把林大夫接了来，折腾来去，还是生了个丫头。半仙非常生气，都不打算把林大夫送回镇上去，却不提自己没掐算准的事。

柳所长只好骑了自行车赶到玄麻村来接夫人，顺便说了不少生丫头的好话。柳所长这个人，一直把维持这个叫双子的小镇的秩序、让一个小地方维持它该有的品位和教养这样的事当成自己的职责，甚至包括安慰因为生了丫头片子而半死不活的黄半仙这种事。

黄半仙担心后面出生的小孩还会是女孩，简直担心死了，不敢再亲自测算了，去同行那儿求神问卦，又求到个好名字：

俊来。再生，果然就是个男孩，半仙喜得很久没出门走艺。如果家中来人，或是在说起俊来的场合，这个识字不多的男人会大声地说，俊来就是他的一切，别的，都是闲的。

听到这个，俊煜仰起尖尖的下巴，专注而热烈地笑着。黄半仙连名字都懒得为她改，但话还要说：白哈（糟蹋）了一个好名字。不过，俊煜自己出落得完全对得起这名字。如果看到她，你就会想到，她真是个令人心中一愣的美人。

上学后，爸爸那种观念没在俊煜脑袋里改变多少，俊来是家中宝，俊煜始终没觉得那有什么可在意的。镇子叫双子，俊煜后来啧啧叹道：先民们在这里扎下根时，就只渴望满地爬的都是男婴哦。

谁要说生儿子的话，俊煜会说，她将来一定要生八个丫头。黄半仙瞪着眼睛想，那是别人家的事啦，爱生不生。

玄麻村里的人，都狂热地热爱着生儿子。有些人家，一口气真就生了八个丫头。那是俊煜的奶奶辈，你爱生几十个也没人来管你，只要你养活得起。后来，到处逃着生，倾家荡产不怕犯罪地生。突然地，又允许放开生了，却没人那么急煎煎且血本全亏地去生了，真是生不起啊。

俊煜说，哎呀，人，真是既有意思，也没意思哦。

黄土高原上，也没什么可看的，山也不俊秀巍峨，只是黄的土，红的土，上面几棵几十年中一直在努力生长却怎么也长不大的树。沟里，连条像样点的河都看不到。俊煜就只爱夏天，爱那庄稼草木，爱夏天时的校园，她感觉自己也是那植物的一种，随着季节的更迭交替，她也死去活来般地更新往复。就连沈老师那样的人，在夏天时也仿佛变轻许多，他跟男生在操场上打篮球，站在外边观看的俊煜，时不时就接收到沈老师猛变得黏稠的目光,仿佛是为了这个,她才站在边上观看的。在电视上看到报道说,这地方最不适宜人类居住,俊煜才原谅了自己爱不起故土的心理。然而也还是活着,不逃走,一辈一辈顽强地活在这里。实在没几个能彻底离开的,倒不是因为热恋着这样的土地,打工去了的,大多仍还回来了。唯有考上大学的,才终于在外面艰难也稳固地扎下根去。每年高考,也就考出去那么三五个。在玄麻村里多或少一个人,会被时常地谈论的。

初二那年,刚考完期中试,俊煜考了倒数第二名。沈老师又把黄俊煜请去,让俊煜站在他面前,先用钻子似的目光钻她,俊煜不敢看他,垂着脑袋,脖子酸痛。沈老师抓起她的一只胆小的鸟似的手,紧攥在十根细长的手指间,俊煜看见红彤彤的鲜血马上要从手指的尖端冒出来了。俊煜后来才懂了自己,她并不反感沈老师,只是,骨子里有个教训的声音逼着她躲避和逃跑。

这次,半仙的妻子来替丈夫发话了:"念书太辛苦,不想费那脑子了,就趁早丢开了吧。"

俊煜想了想,真是怕进学校,怕伸手要钱时爸爸拖长调子说"先欠着,我慢慢给你借去么",怕坐在教室里听天书,怕年轻的沈老师那深情又满是痛苦的目光老往她身上钻,她觉得自己对不起他,辜负了他。沈老师越来越频繁地站在她的课桌旁边,期待地站着,讲课时,手指在她的课桌上弹跳,另一只手举着课本,身体是靠向她的。而那些男生,一部分千方百计地接近她,另一部分加入女生的团伙,他们联合起来想方设法让她出丑。这种种,压迫着她的神经,好折磨人啊。

于是她就辍学了。

俊煜打算进城去打工。半仙这时候底气十足:咱们不缺那几个钱。连妈妈都不同意。一个周末,俊煜在厨房里听见俊来大吵大闹。

后来妈妈告诉俊煜,黄半仙想与外乡一周姓家换亲,用俊煜给俊来换周家的闺女将来做媳妇,周家的儿子有三十岁了,也不知是不是听错了,那个女儿却只有十四岁。

吁,俊煜想,我不如个物件呀,都没来问我什么意见,自己的命运原来全在于俊来想不想要个媳妇。她还弄明白了,半仙之所以不让她去城里,是怕她心野了。还是为了儿子啊。

"你就感激我吧。"俊来说。

"那我给你织件毛衣吧。"俊煜说。

俊煜去田里帮着干活儿,妈妈就打发她回去了。庄户人屋里,也有干不完的活儿的,喂牲口、喂猪和鸡、准备晚饭、把所有该扫的地方扫一遍,俊煜就干这些。黄半仙从不说俊煜什么,只当她是个免费的房客,只等着一个合适的男人上门来发现这个少女。当然,他最好的愿望,还是能用她给儿子换一门妥当的亲事。

就算明白了半仙的心思,俊煜依然往墙壁上贴上一层新报纸,再贴上一层墙纸,用她节省下来的钱买了几块花布装饰中间低凹下去的破沙发,把破破烂烂的屋子收拾一新,这是她的家呀。

每天都有提亲的来。不过,没人再提换亲的事。俊煜看见那些人就烦躁。之前她都没有跟男生说过话,穿紧得让她呼吸困难的胸衣,走路将屁股紧紧地收起。她甚至都还没有学会欣赏异性。

黄半仙不直接说俊煜,对着老婆瞪眼:"就没一个她看上眼的,你也劝劝她啊,要嫁啥人,也不看看自己啥模样。"

有一天，柳所长和林大夫突然上门来说亲。邻村刘家，说是两家娃娃早就情投意合，只差把事挑明。刘家百般请求柳所长，又去求林大头。事实是，小伙子看上了俊煜，心想搬出所长事情会成。

"还是按娃娃们自己的意思好。"柳所长晓得是中计后说。

反倒是半仙相当满意这刘家，逼得俊煜发了通脾气。也没人当回事，不过半仙此后不再跟俊煜在同一张桌子上吃饭。

倒是林大夫感觉俊煜很不开心，邀请她礼拜天去医院的宿舍找小麦玩。俊煜想着还在上学的柳小麦，她们再也不可能友好了。

冬天到了，俊煜日日夜夜地织毛衣，仿佛那是一件需要舍命的大事。她花了七天工夫给俊来织好了毛衣。织这个时，俊煜可以整天安心坐在堂屋的沙发里。黄半仙投过来的目光，这时候是温和的——凡是为俊来干的事，黄半仙的态度总是半尊敬半巴结的。俊煜在家里越来越感觉到客气，令她不好意思再住下去。

俊煜将毛衣送去学校。双子镇不大，就一条正街，学校在中街，一对铁门平时关着，只留一个小门。从小门进去，三排放大了很多倍的火柴盒似的平房四四方方地围在一起，围出一个正方形的院子，中间有个大花园，边上植着松树和向日葵，月季、八瓣梅一行行开出层次。秋天时，高而直的木槿的瘦枝上，开满了大朵大朵艳丽的花。低处是大丽花，这种花，看着高雅又绚烂，可不知怎么的，俊煜却不喜欢，那种花，像某类人，冷冰冰的，不带着花该有的温度，让人心里莫名就阴嗖嗖的。很久以后，俊煜才明白了，是因为这种花秋深了才会开，一直开到天冷了，蓦然，你猛见那豪爽的艳丽，像是在夜里烧过火，那么猛烈地变了颜色，原来是冬天已经到了。俊煜生活着的那地方的冬天，是让人特别不好过的。自有这片地方以来，老天总是忘了要给这里下几场雨，一到冬天，又是死寂一片，人都变得木呆呆了，连那树，看着像已经死了。而只有在春天和夏天，才是有生机和活力的，人心里，也像是萌动着什么。退学后，俊煜越发靠着这些看不见摸不到的而活，暗自欣悦着。

　　门卫早已识得了俊煜，从学校门旁那个小小的房子里走出来，招下手，眼睛一直追着俊煜拐过园子，朝着右边向里去了。一排平房两头是老师的宿舍，中间是高年级的教室，俊煜从外面走过，教室里总会有几分钟的骚动，讲课的老师从黑板前转过身，绷紧了脸喊："干什么？"教室后面的声音压过了老师的呵斥声："哎呀呀，又见俊煜呀。"一阵哄堂大笑声，老师便也笑起来了。那是最难管理的一个班。而俊煜，已经转到正中那排宿舍后头，开始爬那七十七级台阶了。七十七级台阶爬完，就到了一个开阔之地，这里才是真正的校区，俊煜左拐了下，拐过一排排教室，再拐过一排教师宿舍，一排白杨树，在冬季里只是作为树的形体僵立着。

　　俊煜回忆起那些喊叫声，甚至回忆起那个门卫时，似乎都还粘带着一缕至今都还没有消逝的希望。随手抓住一个声音，或是，沿着那一级级台阶上去，上面站着沈老师，她果断又大方地走向沈老师。包围着沈老师的，是虽然微弱却在发光的事物的背景。甚或，随便抓住一个她曾经蔑视又愤怒过的来相亲的，嗐，人是看不到将来事的呀。

4

那个诊室的门关着,俊煜从侧面的小径往里走,小镇医院像个迷宫,正前方是一座二层楼,中间两排平房,一楼和这两排平房,是门诊和住院部,再往里走,又是两排平房,林大夫住在后排最边上。俊煜勾着脑袋一直朝里走,她穿的衣裙一看就不是在小镇上买的,霍家人是城里人,可他们在镇上修建了房子,谁也搞不明白霍家人的那些事。不过现在,人们的好奇心都转移到了黄俊煜身上,这个俊煜,又是怎么回事呢?

高跟鞋踩在碎石子铺就的路面上,不时会歪一下,俊煜从住院部那边的路上拐过去,从一个门洞里进去,直接就到了林大夫的宿舍门前。俊煜撩开网眼的门帘子,直接走了进去。林大夫从床上吊下一双腿来,说:"俊煜来了。"

也不知从啥时候开始,两人不再聊俊煜的"病情"。俊煜随意地,常到这间宿舍里来。也会碰上柳所长跟林大夫在吵架,就算不吵,俊煜一走进去,林大夫马上会将柳所长支走,"赶紧忙你的去吧"。柳所长让俊煜多来,"你也没个亲戚朋友的,就把我和你林姨这儿当成自己家啊"。林大夫脸皱成了一团,从不附和丈夫的话。俊煜猛然会有林大夫的感受,也充满了对那个做丈夫的鄙夷。这个在镇子上蛮有威望的男人,原来是享不到妻子的温柔的。但柳所长似乎并不能察觉到这个。俊煜把所长叫柳叔,却把林楠一直称作林大夫。也是从这个小小的宿舍里,俊煜了解到,连林大夫这样的人,婚姻,也不过是在凑合,再细想这镇上大多数人,也只不过是在一起凑合着过日子罢了。这一想,令俊煜年轻的心瞬时老成,也踏实下来。

霍华的爸爸,有一年夏天来度假,在镇上待了很长时间。林大头说:"他陪着你婆婆天天来医院,有一天还玩笑说,让小麦跟霍华处对象呢。天啊,幸好是个玩笑。"猛看了眼俊煜,林大夫站了起来,撩开门帘子去看外面,变着调子地叫起来,"哎呀呀,这天可真热啊。"

俊煜没什么反应,一坐在沙发里,就开始织毛衣,俊煜的白天黑夜、一年四季都在织毛衣。毛衣大多被婆婆拿去送人了。她给林大夫的儿子小洲也织过一件,林大夫送俊煜两斤纯毛毛线作为回报。俊煜有意避开星期天。偶尔,猛不丁会碰上小洲,俊煜浑身的神经一下抽紧,手脚无措,不敢看小洲的眼睛。小洲是不会多待的,拿本书马上又走了。俊煜一下想到俊来,在学校里,一定会被同学议论的吧。好在俊来是热情的人,跟同学总会相处好的。俊煜跟林大夫的女儿小麦是同学,这个小麦,是林大夫和俊煜都不敢轻易触及的话题。

"我始终没有想明白,她怎么会那么做。你说,这得多伤人心啊。"

林大夫有时会绝望地提起这个话头来,俊煜冷冷地坐着,也不安慰林大夫。令林大夫痛心的是小麦不往考卷上写一字的事,倒不是她离家出走这件事。

俊煜的学习成绩一直倒着数,小麦则永远是第一名,也许是因为这个,俊煜跟小麦才从未交好过。也许两人友好过一阵,俊煜记不得了。自俊煜初中辍学后,就再没见过彼此了。即使后来上了高中,小麦依然保持着那样的成绩,小镇不大,哪个娃儿是哪村哪户的,学得怎么样,镇上人都一清二楚。那年暑假,俊来告诉她一个消息,高考的第二天,柳小麦没在试卷上写一个字。

"就那个一直考第一名的娃娃？"黄半仙一手抓着半把麦子，一手握着镰刀，望着小镇的方向，说了一句，"娃儿念书太用功了，脑子坏掉了。"俊煜心里一愣，想着小麦冷酷的样子，随后感觉一阵轻松。

林大夫说，小麦现在在上海，三番五次，也没说清她在做什么工作。

林大夫是要说一辈子的：小麦只是为了伤她和柳所长的心。镇上人传说，小麦是林大夫和柳所长抱养的，小麦知晓自己的身世后，就开始与这世上的一切作对，甚至与自己的前程作对，高考结束后，索性离开了小镇。

俊煜打量着小小的房间，现在，她坐在小麦常坐的沙发上，受着小麦父母的款待。柳所长端来一杯牛奶，一定要俊煜趁热喝了，还往俊煜后背放了个抱枕，然后，才出门去了。俊煜想，柳所长一定希望外面的人也如此对待小麦，才对她这么好的吧。有时候，俊煜能体会到林大夫跟柳所长的悲伤，而有时候则不能。

俊煜可以跟林大夫坐整整一下午。白昼的光明倾泻而入，有些什么，在一老一少两个女人之间循环往复，那些难以言说的怨怒或悲伤，通过时间的流逝，也许只成了一种哀矜和忍耐，也许，她们自己并不知晓，再怎么难以言说的苦痛，在这种联系当中，已然得到了抚慰或鼓励。

俊煜的心神有一阵子有些躁动，她感觉得到，林大夫借着小麦一再地暗示，属于她的人生才刚刚开始。但一旦回到霍家的房子里，一旦跟玄麻村里的父母和亲戚在电话里讲上一通话，一股传统的怠惰、顺命甚至是庆幸的念头就重新主宰了她。仿佛她去林大夫那里染上了某种矫情的病，骨子里，她其实结实着呢。

这年夏天的时候，林大夫的眼睛亮亮的，整个人变得柔软，说话的声气儿、身上的衣衫，连脚上那双拖鞋都是软绵绵的，又富有生气。俊煜相信，那不仅仅是季节的缘故，那是因为爱情，林大夫可能爱着什么人，这个人让林楠显露女人该有的特性。爱情，催生出的是另一个女人，这个女人甚至都顾不得去为小麦的事伤心了。或许，正是为了不去伤心而要找到一点法子。林大夫慈悲，但林大夫那样的人的心思，俊煜难以捉磨。而对柳所长，俊煜会观察到点什么，他看见俊煜会笑一笑，叹口气，往别处望一眼，他的喉结会动一动，眼里一阵雾蒙蒙的水汽，这会儿，若多讲一点小麦，这个男人一定会哭出来。俊煜不由得想，若换作是自己，黄半仙可不会这样看似平静实则痛彻心扉地思念女儿（何况她不是抱养的）吧。可以确定的是，半仙会为不在试卷上写一字的事先把她揍个半死再说其他。通过这番比较，俊煜感觉自己才终于了解了爸爸，心里一阵飕飕的冷风刮过，刮起一阵强烈的破坏欲。

俊煜并不好奇林大夫爱上的那个人是谁，她为林大夫身上散发的一种温柔气息所吸引，甚至成为一种贪婪的迷恋，如同她跟林大夫化成一人，她同时在另一个女人爱与被爱的事件当中，在那神魂颠倒的痴迷里。两人间，仿佛有一根细细的看不见的线彼此牵系着。如果有人来找，俊煜会随同林大夫一起去前面的诊室，那些从乡下来看病的人，都把她当成林大夫的助手。

林大夫时时会说那番话，劝霍华去大医院瞧瞧吧。林大夫说这个时，甚至是眼泪汪汪的，这个自以为处在无人知晓的隐秘恋爱中的女人，看起来是那么情深意切，加上天性里携带的那股温柔和慈悲，令这个女人看去真是风情万种，但那总归还是爱情的魔力。这爱情，同时在俊煜身体里，她想象，自己也是双眼闪亮，心底柔软，毛线缠缠绕绕，闪亮的钢针也柔化了。

"霍华到底年龄还不大呀。一直以为那是传言，嗳，可怜的。傻孩子，这对你也不公平。难道你不懂这个吗？"

俊煜笑，涨红了脸，专心致志织毛衣，毛衣针又坚硬地抻直了，想起半仙和村里人说的话，她和霍华真是天造地设，她将会过上这世上的人都梦想过的最无忧无虑的日子。每当想起妈妈喜得直叫菩萨的样子，俊煜心里就会涌过一股海浪，猛烈地将一些划痕抹平，留下一些温热的泡沫。俊煜和霍华，确也有过林大夫跟那个神秘人之间那样的爱恋时光呀。只是，俊煜现在一点也不愿意去想那段时光了，她宁愿稀里糊涂的。

问题是，假设她早知道那传言是真的，她还是会嫁给霍华的。她没得选，一切都是命定。

林大夫算了算，像俊煜这样大的女孩子，都还在全心享受这热烈的生命，俊煜却熟练地说出这样的话来，让她的胃里先是一阵难受，心脏像给人猛抓了一把。

"想到你跟我家小麦一样的年纪，可你们都这般让人不省心，我这就……"林大夫双手蒙上眼。

俊煜晕晕眩眩地来到街上，林大夫哽咽的声音一直追着她。她在学校和父母那里没有学到的东西，在林大夫这里得到了补偿。

蓦然，她却痛恨这种成熟懂事的感觉，连带地痛恨林大夫：究竟谁可怜，被养女抛弃了的女人，你还不是在这黄土高原上活着，咋不跟了那个男人去？又不知自己在暗暗地说些什么，发出长长一声，喊……她的叹声在小街上游荡，最终被两边的建筑挡了回来，回扑到自己身上。

5

黄昏再次慢慢地降临，俊煜看了下时间，做晚饭还早，开了门上的锁，只开了一边的门，将另一扇关着，跨进去，又将门掩上。院子里好空阔啊，玻璃闪闪发亮，房门后面，空洞。现在是夏季，还有杏树苹果树上的热闹，有园子里蔬菜花卉的生机，有蝴蝶蚊虫儿的喧闹。俊煜有理由爱上这时节。

白天竟也是飞逝而过。有个做厨娘的使命担着，一天天也像是充实的。俊煜把俊来和霍凡的房间收拾了下。霍凡的东西从来不乱，全是俊来的，她忙忙地跟着拾掇，幸好霍凡不嫌弃。俊来这狗东西，真是好运气，碰到这样好的同学。她怔在那里，想到自己，也是好运气呀，嫁到这样的人家里来，如果早早嫁了个种地的，如今，也是没工夫这样闲散的吧。霍华今天还没给她发微信。风慢悠悠地在院子里荡过，俊煜吹开脸上的头发，也不知自己是不是盼望来自霍华的消息。

说出一些话来，她觉得尴尬，不，是别扭，越来越是这种感觉，索性不说了。也不操心霍华在城里，无论怎样，他自己把风筝线的一头紧紧地拴在她身上，就算她剪掉，他也还会再来亲自绑在她身上的。

俊煜刚出去寄了趟快递，一包晒干的蒲公英，婆婆要做药引子急用。自她嫁到霍家来后，婆婆就一直待在苔蓝了，他们把霍凡交给她这个嫂嫂侍候，还有俊来，黄半仙更是把俊来托付于她，她这个"赔钱货"终于有了点实际的用处。当然，就算她不成为霍家的媳妇，俊来也还会住在这里。这种时候，她又感觉自己就是霍家的一个管家、看门人。

霍华在每个周五晚上准开车回来,到家已是半夜,第二天,会一直睡觉。晚上还在睡,睡醒了,又该上路了。开始,这是她的节日。如今,她不晓得,这一天算什么,想到这些,她有些烦躁。

想到令她欢喜的夏季总归要结束,她怅然呆坐。她想买几只鸡来养,婆婆不让,脏死啦。院子里,再无活物。干了什么,或是什么也不干,这一天就都结束了。这天是礼拜四,近凌晨时,霍华打她的电话,让给他开门。

那会儿她还没有睡踏实,一整天,她在看一部韩剧,哭得稀里哗啦,感念她自己竟没有几个少年时的好朋友,村里的姑娘都嫁得比她还早,那些少年似乎等不到长大就四散去城里找运气了。她也幻想的,可是,想到这里,她就大哭。起来给霍华开门时,头痛欲裂。

把车子开进来后,霍华从后备厢里取出一只行李箱,随她一起进门。后院那排房子黑乎乎的,两人尽量轻手轻脚。俊煜住在前院,那是这院子里装修最豪华的一个房间,主卧、次卧延伸进去,是一个三十平方米的洗澡间,墙壁那边是厨房,原是为了霍华的母亲在夏天泡药浴而改造的。双子镇人早些年吃水,是在院子里挖一口井,水却是从水库里花钱拉来注入井里的。这样取过水的人,就算用上了自来水,也从不奢侈浪费。俊煜老是担心自来水管不出水了,而她家是没有劳动力的,也就没泡过。

"吃饭了吗,怎么这么晚回来了?"

"突然想你了嘛。"霍华去抱俊煜,俊煜闪躲了下,就撒手了,去箱子里拿东西。

"想我做什么？"俊煜转过身，打了个呵欠，眼神从昏瞑中醒转。

"我记得上次回来时米不多了，明天去帮你买些回来。"

"回来就为了这个？"她歪着半个肩膀跟在他身后，走动时，睡衣漾荡。

"你不要太没良心，这不心疼你嘛，赶紧让我冲个澡。帮我装在包里，免得走时忘了。"霍华脱了T恤，扔向俊煜怀里，就往洗澡间走，随手掩上了门。

俊煜脖子上绕了那件T恤，跟过去，用一只光脚踢开门，一只脚踩在门槛上，白白的大腿裸了出来。霍华正脱了内裤，慌忙将屁股转向她。水从莲蓬头里哗哗流下来。

"你出去，出去啊。"

霍华已将短裤又迅速地穿在身上，才面朝向她。"我要热死了，也快要困死了，行行好，你让我先洗澡。"

"别闹了。"

"你有没有听过这样的事啊，这得是多大的笑话，你怕老婆跟你一起洗澡，哈哈哈。"她分不清自己是不是突然疯了，头脑里是一条闷闷弹跳的细线，她索性要把细线扯断。

三年来，好脾气的霍华从没见过她这般，双手只护着短裤不被她扒扯下来。

"我就要和你一起泡嘛，正好我睡前忘了洗。"

"你今天究竟是怎么了？"

"我究竟是怎么了？"她笑了起来，将身上的睡衣扯撕，睡衣的肩带先是吊在胳膊上，薄薄的一片从她身上掉落，她扭着叫着，眼前是电影里的光影。

霍华抱住她。"求你了，你别这样。俊煜，你不要逼我。"

闷闷弹跳的细线越发细了，她的脑子清醒了一瞬，埋在他汗津津的怀中的脸，全湿了。

"霍华啊。"她抱紧了他。两人紧紧地拥抱着。不如，这样一起死了算了，也许他早就想过这个问题吧。她的眼睛四处搜寻着，那块镜子里，她看见自己的半张脸、霍华光裸的上身，男人的肌肉，白了点，细了点，他是一个精致的男人。她的脸，她的手，触到的是比她的皮肤还细腻的质感，她猛推开他，向上仰望那张面颊，他没有胡须，他从不用剃须刀，也许每天在上班前他用过了吧。她伸手去摸。

"对了，给你买了礼物，你不打算看下吗？"霍华的嘴唇在她头发上碰了下。水声渐渐听不到了，沐浴间，渐渐起了一阵水雾。她就转过身去看窗外的夜色。

这房子就像从哪栋楼房上掰了一户下来，放置在这个庭院当中，只差楼上楼下、左邻右舍，她的楼上是天空、天花板。左邻右舍，是刚来时热情、慢慢她就不敢去接近的左邻右舍。上周来时，霍华请了人把玻璃才擦过一遍，灯火之下，只看到自己亮晶晶的影子，水洗过一样清亮，自造的左邻右舍啊，她转来转去着看玻璃上闪光的那个人影，黑发很长，乱了。

霍华取了礼物又来抱她，她推开了。

"你别再回来了。"俊煜趴在枕头上，看着衣架上悬垂的睡衣，又添一件新睡衣，"喔哈哈，有三十件了啊。"

"去杭州出差，丝绸店里碰上了嘛。"他对她全心全力地好。公公婆婆买给她很多奢侈品，黄金的首饰最多，沉甸甸的。

她说："黄金的枷锁。"

"什么？"霍华问。

"没什么。"

她喷了自己也不怎么相信那价格的香水，用了明星们用的化妆品出门去，李爱说她喷得臭兮兮的，那些名牌的包包长长短短地悬垂在衣架子上，她出门也就买个菜，去看看林大夫，都用不着背个名牌包包。唯有一款新婚时霍华带她在苔蓝的一个商厦里买的手包，她出门就带着。那个商厦他们转了一天，也没有转完。她在苔蓝住了一个月，那一个月，公公婆婆像侍候皇后娘娘一般地侍候着她，婆婆许诺，等俊来和霍凡都考上大学了，就把镇上的房子托给亲戚照管，而俊煜就可以生活在城里。这种时候，俊煜有了一种歉疚感，仿佛是因为有俊来，霍凡才留在镇子上上学，那个房子是为了俊来才住人的。"对了，"公公叫起来了，"让他们趁着这几天去看下北景的房，我觉得那儿挺不错的。"

第二天，霍华真的就带着她去看房了。她有点不敢相信，将来她会住在这样的地方。她靠在霍华怀里，两人紧紧地贴在一起，一秒钟都舍不得分开，呼出的气都是甜蜜的。销售指着那些小小的楼盘和模具，旁边有好几家健身房。

"等我们成了老头老太太时，可以去做瑜伽哦。"

"为什么是在那时候？"

"啊？"霍华躲开她的眼睛，过了会，才回答她，"你现在不是还得侍候我们的弟弟们嘛。"她喜欢听他说话的口音，标准的普通话，他俊俏的面容，她一直在这样单纯的欢喜里。

她看哪个都好，就是不要太高了，她担心停电了会下不来。霍华没笑，他说："是啊，还是低一点，我们会走不动的。"高也成，低也成，听上去，是全依她的。

后来，房子的事再没了消息，她也没问霍华，反正，不是她能操心的事。反正，只要是在苔蓝那座她唯一到过的城里，住哪儿，又有什么区别呢？

为了给俊来和霍凡做饭，她很快就回到了镇上。那时，两个小伙子刚上高一，现在，他们快要考大学了。

"你近来学坏了，什么人教的？"

"我又不是头猪。"她坐在那里化妆，一双血唇，肥厚地噘起。

"怎么，有人了，要撑开我啊。"霍华又抱住她。

"霍华，你老实告诉我，你感觉自己，爱男人多一点，还是爱女人多一点？"她的声音暗昏昏响起，极尽慈爱和温柔，慈悲心肠的林大夫和为人公正的柳所长逼着她这样问，她感觉自己是在对霍华施加关爱。一边又是婆婆暄白的一张大脸，如果换作是俊煜自己，有霍华这样一个被上天捉弄的儿子，她该怎么办呢？

每天打扫霍凡的房间，她站在那些照片跟前，怒斥公公婆婆心理阴暗。可是，说到底，那是她自愿跳进来的命运的坑。要说逼迫，也是黄家人逼的吧，空中又跳出黄半仙愤怒的脸：我哪一句逼你了！说到底，是她自己愿意的。再说了，软绵绵的霍华待她太好了。如果她至今是几年前理解人性和这个世界的心理，现在，她和霍华，依然会是恩爱的夫妻呀。

"我只喜欢你。"

"放屁。"

"越来越坏了，听听你说的。"

"我本来粗俗。"

"俊煜，我们睡觉好不好，已经四点钟了，明天我还要帮你买菜，把园子里的草拔掉，我们带两个弟弟出去吃好的，好不好？"

俊煜说自己的:"你爸爸妈妈,为什么不在你小的时候带你去医院?你小时候是什么样,他们难道没发现吗?你自己,从没想着要弄清楚明白吗?"

霍华闭上眼睛,鼻子眉毛在动。美好的俊煜浑身开始长刺。

俊煜猛扑过来,扑到他的胸口。这种街谈巷议的话,到底不敢跟这个可怜人去讲,就只是看他的眼睛。

"你是我的男人,你是我的命运呀。那我是你什么人,快说,我是你什么人呀?"她揪扯他微微卷曲柔软的头发,他的头发稍一长就变得这样,理短时还看不出来是自来卷。

"你是我喜欢的人。"他继续闭着眼睛,眼皮闪动着。

"怎么喜欢?"

"就是心里一直惦记着,这会儿她在做什么呀,她有没有累着呀?"

"哇哦,好伟大。"

他坐起来说:"不骗你,俊煜,你是最重要的人,除了爸爸妈妈,就是你。"

"就这么个重要呀?"

"俊煜,我真要睡着啦。今天坐了半天车,又开了半天车,先是去了趟西安,去给你买石榴,你爱吃的。嗯,嗯哦。"他发出往梦乡里拖进去的声音。

"你说你,你这么辛苦跑回来是为什么?你从来不跟老婆睡觉吗,从来不跟任何女人睡吗?"

那是李爱的声音,俊煜从没说过这样的话。她去李爱的便利店里,李爱诡秘地给她讲了个故事。现在,她冲霍华背诵了那个故事里的对白。

"你说什么?"梦乡的半道上的人,又给扯回来。霍华并不生气,说:"我来看我老婆啊。"猛地蛇一样扭着捉住了滑下裆间的一只手,"看来是真有人把你给教坏了啊。"霍华也曾暴怒过,俊煜差点挨打。

"是个人都知道。"俊煜在电影中,光影声色,那种女人的生活,她有,是霍华提供给她的。

霍华又安静下来,俊煜怕这安静,怕他丢下她一个人在这满是寂静的活的人间,自己滑入温暖安全的地方。

不管是做了什么人的媳妇,都得守住妇道。

猝然地,这个被羞辱的念头牢牢控制了她,她的嘴不再属于她这个人,而是她曾和霍华一起嘲笑过的小街上某个恶毒的妇人,声调一下升高了八度:

"你们霍家人,是不是把我当个白痴、傻瓜、乡下人?只为掩人耳目!你们把我当成你家的老妈子,你们全是混账王八蛋!"

一面在心里承认:自己就是个白痴、傻瓜、乡下人、老妈子。

霍华坐起来看了两眼俊煜,鼓胀的胸脯(此时的俊煜不认为那是因为健身所致)一起一伏,一张白脸越来越白,成了白色枕头的一部分,还要融进去、融进去。好啊,让他暴怒起来吧。

俊煜还说了什么,她自己完全不知道,只看见霍华的脸颊抽搐,慢慢地起身,冲着她背过脸去,她还是控制不了自己那张顿然间变得能说会道的嘴。

"我只不过是一个纸罩子,把你们霍家的变态丑陋全都罩起来。"

霍华不生气不反驳,这欲加往她的愤怒之火上增添了能量。

她把听来的那些最难听的羞辱人的话，叫了个够。

突然而起的敲门声也难以让她的嘴闭上，手机铃声同时在响，俊来的声音破窗而入：

"你疯了吗，黄俊煜，快把你那张臭嘴闭上，你想把这条街上的狗都招来吗！"

那张嘴，才终于又属于她这个人。她放肆而大声悲惨地哭起来。

何况，她活着，只需闲享这等荣华富贵。她还有什么不满足的？菩萨啊！

华丽的床铺之上，只有她跟自己难以触摸的影子。

迟早会来的。霍华眼睁睁看着，她终于爆发了，不那么傻兮兮的了。他怎么可能跟她生气呢？他学着父母的样子，给她不断买奢侈品，给很多钱，好让她心存感激，满足于现有的生活。霍华忍不住要回来看她，除了第一眼对她就有的喜欢，如今，还有某种占有和窥探心理，他得看着她，允许她发脾气。可是今晚，她伤他太深了，这比她提出离婚的要求还过分。

霍华一直担心的是这样的场面，她冷冷地说出那句话：我们离婚吧。他一直没想好，如果真有那么一天，他该怎么办。可是，俊煜从没对他那样说过。有时候，他感觉她那个人真如他母亲所看穿的：老实、笨，也木，这种人，只要你不断地给她好处，她一直会满怀感恩地对你好。有时候，霍华感觉猜不透她那好看的小脑袋里究竟装了些什么。

她说他是第一个对她那么重视的人，也是第一个与她那么亲近的异性。她总是次要的，在她活过的十几年当中，她一直是没有自我地活着。他让她活过来了。她讲得那么动容，他分不清，那是爱，还是感恩。

从小那是禁忌之事，没人引导他去弄清楚。为了避免不必要的麻烦，懂事之前他就被带离学校，跟着父亲去陌生之地锻炼。在他活过的这二十二年里，从不与多的人往来。父亲带着他见过很多医生，医生要谈话时，父亲会把他支得远远的。那是在好多年前了。后来，他们就认命了。

现在，他越发地不知道了，不知道要怎么办好。他也从来没有分析过自己对俊煜的感情究竟是怎样的。他太依赖于父母，他爸爸替他争取到跑业务的工作，果然很适合他，不用跟太多人打交道，他到过很多地方，去过欧洲两回了，他渴望带俊煜一起去，他妈妈不同意。

"那只会让她的眼睛睁开。"妈妈说。

他永远一副整洁英俊的形象，一丝不苟的穿着，面带羞涩毫无威胁感的形象，说他是个机器人也不为过，他的外形太完美了，完美到你不忍心破坏他一根眉毛。一切都有人替他安排好，他只需出具自己的身份证明，填一些表格，就把事办了。包括与俊煜的婚姻，爸爸妈妈替他把一切都考虑得周到，听他们的就好，他不用多操心。他妈妈说：

"如果你不打算让她离开你，就得听我们的。"

他当然不希望俊煜离开。但是，他感觉很受伤。这样想时，眼泪已如决堤的大水。小时候，他就学会了快速地让自己恢复平静。站在黑暗里，他想给妈妈打个电话。他快受不了了。听到俊煜那悲惨的哭声，他越发地悲伤。

俊煜不晓得他站在另一间屋子的黑暗里，与她一道哭泣。

察看了厨房的水电，燃气炉的管子得换了，他停在那里。他是真为俊煜而这样奔波，一天跑了这么多路，俊煜是不会懂的。

这夫妻的一夜，就这样过了。

下一个月，霍华没有回来。此后霍华连着半年没有回来过。三年来，两人第一次冷战。俊煜第一次发挥了她爸爸的脾气，回忆这次吵架的场面，她这么理直气壮地发脾气时，内在有个人在为她撑腰，她想的是爸爸，可实际上这个人竟然是李爱。前半个月，俊煜有种残忍的舒畅感，像是赢得了什么。她每日里都去街上走，每个店铺里都去逛一逛，最终，仍会绕到医院里去。如果林大夫忙，她又绕回来，走进对面便利店里，跟李爱说话。俊煜小时候上街来时，李爱就在街上开杂货店，也不知怎么的，三十好几了才嫁了人，嫁的是工商所的小钱，小钱比李爱小八岁，来买东西的人总要跟李爱说小钱，李爱由着他们说，她爱小钱，你们有什么受不了的。俊煜初时红着脸装听不见，后来也插进去贫几句。李爱对俊煜有非凡的热情，热烈地盯着俊煜的眼睛：

"可别跟我说，霍华至今还没让你知道这些。"

俊煜烧红着脸只跟李爱谈织毛衣的事。李爱偏得说，歪嘴瞪眼考验俊煜是真傻还是装的，还要试探地问霍凡，俊煜脑中的细线被逼得越发细了，猛然，她要生气了。李爱热烈的眼睛看着她："你看你，姐还不是关心你这个妹妹嘛，赶紧生个儿子，只有儿子是你自己的，别的，哪一天就不是你的了也说不定。"

俊煜突然讲开了美剧里发生的事，大讲特讲。人们看见俊煜跟李爱挤在柜台后面，时而发出一阵浪荡的大笑声。

俊煜感觉像把一个完整的自己给破坏了，她阻止不住这破坏，很久她都没有去找过林大夫了。

6

蓦然，像一只铁质巨大的盒子，四面的围墙严严实实地朝着她合起来，她一下跳起来，啊啊叫着，在院子里疾走，一定要跑到没有任何围裹的空阔之地去。她一直跑到街上去，起初兜收着，后来就自己遮不住失魂落魄了。由着街上人去猜测、碎语，然后，会有一番结论。她知道自己经不住这个，便有意跟小街上的人疏远。如此讲来，她是该千恩万谢了，林大夫，是这个铁质盒子的一扇窗户。

俊煜给林大夫打了个电话，问她要不要菠菜，园子里的菠菜长得太好了。林大夫说："好啊，你也该来看看我了。"她像是攒到了一点力气，一时又不想去找林大夫了。一上午昏沉地过了。中午又紧锣密鼓，飞速地侍候两个少年吃饭，霍凡抢着洗碗。为给自己找活干，洗碗机不再用了，霍凡问起来，她说，手洗得干净。到了她面前，俊来一贯会摆出少爷的嘴脸，往躺椅上仰面一躺，跷着二郎腿，连蒜也不帮她剥一粒。她会猛盯着干活的霍凡瞧，也偷偷观察他，弟兄俩一样，还是不一样。霍凡有些粗枝大叶，少了精致，眼神也没霍华那么忧郁温柔。越看，越觉得霍凡是霍华的反面，个子矮、嗓门粗，嘴唇上黑黑的，不知是胡须，还是刚喝过了咖啡。霍凡不俊美，倒是一种喜征，但愿身上的器官都齐全吧，别少一样，也别多一样。老天啊。俊煜忽然醒过神来，因为霍凡第二遍问她，下午是否要他买些土豆。这孩子，真是体贴，也许是霍华给安排的。

吃过晚饭后，俊来和霍凡又回学校上晚自习去了。黄昏暗沉的时候，街上还好一阵热闹。车子鸣着喇叭，孩子在尖叫。

哪个店铺里飘出一首很火的英文歌，俊煜的心，一瓣一瓣，像有意温柔绽放的花。园子里的玫瑰也在绽放，那是霍华带回来的稀有品种，一丛兰草又缀上了花苞，风微微弱弱地吹来，微微弱弱地消失，屋脊上，精雕细琢的神兽，张开的羽翅像是被黄昏带有重量的光线降服，怎么也飞不起来。院子的深处，扑嗒一声响，杏树尖上，一颗早熟的杏子落了下来，蚊虫的叫声停歇了，隔壁院落里响起此起彼伏的声音，先是大人在厉声喊叫，接着，孩子回来了，一阵闹腾，安顿下来了，一家人终于坐下来，桌子是摆在院子当中的，声音渐像那光线，轻悄、暖意融融。轻柔的风荡过院墙，轻拂树梢，似有若无，把什么虚虚浮浮的东西带进了人心。往事随风飘动，俊煜张开手臂，想起自己曾经渴望跳舞，随着音乐的节拍跳舞。

"这么大人了，光屁股不害臊吗？"

"你穿不穿？我打死你。"

俊煜想着那个光屁股的孩子，就不跳了。

那会子，种庄稼的还在田地里，店铺正经还在做生意。她把自己搁置在花园墙上，墙下的躺椅上，铺一块刺绣的方垫子，毛衣针将毛线穿成一个圆筒状。时见街上的女人正织着一件婴儿的毛衣。她从未织过小毛衣。猛不丁想到，婆婆也从未催过她，心里一阵悸栗，想到婆婆这样的人，也是蝮蛇啊。专门坐着生病的婆婆，如今有一张暄白的大脸，皱纹都少见，目光慈祥，稳稳地坐在一个地方，先是钻研透了你，暗中再稳稳地看住了你，俊煜又哆嗦了下，尖尖的嗓音，猛哼出一声怪调，自己都听难受了，点开手机的播放器。她哼着，又沉默下来。音乐，是由快乐的人唱出来的吧。

俊煜光着脚，指甲油已褪了一半，她跳下来，走到屋里去，抱出一只化妆盒,翻出一把小锉刀,慢慢挫那指甲油。黄融融的光罩着她的后背,头发、眼睫毛是金色的,这罩着她的光束慢慢地收缩、变暗,最后一缕夕阳即将收走它的羽翅之际,她将所有的趾甲涂成了黑色,手指甲也涂了。

她打算明天一定去找林大夫。每去找一趟,俊煜的眼睛似乎就亮开一些,心里,也有了一点支撑。

7

这天,天气晴好。一大早,黄半仙就到镇上来了,新买的车子停在门外,正对着便利店里李爱的眼睛,红彤彤地耀眼。要过上一两个小时,集市才会热闹起来,半仙先到女儿家,他打算喝上一个小时的罐罐茶。

"哟,俊煜的爸爸,新车呀,很高级啊。"李爱跨过街道,走过来了。

"是啊,李老板,生意好啊。"李爱是个姑娘时,人们就叫她李老板了。

听见李爱的声音,俊煜没有出来。爸爸面前,她是羞于跟李爱这样的女人来往的。她觉得应该躲着李爱,又吃惊自己居然能跟李爱变得那么友好。取出茶具,抹了茶几上的水和灰,再端出个小凳子,将一只插线板放在上头。这里的人喝茶,必要拿一只罐子放到炉子上煮,最好是一只陶罐,小小的,只能注进一红酒杯那么点水,半把茶叶,一遍又一遍慢慢地熬啊煮。俊煜专为半仙买了只养生壶,备了枸杞、大枣、菊花、龙眼,连同半把茶叶一股脑儿丢进去,添上水,任它煮。半仙滴溜溜倒出一盅来,滚烫地咽下去,咂巴几下嘴,皱眉说,喝着不美。

俊煜不理，端出几样点心来。俊煜小时候最爱这种喝茶的时候，这种时候，是专门给乡下人用来细致和悠闲的，一家人围在炉子周围，那只陶罐里氤氲出的气，令半仙跟俊煜说话的声气儿都柔和了。可现在，俊煜再也受不了那种熬煮。半仙煮茶时，她去后院，收了两个少年的床单衣服过来，打算用手洗。

俊煜伸着脖子看了眼门外的车，忽然就没好气，忍着，跑来奔去地又找到一堆要洗的，全搁在花园墙上的一只艳红的塑料盆里。半仙还没有试探过女儿，霍华嘱咐过，不要告诉俊煜钱的事。半仙起初还怀疑女婿藏了私房钱，在准备喝第二口茶时，不无得意地说："还是霍华靠得住哇。"

俊煜正把一只装茶叶的陶罐往柜子里放。她的背立了起来，眉毛也立了起来。"我一天尽当老妈子侍候人！"说完没头没脑的一句，又把那只陶罐直摔到院子里去，俊煜大发雷霆，半仙从没见女儿发过这么大的火，俊煜向来听话，好脾气。半仙愣了半响，将酽浓的一盏茶忽泼洒出去，囔一下立起来，吼道：

"真是不知天高地厚的东西，他们把你惯成啥样子了！"

毕竟不敢如从前般着实地教训，半仙胡言乱语地嘟囔着，出门而去。还要骂上几句，"不知报恩，竟长脾气"。又着实不知俊煜生的哪门子气，俊煜对娘家是大方得很，每次给妈妈的零花钱都让半仙咋舌。借着这些钱，半仙彻底翻修了房子，俊煜住过的那一间，铺了瓷砖，挂上了纱窗和开着牡丹花的窗帘。

8

初时，半仙要了霍华的生辰八字，摆出他求神问仙的全部家当，一个人在厅房里捣鼓半上午，出来时故意把喜色拿捏着不全露出来。

生着黄半仙的气,生着成为她这样一个人活着的气,俊煜也懒得回娘家。刚结婚那阵,她很乐意转娘家,自从成了别人家的人,回到自己家里去时,却是从未有过的待遇,黄半仙对她的热情和尊重仿佛是发自肺腑的。

俊煜的妈妈才敢大大方方地对女儿也像待儿子那样好,抛下地里的庄稼,一整天钻在厨房里为她做好吃的,也不许俊煜帮忙,俊煜只好坐在一只小凳子上,跟母亲隔着门槛说话。

"你婆婆好些了吧。霍华上次来,说要吃凉粉,怪我正忙着收麦子,真是,走了我这大半年都不安心。"

"妈妈呀,你傻呀,他就是一时嘴上说说。哪都有卖,你真是。"

俊煜也不晓得她妈妈是真傻,还是怎么的,每次都说那句话:

"唉,菩萨要是能赐给你们一男半女的,我这辈子就没愁的了。"

俊煜立马站起来,怒也不是,哭也不是。转去厅房里转了转,想起以前那破败贫穷的时候,俊煜心里酸了酸,爸爸妈妈太苦了。又去以前住过的屋子里,里面堆满了装有小麦、玉米的袋子,一辆自行车和工具箱挡在门后,床铺上积着厚厚的尘土。存有她物品的一只红木箱子堆在几只蛇皮袋子上头,上了锁,她从床铺底下摸到一把钥匙。

这会儿翻动那些小玩意儿,明信片、发卡、假珠子的手链,俊煜感觉哪一样都令她心里翻江倒海,仿佛才懂得了珍惜和用心,可时光不再。她在一个夹有丝线的本子里头,翻出一张明信片来。俊煜按住狂跳的心,背面写满了字,她早不记得这个了。那是在哪年放暑假的时候吧，沈老师将明信片夹放在她的课本里。

红笺小字，说尽平生意。鸿雁在云鱼在水，惆怅此情难寄。

她记得自己当时耻笑了的，觉得那是白话。之所以留着它，只是因为想学沈老师的钢笔字，她跟班里的同学都模仿过。只庆幸当时留下了它。俊煜夹回本子里，深深地把它锁起来。

端了杯水过来，她妈妈不知在忙什么，暗昏昏的厨房里冒出蒸汽来，那字里行间的惆怅，就像这蒸汽一样袅袅漫漫，也在体内某个难以知晓的位置濡渗着，她在小凳上呆坐下去。蒲公英和冰草在墙根也在菜地里旺盛生长，几只鸡将脖子伸伸缩缩着冲着人傻里傻气地张望。丝丝的风吹过，摇撼着墙头的茅草，从霍家园子里移来的月季正开放，腥甜的气息一阵阵加强，转瞬又淡弱了，向日葵还没有长出大脸盘，阔大的叶片一阵阵颤巍巍地抖动，细茎的辣椒枝上，白色小朵的花还在开放，再望出去，恍惚黄土原上似要苍翠起来了。

"要不，我给你们打听下，抱养一个吧。"她妈妈忽然把嘴伸出来，对着她的脸说。

忽有百只虫子，在蛀她的心。可惜，这个最疼她的女人脑子里只是她那点可怜的见识，那也只是一套男人教会的东西。就算村里那些年轻人，也大多还有着根深蒂固的思想，一定要结婚，一定要传宗接代，再抱孙子，再完满地入土。循环往复，活着时要一直进行下去，这就是全部的人生，在这世间活一遭的使命。

她妈妈一定认为是被上天多眷顾了的，女儿嫁给了城里的有钱人，有房有车，将来还要去大城市生活，这是天上掉馅饼的事。她很满足。或许，这个没识几个字的妇人，也有自己的狡猾吧，尽量装着糊涂的幸福样子，好让女儿也满足于糊涂的幸福，不要闹腾，而要知足于在霍家的好生活。说白了，哪个人，不想把拥有现世安稳放在最先呢？俊煜头一次想到，妈妈也是有自己的聪明诡计的。

找了个借口，就从家里逃了。她妈妈又要装大包的东西给她。谎称有熟人的车在村口等着，她得赶紧走了，又怕她妈妈撵到村口，改口说，霍华晚上回来，不管谁的车，拦到一辆她就坐上了。

倒是实话，这天是星期天，在镇上上学的学生都该返校了，俊煜上学时，来来回回自己走路，如今家家买了车，一定要亲自开到镇上去，一直送进学校里。

她的爸爸，更是不可能跟女儿当面谈起这类话题，俊煜难以猜测，夫妻俩谈起女儿的生活时，究竟会说些什么，有一点点愁苦不？可是，怪他们什么呢，这是当初她自己亲自去"遇"来的命运。

俊煜谁的车都没拦，一路走回去，走了两个多小时，脚趾上磨出了水泡，痛入心扉，她把住这实在的痛感，眼泪借着流下来。避开大路，她绕着苞谷地边走。一行行细而直的苞谷秆上结满了棒子，田地边上长满了杂草，这个时节，漫山遍野泛着让人心动的绿，庄稼和野草拼了命在长高，长出气势。云朵在天边飘着，一线清亮的水在河沟里闪着，俊煜走着。

前头走着沈老师，俊煜乖乖地跟着。一颗心烈烈地跳，沈老师忽然转身，捉住了她，俊煜被强大的男人的气息（书里的文字）淹没了，他的手和舌头在空中忽闪，怎么也够不到俊煜。一辆车子驶近来，喇叭声没有惊醒俊煜。她难以设想那番喘息的场景，沈老师渴望得到的东西，令俊煜至今难以想象，但她有林大夫那样多汁的闪闪发光的身体和幻想。

回到家，俊煜睡了很久。

此后，就找借口不再回去。妈妈好久也没有打过电话，妈妈除非迫不得已，不会亲自去摁手机上的那些数字，总是半仙接通了电话，"你妈妈要跟你说话呢"，才会听见她递上声来："你是俊煜吗？"然后问，"你吃的啥，好着没有？俊来没有闯祸吧？你在霍家，可要仔细，不要太随性，听婆婆和丈夫的话。"

她喜欢光脚坐在花园墙上，满园子生机，令她心里安稳。无意听到玄麻村里谁家的女孩儿嫁到镇上来的，她热烈地打听到了，却一次也没有去找过，偶尔在街上碰上了，隔着一层玻璃似的发些感慨，"我记得你跟俊来一样大的，时间可真快呀。"而她们，便也不会来找她。

天明了，又天黑。睡前，她想洗澡，懒了懒，还是早上吧，头发不容易干。早起，却只洗了头，她很少用那个洗澡间，白晃晃的一间大屋子，经常空洞洞地期待着，真是浪费，又有点恐怖，浴缸和莲蓬头是金色的，猛一下要提醒人注意到什么似的亮眼，赶紧关上门。打眼看过去，这屋子里，沙发、地毯、墙壁上为宴会准备的灯、柜子里几十只亮闪闪的杯具，哪一样都是可疑的。

婆婆得在乡下养病，狗屁，全是假的。牺牲了霍凡在乡下，好把她绑在这里，在苔蓝，人要问起来，霍华怎么不成家，可以给人说有个乡下媳妇。而在双子镇，霍华成了家，俊煜为什么怀不上，霍华常在城里啊。俊煜还要隔三岔五去医院"诊治"。上帝啊。也许霍华谈过很多个女朋友，哪个，他都留不住的。撞上了黄俊煜，你这个傻子。

俊煜来来回回在宽敞的屋子里走动。俊来的化学课本、鞋子，理直气壮地占据着一个位置，想起半仙夫妻俩满足的红脸膛，她更加地愤怒，将一只烟灰缸摔出门去。俊煜到底是不敢砸地板的，倒不是怕霍家人，却是怕黄半仙晓得了的后果。

9

经过漫长的十六个月施工，小街只不过是拓宽了几拃，越发地乱糟糟，只是街道平整了，雨天也能行车走人了。俊煜怀念过去坑坑洼洼土路的街，低矮的房子里，冷不丁走出一个人来，亲切地盯住你问，你是那谁家的娃儿吧，长得很像啊。那时候，也不带伞也不穿雨鞋，真是记不得怎么去的学校了。

俊煜现在应该有过去那样的爱悦的，可如今的她，不能坦荡地成为这小镇人的一员，不能大方地融入他们火热的生活，下雨时聚在一起打牌笑闹，冬天时一起清扫门外的积雪。

俊煜怕冬天。冬天时，不管林大夫会不会烦她，她天天都去医院里，甚至有时，会到柳所长的宿舍里去找林大夫，林大夫却从不会出现在这里。柳所长会跟她说一说小麦，眼睛里蒙一层水汽，抽下鼻子问俊煜："小麦跟你有联系没？"这令俊煜受不了，男人无声的悲伤胜过女人的眼泪。

林大夫有时会在小街上某户人家里，电话里让俊煜过去。俊煜不会去那些人家，但还是会去医院里走一走，仿佛那是一个可供游览和散心的地方。

俊煜越来越感觉自己是在一间黑暗的屋子里给冻住了，光线过于缓慢地照射进来，一缕一缕晒化她。她睁开一只眼，再睁开另一只，动一下手脚，心脏渐渐地变温暖，有了知觉，继而是大脑，她终于可以睁开眼睛看，用本来就很健全的心脏和大脑思考：她是怎么困到这里来的？

这天天阴着，所长房里的火炉烤得俊煜懒得动弹，她多坐了一会儿，林大夫说一会儿就来。林大夫被俊煜三哄两骗的，就一起去上了驾校，这天说好是一起去驾校的，俊煜就坐在炉边等。柳所长突然想起来，问霍凡要转到城里去了吗，"前几天麻校长说你公公说的呢"。俊煜从没听说过这事。柳所长说："我听说霍凡不愿意转。"霍华上周回来，都没提过这事。柳所长喜欢分析："这有什么好对你隐瞒的。"俊煜还是出门去找林大夫了。

去年冬天，只考了科目一，春天到了，俊煜就不去驾校了。第二年冬天再继续。她只是借助学习度过冬天。好在，又一个冬天过去，俊煜终于拿到了驾照。霍华的车子偶尔会扔在家里，霍凡和俊来要陪她练车，俊煜倒没了热情。

夏天的很多个傍晚，林大夫开了一辆破吉普，喊俊煜快来熟下手，俊煜赶去河滩。只见柳所长跟在车子后面跑，林大夫又喊又叫，俊煜从未见她这么疯过。柳所长拍拍手说："哎呀，你们自己玩吧。"转身走掉了，两个女人轮番上阵，折腾到天完全黑下来，河边的树伤残了几棵，才歪歪扭扭地开了往回走。

林大夫啪啪拍打方向盘，大喊着说："谢谢你，俊煜，要不是你逼我，我这辈子都不会碰这玩意儿。"

"改天我们开到城里去玩吧，霍华的车子在家里。"

"哦，疯女人，我想我们可以走得更远一点。"

"哈哈哈，最好一去不回。"

吉普跳来跳去拐上了新修建的红色的大桥，风从很远的地方吹过来，带来夜晚的冷意。俊煜想起来，这是林大夫第一次称她为"女人"。也许，林大夫只是在告诉自己。俊煜重复地道："是啊，也许，我们可以走得更远一点。"

两人再没说话，其中一个人专心开车。穿过柳树林，远远看见双子镇小学的方向亮着几盏灯。

"小麦刚上学那会儿，爱哭，但她很听话，老师总是很偏爱她。"林大夫这回没哭。

俊煜坐起来，也看着学校的方向。她在玄麻村上的小学。车子停了下来，林大夫走下车。

俊煜看见圆圆的月亮，正从山顶上升起来。

有时俊煜会替林大夫想想小麦。她的思绪走不多远，总会在一个含含糊糊的念头上停顿，她跟小麦比，谁更幸运一些呢？浓浓的悲伤罩着车下的女人。

一根细细的线，在俊煜内心深处晃荡。她记得那些对她示好的人，她的快乐。学不进功课，仍然是同学中的一员，想来，也是快乐的。车子动了起来，远去的记忆越发地清晰。

行了一阵，车子又停下来了，车窗外一团黑乎乎的。两人呆坐在里面。

"小时候，真是个捣蛋鬼，她从那门洞里一出现，我那些同事都要赶紧关上自己诊室的门的。"林大夫夸张地笑，笑声湿淋淋的。

那时候，俊煜有十三岁，头一次离家那么远，开始住在学校宿舍里，后来跟同学合租了医院旁边宋江湖家后院的一间屋子。每天清早，都会看见柳小麦从医院里出来，开始，她们是友好的,欢快地奔向彼此,一同去学校。

林大夫拿出手机,两人盯着屏幕上的一段文字看:

记忆里,一对高高的木门,在清早向着太阳打开,即便灿烂的朝阳满扑在上面,也是没有光泽的灰败。一条小径,上面嵌的小石头,被磨得圆滑闪亮,两边高高的围墙后面,杂树落荫,是在令小街上突然山重水复起来的夏季,天光变长,虫蝇鸣于叶间,一股温热、让人意醉神迷的东西,是一股气味,又像是记忆重现,过了这个季节,猛就晓得,其实,是树,是花,是不同季节的体香。探头猛见繁花,围墙里繁烂。人,是如此欢快地走在季节当中呵。

到了秋天,枸杞像火一样围着花树燃烧。高高的树上,错错落落结满了果实。有什么东西下沉,是那阵气息,是人的感觉,是季节本身。黄的红的落叶,像厌世的蝴蝶,忽忽梦幻般飘飞一阵,晕乎乎坠落于小径之上,风再把它扬起。追着那幻梦般的人,就一抹、一刹儿的,怅惘。

"是小麦写的吧?"俊煜问。林大夫说:"是她写的作文,不同时期的,今天沈老师发给我,说他有些发现。"俊煜就怕林大夫又会哭哭啼啼的,但她丝毫不想在这时候说上点什么。

半响没有言语,俊煜不知林大夫还说了什么。可以望见隐约的山的影子,像怪兽。

"陪我喝杯茶再回去吧。"

一股气味,一种记忆。俊煜昏昏然也不知自己走在哪里,何年何月，又有什么区别呢？这世上，并不就她一人命运曲折，然而，于这镇子而言，到底有美好留在小麦的记忆里。而她黄俊煜呢，如果有一天她离开，她会记得这镇子的什么呢？

霍家人向来神秘，不与镇上人来往。她没有对他们的记忆，连霍凡也像一次也没碰见过。突然地，她就闯进那个门里去了。不像那学校、正走入的医院，是熟悉的，她是有记忆的呀。

俊煜突然停住了，说茶不喝了，要回去了。一个人在顽固的记忆里、气味里，昏昏沉沉地在小街上走。

10

如今，霍家这个好看的小媳妇，除了晓得她是玄麻村黄半仙的女儿，小街上也没人与她相熟。看见她的时候也不多，平时，她是去了苔蓝城，还是看守着霍家的房子，没人晓得。李爱总要显示与俊煜很亲近，但少有人信她那张嘴。那房子，多有人眼馋，然而，在镇上买一座那样豪华的房子，有什么用呢，霍家是钱多烧的了。李爱最想要那所房子了，进去看过两回的，霍凡挡在眼前，问李爱："谁说我家的房子要卖？"俊煜索性躲在屋子里没出来，她遵照婆婆的暗示，不要相信任何人。除了俊来，霍凡也从不带别的同学到家里来。谁要想在俊来跟前套出点霍家的事儿来，那也不是容易的事。

俊来什么态度呢？俊煜会对着俊来突然地失声哭泣。然而，俊来就像傻子，只会板着脸问一句："你咋了？"

俊煜说："没咋。"

俊来说："神经病。"

有时候，听着院子里两个人打斗，出去劝架，见俊来红透了一张脸，认真地跟霍凡生气。霍凡伸长手臂远远地点一下俊来的肩膀，青蛙一样猛跳远了才喊："赵彩彩看上的又不是我。"俊来追过去，手指着霍凡："你再胡说八道，我真揍你，你信不？"只是一刹儿的恍惚，地面一阵震颤，两人真就打起来了。

俊煜就看着两个人热烈地打斗，也不上前劝架，自语道："好在我们俊来是正常人。但愿霍凡这孩子，跟俊来是一样的。老天啊！"

一片奇怪的烟云裹着一阵焦臭味旋过来，猛一下满头皮都麻了，妈妈呀，她惊跳进一阵浓烟里去。厨房里已经看不清楚，锅里也不知炒着什么，只见火焰熊熊腾起，再晚一步，房子都要烧起来了。好在，是没人来数落批评她的，剧烈的一阵心跳之后，三个人看着彼此黑乎乎的一张脸大笑开了。

跟霍华，再也不能亲密无间了的。霍华仍旧每个星期都回来，四个人在院子里打闹的时候多了起来，要不，就去吃馆子，吃成几张红脸膛，只剩下两个人时，无聊地盯着电视机打发时间。

有时候，趁着霍凡帮她打水拖地，俊煜笑嘻嘻地倚了门框，双手抱在胸前。"霍凡，爸爸妈妈为什么不带你哥去医院，趁着他还是个婴儿的时候？"这话，到底也不敢试探地问霍凡。她不想把霍凡也得罪了。也许是去看过医院，跑过很多地方，而大夫说，没用的，天生这样。

霍凡也许还不懂嘲笑她的吧。或许，也只是怜悯。桌子上的花瓶里，时常开着霍凡从后山上采来的花。

如今她是不敢到苔蓝去，她怕自己会冲着公公婆婆把这样的话直接问出口。她好像很久也没有接到过邀请了。周末了来吧，到处转转，假期也没有去过。霍华也没有提起过。刚结婚时，婆婆会在电话里欢快地请她去苔蓝购物。

她尽量避免无事跟霍华联系，只有家里有事了，她才用微信语音留言，而霍华也以语音回复她。俊煜想起，自己小时候爱逛街，走十几里路，要在逢集天来镇上，啥也不买，就在人群里欢快地走来走去。现在，她从不在逢集天出门去。

11

快到五一节的时候，双子镇中学举行春季运动会，镇上的人都跑去学校，在操场上围成一圈，远远地观看自家或别家孩子的比赛。俊煜在院子里听着高音喇叭里不间断响起的运动员进行曲，还有沈老师低沉的嗓音不时播报着喜讯，哪个学生又打破了一样保持多少年的记录。她在躺椅上闭上双眼，感觉自己像她那已过世的祖母一样安详慵懒，让太阳直直地晒着自己的脸。

过了几天，一天清早，俊来忙忙地跑来换衣服，学校里要体检，他的内衣有点脏了。俊煜说："你也怕丢人哦，快看看你自己睡的猪窝。"俊来回了句很粗俗的话，三两下换了衣服就跑掉了。到了中午，俊煜装作不经意地说："也不知你哥他们去体检不。"霍凡接上话说："我哥常去上海的一家医院，他去那儿看眼睛，顺便把各项检查做了。"

霍华一直在矫正视力，这个她知道。

不知霍华如今怎么想。她既不吃惊，也不伤感，更不想设法去维护两人的关系。她感觉身体里时而涌现一阵奇怪又残忍的东西，也许，是一种报复心理，或是自虐，她说不准，那究竟是什么。由最初的仰慕、喜欢，继而成为怜悯，再到愤怒，也许，还有过厌憎，到了现在，她不知自己对霍华到底是什么样的感情。曾经，还有两人初识时的一些场景引得她陷入回忆，她头一次有被重视被爱的感觉，后来，想起这个也觉得别扭。

这阵子才意识到，霍华也不那么勤快了，她也不再收到他亲自挑选的礼物，只是钱，仿佛那是他们之间唯一的维系通道，他会给她一张卡，有时候是支付宝转账，"需要什么，你自己看着买吧，不够了告诉我"。他还会抱她，令她前三十秒敷衍猛一下想失声痛哭的那种拥抱。他似乎越来越瞌睡，倒头就大睡。等她反应过来，要与他好好相处，跟他说说话，说说她一颗心的千变万化，讲一讲他在外面的经历，那当儿，他已经得离开了。有时候，他直接去外地出差，以最快的速度把一桶油拎到灶前，把一把椅子搬开，好避免急性子的她不小心撞上去。然后将车子开到后院停好，拿出一只箱子，拎到客厅里，一样样，他自己打点那个旅行箱。她站在旁边，冷漠的心，一寸寸变得兵荒马乱，他要离开的那个时刻越近，她心里越复杂慌乱，渴望他的眼睛能注意到她，能像以前那样难舍难分。她不清楚他的工作具体是干什么的，只晓得他一年四季都往外地跑。他习惯了奔波、分离，那张脸看去是那样无动于衷、麻木冷漠，令她忍不住说："霍华。"

他嗯一声，撩起眼皮看一眼她，继续叠衬衫，洗漱用具、水杯，一一地收进去，快速地转来转去，找到钥匙、门卡。到了时间，他就走了，头也不回一次。她立在门里，看着那个渐去渐远的背影，原来，他并没有她印象里那种魁梧的身形，还是，他最近瘦了吗，他也并不高大健壮，走路轻悄悄的。

"等下次回来，你会发现，我已经离开了。

"我再也不会回来了。"

对着夜空，她恶狠狠地说。

离开后，她去哪儿呢？有那么几次，她试图让林大夫给小麦说一声，就说她要去上海，找到小麦，再找个事干。可是，现在不能，得等两个少年高考结束后。每有这种念头，她就重新意识到自己现在的使命是当好厨子，就算没有俊来，她也不会丢下霍凡不管的。

俊煜本是最无心之人，啥事都不在心上落痕。如今，俊煜的身体里，仿佛长了数颗心脏，不时地，这数颗脏器一下会一起失控，令她不顾前车之鉴，每一颗都绕满了密密麻麻的神经，一律连接上她的大脑，密密麻麻的想法和心思，直把她的脑袋要挤得炸裂了。她想好了许多问题，等着霍华出现后问他。有些急不可耐，在微信上急吼吼地打字。

"他们为什么不在你小时候带你去治，为什么？

"你父母不想让你成为一个正常的人吗？

"他们为什么不从一开始就阻止我们，你说呀！"

发过去后，没有回音，像是永远都不可能有回音了。她猛清醒过来，又为霍华可怜，一字字，不是第一遍在刺他的心。她已经刺过他很多遍了吧，又猜不到他到底在干什么。心里热一阵凉一阵，苦一阵悲一阵。

去想小街上的事物，去想沈老师钻她的眼睛。

后来，俊煜又以韩剧里人物的文艺腔走进了对这条街最初的记忆。真是奇怪了，最先记住的，总是医院。许是小时候住过院吧，或许是，她试图扮演小麦，若她是小麦……这一番想象，仿佛开启另一番人生。更或许，是因为林大夫，如果她按照林大夫想象的样子重新开始……可是，她被困住了，思想、手脚，皆被困住了。她的思想总是预备着要跳远的，可也只能在原地打转，只是把她经历的生命再去窥探一番，寻寻自己的短处。

　　一对玻璃门，阻断了小径，玻璃门后，两排长椅相对望，右边是药房，左边是收费室，逢集天，这里会挤满了人。再挤，也不用挂号，也从没见谁为争先后打起来过。大大小小的诊室，向左，向右，在两边长长的过道间，延伸开去。不逢集时，这里很静，到了晚上，越发地深邃、神秘。一个人走进来会瘆得慌，总像有人紧随着你，黑暗是空洞的，又是满的，有什么暗藏着，你不敢跑，呼吸和步伐一起压抑着，极轻但又极快地走，哗一下终于穿过了再一道门，阻断的小径又在脚下了，夜空高远，她像被解救了般地撒开了蹄子一通疯跑。

　　过道里说话，是有回声的，一个小孩子，执着反复地跑来，试探那回声，三番相信，那是一个隐者对她的回应。

　　　　狭小的地域，单调的色彩。只有季节的变换，是
　　奢华的恩典，遭遇的奇迹。

　　不知这番话是哪儿来的，俊煜竟然全篇都还记得，她试图再听到隐者的回声。

　　那另一个女孩子迷恋过的小径和围墙后的风景，都被掩埋了，如今是那个门诊楼。俊煜一直低着头，没人跟她做朋友，只觉得她是不可接近的美而冷。她也不能结交那些女人，仿佛是，得为霍家守住一种神秘。

　　涌动着文艺的激情，俊煜不断地走进小镇医院，小麦一定非常怀念这里吧，一个人童年时期的烙印，是一辈子都不会淡去的。

俊煜感觉自己要疯了。

林大夫觉得这女孩子已经像她一样老于世故,当俊煜的眼睛盯住一个来诊室的大肚子女人时,她看上去又无知得像个中学生,那是一双像是望着奇迹发生的眼睛。

那天病房里有四个待产的产妇,林大夫不停地往病房里跑,俊煜一个人在椅子上坐了会,后窗的两棵树上的叶子,渐渐地又密了。

俊煜看见处方上写着几行字,忍不住捉起笔来抄写。写了一行,才看出自己的字是那么丑,要撕了,担心林大夫也是从哪儿抄下的那句子,就放着了。

翡翠屏深月落,漏依依。
说尽人间天上,两心知。

墙是白的,窗帘是白的,中间拉的那道布帘是白的,虚浮的白、炫目的白。烈日里,一个明亮的洞,人被吸进去,无限地吸进去。

俊煜缓缓地走在街上,幻想出林大夫爱着的那个男人的形象,他对林大夫的爱是怎样的。林大夫的衣服是柔软的,头发是柔软的,眼神和双颊是闪闪发亮的融融朝阳。

"俊煜,你病了吗?"

耳边传来一个飘忽的声音,俊煜看到沈老师。在这样小的一条街上,碰到沈老师还是第一次。俊煜脸上复归那种昏昧无知又含着些委屈似的羞涩,脑子里,满是沈老师写给她的那些字,又像是那处方笺上的"两心知"催生出的记忆。

突然间,那羞涩退了,换作柔软的湿漉漉的眼神,直望着沈老师，俊煜感觉自己的衣服鞋子忽然都变得柔软了。

沈老师往后躲了躲，又问一遍："你病了吗？"

四周没有什么可以依靠，俊煜软绵绵的要倒向沈老师。沈老师一直往后躲，要送俊煜去医院。俊煜说："我想回家，你可以送我吗？"

沈老师离她远远地走着，好在街上不逢集时总是看不见几个人影的，俊煜软绵绵地走着，沈老师将手背在身后，大喊着问候霍家人："你公公婆婆都好吧，霍凡上次考得不错，俊来退步了。"忽而压低了嗓门，"你能走吧？"又大喊大叫地道，"哎呀，上个礼拜我看见你爸，今年也见老了啊。"

"你能走，就不送你了。"沈老师站住了。

俊煜说："你不想跟我说说话吗？"

沈老师笑，把一种为难的表情扭得更为复杂："你说什么呢，赶紧回吧。"

"那我晚上去找你。"俊煜的嗓门调皮地扬了下。

"千万别这样，俊煜。"沈老师马上要来一通说教，俊煜忽然一阵大笑：

"别担心，哈哈哈，想借本门罗的书，林大夫说她看完就还给你了。"

"哦，书我有，要不，我放林大夫那儿吧。"

俊煜往前走，没转身，朝后喊了声："随便你。"

12

那年冬天的一个逢集天，俊煜去镇中学给俊来送新织好的毛衣。她像往常一样，先将带来的东西放到学生宿舍里去，再去教室寻到俊来。俊来要她把东西拿到同学霍凡家去,他现在住在霍家。

俊煜照着俊来说好的路线往下街里走。那时,来赶集的人从四面八方拥来,俊煜混在人流里,走了一阵,停在邮电所和百货公司中间的一所白房子前。俊煜站在门廊里喊:"有人吗?"出来迎接她的是一个高个子青年。

"你是俊来的姐姐吧,一看就是。"

俊煜将高高的身板倾斜着,身躯微微地前躬,当霍华接过她手里沉重的提包时,俊煜一下通红了脸,提包太沉了,霍华哎哟了声。霍华引着她往里走,俊煜的眼角瞥见四处亮闪闪的,是一些她在电视里看到过玄麻村人还在捉磨"那是真的吗,骗人的吧"之类的东西,俊煜一面想到黄半仙,虽然没几个钱,但屋里的陈设得让人一眼看出是拿很多钱堆出来的才好。俊煜走在后头,看见霍华脚上的皮鞋光洁闪亮,长裤的棱角分明,以后,她会很讨厌这般装束,霍华为了将白嫩的大腿藏起来,大夏天也穿着长裤。此刻,俊煜大着胆子往这个城里人身上看,他的头发才洗过,顺滑浓密,整个人洁净得让俊煜自卑,一早上,搭乘村里人的三轮车走河沟的路,她浑身是灰尘,尤其是那双鞋子上还沾着一圈泥巴,在白色的沙发上坐下来后,俊煜将两只脚尽量收得让霍华看不见。霍华给她倒了杯红茶。霍华的手很白、很细,指甲亮晶晶的,俊煜从未在意过自己的一双手。

"多亏了俊来给霍凡做伴。"霍华在俊煜对面的沙发上坐下来,这令俊煜极为不自在,脸越发地红,意识到霍华会惊奇她为什么脸红,越是一股热气腾上了双颊,就低了头。霍华说话的声音很细,像是没有太多的力气。俊煜不知要说点什么,一直羞涩地保持着笑嘻嘻低头的模样。

霍华又说,他们时常不在,就霍凡一个人。她唐突地问:"你妈呢?"

霍华说:"去苔蓝养病了,那边医疗条件好,可是这儿的空气好。"俊煜又不知要说什么了,霍华一个人说,"你喝点茶吧,你们女人喝这个好。"霍华很自然地说,俊煜很自然地又红了脸。

"你很爱脸红哦。"俊煜忘记红脸时,霍华看清了俊煜的长相,心里一愕。俊煜一笑起来时,看着傻乎乎的,又一愕。

这下俊煜的脸彻底红透了,她垂下脑袋抓自己的衣服,并发出羞涩的吃吃声,她想马上站起来离开这里,正好手机响,霍华起身接电话,俊煜才将勾得难过的脖子伸了伸,讲电话的声音是沈老师讲课的口音。或许,她应该听从建议,去沈老师那儿补课。若是补了,如今,不知会怎样。她右侧有一个小门,门口铺着一块蓝底的毯子,毯子上开着大朵的牡丹花,俊煜猜测,那后面可能是个卧室。屋子里一股淡弱的香气,时有时无,俊煜仍觉局促,不知怎么的,就想起了沈老师那间暗昏昏的宿舍,只想快点离开。一等霍华讲完了电话,她便站起来。

"没事多来看看咱们的弟弟们啊,平时我们都不在的。"

俊煜已经跳下台阶,快步往门廊里走,霍华笑道:"你跑什么嘛,怕我吃了你吗?"霍华自己也是个羞涩之人,却从未见过像俊煜这样害羞的人。小街上的那些孩子都很野,他从小怕他们的。俊煜放慢脚步,身体扭了几下又吃吃地笑。来到门外,没有看到自行车之类的,霍华又问:"你要走着回去吗?"

俊煜说:"我经常走的。骑自行车就不能穿裙子了。"俊煜只有来镇上时有机会穿裙子。霍华瞥了眼她脚上的运动鞋,建议她换一双板鞋，更适合裙子。俊煜左看右看了下，那双鞋不光裹满了灰尘，而且显得粗笨极了。

"那你要走到什么时候，真不怕辛苦。"霍华说，"你进来，稍等我一下，我送送你。"说着转身进去了。俊煜没跟着走进去，而是站在门口。小街上一直在修路，两旁的民居和机关单位乱七八糟的，俊煜眼睛寻着学校的方向，背后是一座山，俊煜最爱梨花初开时，她每天都要上山去，拿着一本书，树背后，总是一下跳出一个同学来。好时候呵，怎么就念不进去书呢？

霍华出来了，打开门外一辆车子的门，俊煜就坐上去了。霍华开得很慢，小街上的路不怎么好走。"你家是在玄麻村吧？"车子从一个大坡上驶下去，一会儿就驶上了河沟里新修的公路。

坐在车上，俊煜仍是局促，霍华看她一眼，她就低头红了脸。直到霍华说，"你长得这么好看"，她一下像意识到什么，动了下腿脚，坐得舒服一点，露出素常有的因为长相给她带来的那种自信。

"俊来饭做得挺好的。"

"什么，你说他会做饭？"俊煜直起身惊道，俊来每周都有额外的伙食费，饭是在街上买着吃的，黄半仙隔三岔五还要差俊煜或赶集去的人捎去很多熟食，在家里，俊来就差衣服都让人帮他穿了。

"真的。俊来住到霍家的这些天，每顿变着花样做菜，霍凡在电话里汇报，每顿吃什么，我们都羡慕呢，我们大多时候吃食堂。"

"奇怪，他是怎么会做的？"

"霍凡举着做菜的视频，俊来负责炒菜。两人不时还会吵起来，"霍华说着笑了，"你们俊来脾气老大的。"

"你是没见过我爸发火。"

霍华第一次看见俊来，觉得喜感，今天再见到俊煜，觉得已经认识很久了。又说："从苔蓝开车到双子镇得四个小时呢。"

俊煜想不来那是个什么概念，她没开过车，俊来让她去学车，黄半仙说，等她找到婆家再学去。俊煜晓得黄半仙是不想在她身上投资，偶尔去山里挖些药材，卖了钱，也不会给黄半仙上交，故意全买了衣服。倒是她妈妈得了钱，准会全给了俊煜："我一年连个镇上都去不了一次，我要钱做什么？"俊煜也还是拿去买了衣服、化妆品，一般是网购，一包一包地来，穿用不了几日，全扔下了。这会儿，俊煜一双眼睛突然像能识货，瞄见霍华的皮鞋，还有他身上的衬衫，一看就不是网购来的货。而她身上的衣裙，光那鲜艳的红蓝绿，就知不是上档次的东西。俊煜也还没有到过城里，去过几次县城，那街上掠过她身边的人，让她张着一双仰慕的眼睛粘着人家瞧半天。

"你做饭也一定很棒喽，啥时候可以吃你做的饭？哎呀！"霍华猛刹住车，"光顾了送你，答应他俩管午饭呢，不如，咱们回去，给霍凡和俊来把午饭做好，再送你回去，可好？"

俊煜其实一点也不想回到玄麻村里去。霍华捕获到她瞬间的表情，不管他带她到哪儿，她都会是乐意的。

菜和肉都是一早就买好的，俊煜几下就切好了菜，满盘满碗的，霍华说太多了。俊煜看了看，哦，城里人吃得少，把切好的菜分出一半来，霍华找了食品袋装进去，搁冰箱里。系上围裙，俊煜身材的曲线突出来，长腿、细腰，裙子是雪纺的，她没有穿丝袜，脚踝处晒得黑黑的。霍华晓得这里的气候，他来几天，也就晒成这样了。细眯的一双眼，笑起来，就没了，小脸窄窄的，尖尖的，鼻子也有点小，嘴唇太薄，然而，这样小巧的五官拼凑起来，就是耐看得很。一绺儿头发掉落下来，罩住了眼睛，俊煜直起脖子，用嘴吹开，又掉下来，罩住了眼睛。霍华靠近来，伸手将那绺头发夹到她的耳朵后面去，她的颜面，霎时又红透了，空气里莫名多了股东西。

霍华没走开，近距离看着她切了姜丝，又切蒜，被两个浑小子折腾得乱糟糟的厨房，逐渐恢复了该有的秩序。都是最新的高科技产品，俊煜不会使用空气炸锅，霍华教她，并告诉她哪里有卖。"下次我给你捎一个。"俊煜忙忙地拒绝。霍华就笑了："你这么紧张干什么？""我没紧张呀。"他的眼睛好看，双眼皮、长睫毛，长在一个男人脸上，浪费。他很体贴，他的日常是在城市里展开，这样的人，俊煜提前躲开。又想，他必然是已经有了女朋友的人，怎么就用这样的目光看她？俊煜的脸，倒不再红了，看他的目光也镇定了，俊煜能在厨具上面照见自己的脸，一切有种温柔的节拍。霍华递给她调味品，两人不时碰到一起。霍华捉住她，这下，她没有躲避，迎上他俯视她的目光。

13

跟林大夫同一个科室的护士小刘称赞俊煜手上织的活儿，这天央求，给她也织一件，小刘怀得巧，看不出来已经怀孕五个月了。不待俊煜反应过来，林大夫已替她拦了过去："你怕是排不到了，俊煜手里的活儿，能织到明年。"

俊煜却不再编织。先看了《幸福过了头》，是这本书的题目吸引着她，有这个题目的小说她却没能看懂。

沈老师果真将书放在林大夫那儿。《温洛岭》倒是看进去了，她为两个女孩的大胆行为吃惊到不能呼吸，再看了眼封面，她说："哦，这是小说呀。"

这些书，林大夫全看过了，推荐给俊煜看。林大夫很早就把两本关于人身体构造的医学书给了她。俊煜把书放在床头柜里。这会儿，她想起林大夫，暗暗地把其与自己的妈妈比较。多亏有了这个与她妈妈相近岁数的女人，她得感谢老天，这让她的生命渐渐变得不同。慢慢又理解了，只有遭受过墙壁围困的人，才流得出那样的泪。

一头巨兽，在她身体里还在长大，完全控制了她的情绪。整个白天，她躁郁，忍不住找回毛衣针。她越来越怕做饭这件事，仿佛那是专为她在这世间的存在，勉强找到的一个理由或借口。一个小叔子，一个亲弟弟，义不容辞的义务。

两性畸形之治疗目的是经手术或药物治疗后，成为单一性别并具备性生活的功能，一般通过阴道成形术，重建阴道比较容易，而将一残余阴茎矫正成一个具有良好功能的阴茎却十分困难。故，多选择女性。

看了阵小说后，她从床头柜里拿出那两本医学书，站着翻看了几页。然后，她看到这行下面画线的字，脑子里有数个杂乱的声音。书从她的手掌间掉落，她往出走。她从没搜索、打听或是咨询过这个，那仿佛是对霍华的背叛。有些事，她隐约知道，又似乎真不知道。

她走到院子里去。又走回来。

天黑了，她忘了开灯，她想马上见到林大夫。

快要下晚自习了，街上没有路灯，好在哪儿有坑哪儿不平，她太熟悉了，凭记忆就能绕开。俊煜很少在晚上出现在林大夫的宿舍里，那时候柳所长也在。医院里也黑着，俊煜熟门熟路往里走，远远望见林大夫的窗户也黑着，转身，慢慢走出医院。再次走在街道上，她一时不知去哪里好。

四周似乎不像是真实的存在，她慢吞吞走着，拒绝在脑子里想事情，将那些迫近的声音推开。初夏的天气，还有些薄凉，快要高考了，俊来和霍凡每天在学校里补习到半夜。唯独她这个厨子，越到紧要关头，越三心二意，这么晚了，还在这街上闲晃。

她都不晓得自己是怎么走进学校去的，似乎是穿越层层迷雾之后，一下就看见沈老师窗口的灯耀眼地亮着。

门开了，她看到沈老师大吃一惊，他没有看她，而是探出头去朝她身后望了两眼，待她走进去后，他又走出去左右瞄了瞄。还是那帐子、桌椅，可她感觉到，这些物件并不像过去那样张着大口需要她，甚至都不欢迎她。桌上的台灯亮着，一本书打开来，旁边放着香烟、火机，还有一个水杯。两人站着，沈老师没请她坐，也没说话，那个总是在她进来后立刻会合上的房门，现在大大地张开着，往里不断地扑进来浓黑的夜色，这小镇上独有的寂静，在她心里成为一道厚黑的墙壁。一阵下课铃声，迫使沈老师走过去关上了门，在他即将从她身边掠过去走向桌子的瞬间，她跨过去一步，挡在他面前，他停住了，她的脸颊先伸向他的肩膀，像过去一样，她扑向他的怀抱，不过这次，是她将自己的脖子伸过去，搭在那个肩膀上。

他们静默地抱在一起。俊煜看到墙上贴了新的头像和纸片：

上帝让这群人毫无指望却又从不反抗,就像他总会把解药放在生病的人旁边那样。

一阵喧腾,他们一起听着,学生们冲下那七十七级台阶,往校园外散去了,寂静重新缓慢地像夜色一样掩来。

入骨相思,知不知?她把自己紧紧地贴在他怀抱里,模模糊糊就记得这么一句来,无限的悸动,仿佛那词,是专为此刻而写下的,同时有无限的太过复杂的深情钻到这字里行间去。是你教会了我呀,你再教我吧。

她闭着眼睛,仰着脖子,她的脸上落下他克制的一吻,他的手摸索着揽上来。渐渐地,感觉到熟悉的曾经让她惊惧此刻却无比渴望的挤压,她想学着那些美剧里的人的口吻,告诉他,他那钻子样的目光,如今令她万般思念。半天却组织不出一句像样的话,仿佛是她带动着他,他们终于一齐落向那张渴望太久的床铺,她感觉自己像夜色,慌里慌张罩下来,慌里慌张,想要掘出一个洞口,好让一线光落下来,落下来,打在她黑夜的额头上。

她看见自己摊开在床铺上,慢慢地从高烧的迷梦里醒来。那个男人,背对着她,站在桌前,她闻到一阵烟气。

"俊煜,你走吧,我们不能这样,你已经是个结了婚的女人了。"

她慢慢坐起来,大声地笑道:"结了婚的女人。"

"赶紧走吧,一会儿门卫要锁门了。"他从她的怀抱里消失,她的手还伸着。

沈老师拿背当着门,一脸惊恐。这个女人,是不是疯了?他已经看到一系列事故,只要瞅一眼手机,这世间每日里闹哄哄。沈老师想到自己是一名人民教师,他可不能让这个夜晚在今后成为手机上传来传去的笑话,它会坏了他的前程。

"俊煜,别胡闹了。你走吧,别再来找我了。"

"你不爱我。你不是说你爱我吗?"

静默让人难受。

她对自己说:"碎了,索性碎彻底。"

"我,这个……你再不走,我就要出去了。"

"是我勾引你的,你就这样对他们讲吧,我不怕。我现在才知道,我喜欢你。"

"可是,俊煜。让人知道,成什么话?你知道的,我是个教育工作者,怎么能做出这种事来?"

一阵风扑进来。深渊般的夜,更黑了。

俊煜出得门来,沿着那排宿舍慢慢地往前走。窗户大多黑着,间或一个亮着灯的门里,传出手机视频里流行的那种嗓音,那人正在直播他自己无趣的现实生活,并引起本来在这现实生活里无趣着的人一阵假装有趣的可疑的笑声。

原来都喜欢看别人的戏哇,哈哈哈。

沈老师听得一阵尖脆的大笑声,吓得一下熄灭了那盏微弱的台灯。好在,那个声嗓像个抽烟过多的女人所发出,丝毫听不出来是俊煜在笑。细思极恐,这黄俊煜,变得简直面目全非,沈老师在漆黑的房子里走来走去,双手交握在一起,他闻闻自己的肩膀,他摸摸自己的脸颊,不时碰到桌子,碰到床和墙壁。谁也不敢保证,那传言是真的,但不幸的是,黄俊煜自己却证明了这个事实。听说俊煜要与霍华结婚的消息时,沈老师几乎要去找俊煜的爸爸质问,难道他就没听说过那传言吗,怎么可以把女儿嫁给那样的人?然而,毕竟这小街上的人都不愿意惹是生非的，俊煜自己也不会那么傻。再分析，就想到俊煜可能是想成为城里人，谁不想过上好日子呢，这样一想，也就随她去了。

　　一阵若有若无的香气，像这屋子里的黑暗，注意它的时候，就会流动开来。沈老师靠在门板上，一双手臂还环在腰间，他用手掌蒙住脸，眼前仍是俊煜的脸。对她的爱，从来就没有消退，现在，想着她的样子，他感觉越发地爱她了。

14

　　林大夫很久没看到俊煜了，打她手机也不接听，留言也不回复。俊煜教会林大夫发语音，可林大夫喜欢打字，喜欢汉字欲说不尽的表达。这天午后，林大夫寻到下街里来，李爱远远就迎上来，问林大夫这是去哪儿。林大夫问她看见俊煜没，李爱说，没有，以为去苔蓝了。又问："俊煜跟小麦是同学吧？"林大夫说："是啊，李老板你忙，我先去看看俊煜哦，想央她织个毛衣呢。"

　　门关着，一推就开了。啧啧，可真是阔气，单那玻璃花房下面，艳艳一片，轰轰烈烈，养眼极了，一阵花香，也不知哪种花，让人忍不住抽着鼻子使劲嗅闻。这院子里可真是漂亮，房子的格局，就像从楼上掐了一户来安在这里。花园后方，又是一个院子。哎呀，看看她跟老柳，仍旧住着单位简陋的宿舍，可霍家将这么豪华一院房子交给三个孩子。她心里猛又泛出另一个人的影子来，只要能在一起，住哪儿，又能怎么样呢？林大夫一阵脸红心跳，忙忙地喊俊煜。

　　屋里应了声，喊说："赶快进来吧。"林大夫循着声音往里走,进了客厅,亮光闪闪的,沙发很白,像一张床,家具似乎都很古旧,但样式有点咄咄逼人。并不见人,又听见从左边的墙壁里发出声来,进了一个小门,心想,这女子,真是有福气。林大夫之前只是听说霍家有钱,在进到这房子里来之前,林大夫从未在意过人一辈子要住在什么样的房子里的事。

乍看去,俊煜蔫蔫地歪在一只长满了长毛的动物身上,看见林大夫,俊煜从那动物身上吊下双腿来,才看清,那真是一副动物的毛皮,白白的,怪吓人的。俊煜走到对面一张床边去,披了件艳丽的外套在身上,她一时显得很高,有股林大夫从来看不见的贵气,那床、墙上的壁纸,也是极为富丽的色泽。到了这样的地方,林大夫只觉得自己灰扑扑的,暗旧的雪纺衬衫,一条皱巴巴的棉布裤子,两只运动鞋也蒙满了尘土。

"怎么了这是?"

俊煜笑了笑,看去很疲惫,消失了一会,再出现时,端了只长杯子过来,往里插了只橘色的吸管递给林大夫:"那会儿才榨的果汁,霍凡榨的。"

"你这小叔子倒是个体贴人。"林大夫端起来尝了一口,"可真好喝,你们就是会享受。我跟你柳叔水果都懒得买,别说榨了汁喝。"

"你们也该给自己买套房子了。"

"对我来说,住哪儿都没什么区别。"猛又笑道,"呃,当然,没有人不乐意住在你这样的房子里。"

俊煜往外扫了眼,说:"我也就是个看门的。"

林大夫没说话。

"姨,你就没想过离婚吗?"俊煜想起柳所长水汽蒙蒙的双眼。

"你说啥?"林大夫的声音一下变尖了。

"我早就想问你了,你就从来没想过,跟柳叔离婚,去跟那个人在一起吗?"

"什么,哪个人?天啊,你这孩子。"林大夫看着俊煜,把头发往一齐拢了拢,想掩盖住她那莫名其妙红了的脸颊。她要怎样对着这个傻孩子解释自己那场外遇的感情?

"他姓钟,是我在进修学校的老师。"

"你跟他睡过吗?"黄俊煜打断林大夫。

林大夫再次吃了一惊,看着俊煜不知道要说什么好。

"你跟他睡过吗?"俊煜又问了一句,表情正像林大夫那当警察的丈夫。

"有过一次,不,有过几次。"林大夫眼前晃着一张她永世不能忘的脸,他将两只眼睛挤在眉心处嘲讽她的样子:"你那伟大的婚姻,只不过是你在逼自己努力散发出一股慈悲,你真不晓得吗?"

若是换作如今,他这样嘲讽,她一定会听他的,抛弃老柳和两个孩子,设法留在城里,跟教授生活在一起。

林大夫失神地说:"有个作家说过,两个人很少在人生的特定时刻想要同样的东西。"

"你还跟他来往的吧?"俊煜的嗓音很奇怪,林大夫听来,那语气真像是正在审问她的丈夫。她一下站起来。俊煜的表情也很怪,那不仅仅是表示吃惊和疑问,甚至都不是一种关怀。林大夫靠过去摸了下她的额头,问:"你哪里不舒服吗,这些天你在干什么?"

俊煜推开林大夫,坐到沙发上去,不知从哪儿摸到支香烟,像一时忘了这屋里还有个林大夫,只顾到处找打火机。

"俊煜，小麦昨晚给我打电话了。"林大夫换了副嗓音大声地说。

"哦。"

"暑假她打算回来一趟，到时，你一定要跟她好好说说话哦，我觉得她不会跟我和你柳叔说什么的。对了，你可以加下她的微信，我给你发她的名片，昨晚她终于加我了，你们多聊聊啊。"

俊煜俯身在床底下，终于找着了灯火机，一只手叉在腰间点着了烟，猛吸了两口，俊煜盯着那烟头说："黄半仙如果看到此刻，一定要气炸了。"

林大夫装回手机："我不知道你吸烟，这样对身体不好。"

"哈哈哈。"俊煜大笑起来，与来诊室和宿舍里找林大夫的俊煜不同，"可惜，你也没治好我啊，哈哈哈。"笑得前仰后合，猛一气咳嗽。

"什么？你什么意思？"林大夫呆看着俊煜。接下去的五分钟里，这笑声持续不断地响起，不管林大夫说什么，俊煜都大笑不止，可能是因为吸烟，她的嗓音听来怪极了。

"如果你想听，我全告诉你吧。他是个独身主义者。可最近，他突然结婚了。这五年来，我们一直保持着联络，有过很多次见面的机会，可是你知道，我不敢。我不敢上网，不敢使用微信，我怕一切能联络得上他的通信工具，我只回复他写来的电子邮件。是，我爱着电子邮件背后的那个男人。我不敢去啊，我不能带着我现在拥有的一切跟着他去冒险。结局我是知道的，我知道自己会承受不起。他一直骂我是个胆小鬼。听到他结婚的消息，我不知道自己是什么感受。他说，正是因为结了一次婚，他才重新意识到，真正想要的人其实一直是我。就是这样，听来很可怜是不是？"

林大夫将手掌蒙在脸上，细长的手指苍白，没有佩戴任何首饰，她理着短发，她不适合短发，她很丰满，且优柔寡断，就像一册期待着人来发现并打开的内容丰富的书，在那人到来之前，书上蒙满了尘土。

俊煜从没告诉林大夫这个，她对林大夫一直以来既仰慕又瞧不起，俊煜一直不敢望林大夫那双眼睛，现在，它们被蒙起来了，她把林大夫看了个够。林大夫非常有气质，是有内涵的那类人，不像俊煜自己，是一块玻璃，一眼可望透。俊煜以那个她幻想当中的男人的眼光打量着面前的女人，她不同于俊煜熟识的那类人，她就是太爱哭了。

院子里的蚊蝇叫得很响，太阳在花园子里蒸腾，家什发出声响，它们没被用旧，但经历了风雨日光，一样变旧。

"爱是什么样的？"俊煜的声音听来疲倦、无神，像被太阳晒得只是打了个呵欠。

年长的女人又调整好了自己，做出长辈的风范。"你看过基耶斯洛夫斯基的电影吗，我非常喜欢他的一段话：'在我的作品中，爱总是与原则相对的，它产生两难境地，它带来苦楚，有了它，没了它，我们都无法生活，你很少在我的电影里找到幸福结局。'"

两个女人同时陷入这番话里。明亮的大房子，房子里的摆设，被风牵动的一些事物，突然都声息全无。

"你有过幸福吗？"

"不知道。"林大夫看过去，看不透俊煜那双眼，它们变了，不再那么清澈，她很久没在那张脸上看到昏昧无知的那种羞涩了。"我想，我现在拥有的，就是幸福。"

"谁说不是呢？"

院子里的声息忽又扑腾进来。

"爱可能是一种希望吧。有时候，是一种明知是自欺欺人却还蛮有兴致期待的希望，清醒再糊涂，糊涂再清醒。爱，或许只能发生在一个你不能了解他全部的人身上，我们在这个人身上建立起自己的心灵所需要的东西，他一句简单的问候，你会强加上自己额外幻想出来的深情，我们只需要那点时而隐约时而强烈的感觉就可以兴高采烈地活下去，是不是？似乎他那个人真不真实倒不那么重要了。了解透了，我们就会失去他，因为我们自己的心也会厌倦，会生憎恶。"

"你是说，爱，不需要肉体的激情？"

林大夫似乎受到了阳光的击打，像不知自己刚才说了什么，顿了顿，看了两眼俊煜才说："当然需要，当然需要。"

"对了，你让我看的那本书里，最后以女人的名字命名了一座山，我很不明白，那件事，与女人自己究竟有什么关系呢？为什么会是'幸福过了头'啊？我认为，那个女人，她是不会因为自己的名字被称作一座山而真正变得幸福的吧。"

林大夫露出欣喜的神色。"不错啊，俊煜。你看懂了作者的意图。"继而，林大夫心里满是失落，如同是，你花很长时间培养了一个对你很忠诚的人，突然有那么一天，这个人有了能量，现在要来反抗你。更甚者，林大夫忽然发现俊煜原来是个狡猾的人。或许，她自己对这个年轻女子也并不全是友谊和慈悲心肠。小刘很想跟着来俊煜家做客，林大夫找借口没带她来，小刘那样的年轻女人更适合成为俊煜的朋友吧。林大夫暗自吃了一惊，她也是在这一刹那明白了自己的内心。她不想把俊煜介绍给任何一个人，也不希望俊煜在这镇上有更多的朋友。黄俊煜是看不出这个来的。

两人扭头看见园子里的花红艳,树叶变得墨绿,娇嫩的叶片似乎在一天天加厚,从后排玻璃窗上反射过来的阳光,投射在墙上,一团团晃动的影子。林大夫起身去倒了杯水,问俊煜要不要,俊煜摇头。林大夫很快就把自己调整好了,这令俊煜惊讶。而她自己在一个洞里,即使有人施救,她也还不想一下就被救出去。

"孩子,除了霍华,你还跟别的人谈过恋爱吗?"

俊煜放声大笑,笑完了,又点了根烟:"沈老师那时候喜欢我,可我怕他,其实是更怕人笑话,也怕我爸会揍我。人人都会跟我暗示,爱是令人羞耻的事。没有人会为你爱上一个人而为你叫好,尤其是你被什么人爱上,那更像是一种耻辱。连你也会这么认为的,不是吗?你还没有听说吧,就在上个礼拜,我跑去勾引他,这算吗?"

一阵静默。能听到蚊蝇猛烈的鸣音。

"俊煜……"林大夫唤道,却没有说下去,因为她自己发出一阵猛烈的哽咽,令她无法开口。

这可真是个爱哭泣的女人啊。俊煜发出一声长长的,喊……

俊煜坐在那里想,就算她现在可以走(俊煜想到的是偷偷地逃)掉,不,想到这个,她已战栗不休,无论逃到哪里,黄半仙都会把她追回来。

"你一定好奇,我为什么不跟霍华离婚吧?"

林大夫停止抽泣,紧张地看着俊煜。

"以前我自己也不晓得,并不全是因为我怕我爸。现在我晓得了,我就是觉得,霍华好可怜啊,想到我要把那个决定说出来的场面,我自己就先受不了了。"

15

  天气越来越热,一场雨都还没有落下来过。干旱连年发生,人们继续在这样的地方生活。马路晒得发硬,霍凡和俊来每天晚饭后都要从井里取水往园子里浇,却不抵烈日几个小时的暴晒。风吹过黄土高原,刮过双子镇,沙尘吹来扬去,一些落在树上,一些吹进窗里。廊下,夹竹桃和幸福树的叶子枯掉了。花盆上,眼见的粉末似的一层,蓝底的瓷,色泽都淡了。

  两个少年开了屋里的空调,俊煜坐到花园墙上去,直到闷热使得她脑袋发晕。回到屋里,她又开始织毛线,最近,她织的是一条毛巾被,网上学来的。林大夫打电话过来问上次推荐看的那部剧的名字。俊煜在手机里搜到了地址,微信上传过去。林大夫问:"俊煜,怎么不来看看我?"俊煜说:"不怎么舒服,不想出门。"

  时而,这房子里的一样物件会忽然突显出来,此前像并不存在那般。俊煜仔细看那些婚纱照里的霍华,她自己经过化妆后的样子不怎么真实,眼睛睁得老大,大概人看自己的照片都会有这种陌生感吧。霍华反倒看起来很真实,苍白又英俊。

  在苔蓝另外办了一场婚礼。俊煜想起来,那些来参加婚礼的人个个表情很冷,敷衍似的参加完了婚礼仪式。俊煜家的亲戚吃完酒席就赶去坐车了。男方也只有霍华的姨妈和表哥表嫂去参观了婚房,表情也是冷冷的,向俊煜投来的那一眼,再一眼,令她的手脚不知怎么摆才好。那些人,俊煜后来再也没有见过了。现在想来,太不真实了。

  那年冬天,对俊煜来说,一切是彩虹色,一切都柔情蜜意。

即将步入幻梦似的生活,俊煜的心脏,跳着正常又似不正常的节拍。

俊煜想起,霍华是快乐的,跟她一样,是一种不明就里的快乐。

婚礼办了两次,在苔蓝城里正式举行后,又到双子镇来招待亲朋好友,两次都很奢华,她感觉公公婆婆把所有的家产都拿出来了。她在旁边听着,霍华跟酒店经理谈所需费用的数字,至今她都不敢相信,一场婚礼,一下就花掉了那么多钱。霍华的嗓音里有的那种霸道和骄傲,至今都还能刺痛她。

俊煜仰面躺着,想着那些钱,的的确确是为自己花掉的。又跳起来,翻出婚礼的录像观看。那个仙女似的人儿,是她自己呀。

"俊煜,我尽量不碰网络,是因为,我怕自己忍不住会联系他。"

"那你感觉他忘了你没有?"

"这正是可怕的地方。五年过去,一切越加地鲜活。"

"那怎么办?"

"突然选择步入的婚姻,令教授意识到,选择一个对的人是多么重要。我不要他把这个重复说给我听,因为,不管是当初还是现在,我都不能丢掉已经拥有的。我只是个,生活在乡下的女医生。"

电视画面一幕幕晃过,俊煜脑子里却充满了林大夫与她那个隐秘情人在一起的画面。放不了、扯难断,林大夫该怎么办呢?她感觉自己像是林大夫的另一个自我,她得有林大夫那样冷静的思索。

意乱情迷间,俊煜听见两个少年又跳进来了,仿佛刚离开。

她还没有做晚饭。俊来尖酸刻薄地叫起来："你一天弄啥呢，懒婆娘。"霍凡挡过来说："懒婆娘也只能是人家的丈夫叫，哪轮着你多嘴。"俊来本来肚肠饥饿，懒得跟霍凡打嘴仗，索性又摔门而去。俊煜懒洋洋去了厨房，想赶出几样饭菜来，霍凡安慰她说："你不用着急，正好我去洗个澡，好了我再喊俊来回来一起吃，你慢慢做，千万别急啊。"

俊煜翻看了冰箱，今天真是不知怎么了，偏偏冰箱里只有两个西红柿。就想去宋江湖的饭馆里提两份炒面过来，摘了围裙，责怪自己真是对不住两个少年，正长身体，容易饥饿，又面临高考，更得加强营养，近来厨子的饭菜老是应付，半仙已经在电话里训过一回了：

"霍凡吃不好看你怎么给霍家交差。"

俊煜反驳说："你是担心黄家的爷饿着了吧。"

半仙差点气死，又好长时间不来看俊煜，来镇上，故意把车停在便利店门外，就不进霍家门，俊煜打电话，总是她妈妈接上说："那老不死的，犯病着呢。"

隔着墙壁，听见霍凡在唱歌，水声断断续续。这一天，一切都像是重重幻影。夕阳正往下沉，洗浴间的灯在那个窗子里印出黄融融的光，天很热，可俊煜渴望那黄融融的光。俊煜也不知自己怎么走进去的。那个玻璃门没有关上，手机里播放着一首快节奏的歌，霍凡面朝着门，闭着眼睛哼唱着，享受着水流的冲击，他不晓得外面的房门被推开了，不晓得他的嫂嫂出神地望着他的裸体。

俊煜的记忆里，先是霍凡淋湿的头发，肩膀上两条白线，小背心的形状，再往下，她的脑袋就像着了火，将后来的记忆烧煳了。

火焰腾起,一阵浓烟滚滚处,是俊来愤怒的尖叫:

"你个不要脸的货,你居然偷看人家洗澡!"

要不是俊来出现,偷窥与被窥的人都会安全撤退,然后,一切会平安无事吧。

她是怎么走进去的呢?她先去屋子里找到钱包,就看见那个门里漏出来的灯光,再发现那门开了条缝。她怎么能说得清呢,她为什么非要去推开那个门,为什么要盯着正洗澡的霍凡那么惊恐地看半天?

一切都不再如从前了。

16

"妈,能让你那手机别再响了吗?"

墙那边忽然传过来这样一声喊,林大夫吓一跳,才发现自己的脸快要贴到电脑屏幕上了,这半天太专注了,都没听见手机响,都吵到隔壁房间里的小洲了。这些天,林大夫一直追看电视剧。有时,拉着柳所长一同观看。看到最后一集,两人好长时间没有说话,谁也没有起身去将灯打开,平板电脑是小麦寄来的,那方小小的屏幕仍旧亮着,一片蓝光,投向墙壁。这晚,所长去派出所值班了,林大夫又看第二遍。

那边小洲暗自惊叹,不知什么电视剧,竟然能把总在分道扬镳路上的父母拽到同一张沙发上。对于他们的这种关系,小洲自问自答:"只要你们过得舒坦,分不分,我无所谓啦。"

看剧时,林大夫总要关了灯,那样才能全心投入剧情,也有种仪式感。灯亮了,看剧的人回到现实里来,赶紧捡起手机。

"这会儿我正开着车,我们一起去远一点的地方?"

林大夫呆了呆,又细看了一遍信息。

然后,拉开门。低矮的塑料纸糊的天花板忽一下缩进去,关上门,又扑通一下回位。她小声地对着手机说:"胡闹什么,还不睡吗,我正看剧呢。"

"想不想见到你的教授,我带你去找他呀。"

林大夫笑了,这死女子,开这种玩笑,没大没小。打字回道:"想是想啊。可是,你不知道吗,就在这条小街对面,有我值班的丈夫,在我的隔壁,还住着我儿子啊。"

"那好吧,再见了。谢谢你,谢谢你。"

林大夫摘下眼镜,看了眼窗外。有点不对。她拿起手机开始拨打。

"您拨打的号码已关机。"

正巧手机没电了吧?过一会又拨。一直到午夜,也没有拨通。想想黄俊煜平时是个胆小老实之人,也就开开玩笑吧。便关了电脑,睡前,看了眼小麦的头像,两匹高大的马儿,一个女子牵着其中一匹白色的,马与人同时向着远处张望,而那匹黑色的马儿,则把长长的脖子埋在草丛里。

意识游走。只是所长的地盘,她过的生活,人脉也是,虽然那些女人不得不来找她看病,但她们对她敬而远之,而她也从不主动与她们结交。可是,在这里,有小麦和小洲的童年、少年的记忆。幸好有个俊煜啊。她会一直住在这里,直到她退休,不得不从这里搬走。

像才明白那个事实:小麦也都到了恋爱的年纪了。再去想俊煜,俊煜这些日子不知怎么了。

后来又是小麦那张脸,小麦终究没有回来过一次。渐渐地,她的感觉和意识像一片羽毛,到处飘飞。脑海里一阵跳跃,心里有块位置松动。低矮的天花板罩下来，罩下来，罩着她跌宕起伏的梦。

17

门背后，摆着一张古旧的长桌。俊煜从桌上的一只瓷瓶里倒出一堆杂七杂八的东西来，从中捡出一枚车钥匙。

在霍凡走到院子里来之前，她飞速地将那辆车子开出了院门。这世上所有牌子和型号的车，她跟她妈妈一样，都习惯称作车子。回头，她没有看到俊来。俊来生气时会躲开姐姐三丈远。

车子里散布着霍华的气息，一如他们的房间般整洁。一股妖娆的香气，她分不清是这车子里的，还是她身上的香水味。或许，霍华在为她购买香水时，也习惯给自己来上一瓶也说不准。

从小街上开下去，没有碰到一个人，也没有碰到一辆车，她顺利开过了大桥。那个被风摇动的站牌下空空荡荡，一盏孤灯高悬，下面飞旋着几只蛾蝇。在与林大夫一起练过车的那条公路上开了半小时后，俊煜调头，往相反的方向开。沿着盘山的公路，她一直开了三个小时。这三个小时里，俊煜的脑袋里只有前方、夜色、站名。由于太过用力地握紧方向盘，她手指僵硬，双臂酸痛无力。左边路口出现一片灯火，她慢慢地靠了过去。

俊煜将车子停在路边。一路行来的方向，霍华曾开车带她走过，但再走下去，她就不知道到哪里了。她决定等天亮了再说。

关了车内的灯，夜才一下包围了她。纷纷的灯火啊，不远不近地明灭着。

刚从小镇出来那会儿，她给林大夫发信息。意念里，她一直在对着林大夫说和提问。然而，她再没有给林大夫打电话或发微信。然后，她靠在椅背上。闭上双眼之前，她再次想到那个近来不停绞割着自己内心的问题：

她活过了整整二十年的生命，空空如也嗳。

她感觉浑身发冷。也许只是太紧张了，一旦松懈下来，很容易就睡着了。

她的手指被霍华紧攥着。"如果不是为了他们，我会带你去一个深山老林里，就我们两个人活着，你说好不好？"

"那不是瞎说嘛，你要工作。"

他拥着她，跟一群人在跳舞，他身体的某处很坚硬，隔着衣裳，俊煜能感觉到，但他看她的眼神太过慈祥。

他说了句什么，俊煜醒了。不能相信，梦里那个紧贴着自己的男人竟然是霍华的爸爸。俊煜呆呆地坐着，半天都不敢呼吸。老天啊。她叫道，彻底醒来了。

重新听到这人世间各种嘈杂的声响，天已大亮。最先从脑海里跳出来的，是俊来羞辱似的尖叫，还有她爸爸的声音。甩不掉梦里的场景，她赶紧打开车窗，看了眼车窗外，她不知道这是哪里。一阵潮湿的气流扑进来，路面是湿的，俊煜以为下过雨，实际上是洒水车刚刚驶过。她正停在一家超市门前，前后是鳞次栉比的店铺，四周，是一栋栋正印上第一缕晨光的高楼，前方是一个十字路口，几个背着书包的孩子从旁边跑过。

俊煜开了手机，看到霍华的留言，后天下午，他将送妈妈回镇上，问她："需要给你带点什么吗？"

因为霍华回去时要开走自己的车,他们这趟回来会去坐高铁,到县城时再打个车,俊煜思索着。

婆婆将会留下来,哦,就是那样的。俊煜出声地说,又看了眼手机上面显示的时间,同时看到了日历。还有半个月就要高考了。

就算没有她,俊来也会吃饭、学习、参加考试,霍凡也一样。是她把自己想得太重要了。

俊煜望着穿梭往来的车辆,在手机上搜索了一阵,打开导航系统。

车子缓缓地发动,驶离了超市,往前驶出一截距离,又调头,向着相反的方向走,走走停停,过了一会,索性熄了火。不时出现几个老人,都往超市的方向赶。超市里面有人在移动,可还没有开门。那些老人挤在门口期待地往里望着,不时转过头,望一眼那辆车子。再过一会儿,可能会有人出来驱逐她,这时候,她想到了霍华和霍凡,不管是哪一个,都会温柔地提示她:傻哦,这里没有停车标志。他们一点也不会嘲笑她。

那是一辆蓝色的标致,它还一动不动地停在那儿,经过的行人远远地也在打量它,喧闹起来的市声和阳光一齐穿透了车窗玻璃。